AGAGUK

du même auteur

CONTES POUR UN HOMME SEUL
LA FILLE LAIDE
LES VENDEURS DU TEMPLE
LE DOMPTEUR D'OURS
AARON
AGAGUK
LE ROI DE LA CÔTE-NORD
ASHINI
CUL-DE-SAC
AMOUR AU GOÛT DE MER
LE VENDEUR D'ÉTOILES ET AUTRES CONTES
LES COMMETTANTS DE CARIDAD
SÉJOUR À MOSCOU
SI LA BOMBE M'ÉTAIT CONTÉE
LE GRAND ROMAN D'UN PETIT HOMME
LE RU D'IKOUÉ
LA ROSE DE PIERRE
LES TEMPS DU CARCAJOU
L'APPELANTE
LE MARCHEUR
LA MORT D'EAU
MAHIGAN
KESTEN
L'ÎLE INTROUVABLE
N'TSUK
VALÉRIE
ANTOINE ET SA MONTAGNE
TAYAOUT, FILS D'AGAGUK
FREDANGE suivi de LES TERRES NEUVES
LE DERNIER HAVRE
LA PASSE-AU-CRACHIN
LE HAUT-PAYS
AGOAK, L'HÉRITAGE D'AGAGUK
MOI, PIERRE HUNEAU
LA QUÊTE DE L'OURSE
LE PARTAGE DE MINUIT
L'OR DE LA FELOUQUE
LA FEMME ANNA
VALÈRE ET LE GRAND CANOT
ŒUVRE DE CHAIR
L'HERBE DE TENDRESSE
CAP À L'AMOUR!

YVES THÉRIAULT

AGAGUK

roman

Quinze

LES QUINZE, ÉDITEUR
Une division du groupe Ville-Marie Littérature
1000, rue Amherst, bureau 102
Montréal, Québec
H2L 3K5
Tél.: (514) 523-1182
Télécopieur: (514) 282-7530

Maquette de la couverture: Éric L'Archevêque

Illustration de la couverture: Yvan Adam
Sur la photo: Lou Diamond Phillips dans le rôle titre du film *Agaguk*,
réalisé par Jacques Dorfmann et produit par Claude Léger, de Transfilm.

Distributeur exclusif pour le Québec et le Canada:
LES MESSAGERIES ADP
955, rue Amherst
Montréal, Québec
H2L 3K4
Tél.: (514) 523-1182
Interurbain sans frais: 1 800 361-4806

Publié pour la première fois en 1958
Copyright 1980, Les Quinze, éditeur
Dépôt légal, 1er trimestre 1993
Bibliothèque nationale du Québec

ISBN: 2-89026-248-0

AVERTISSEMENT

L'action de ce roman se déroule chez les Esquimaux tels qu'ils étaient dans les années quarante. Que leur vie soit aujourd'hui modifiée par l'invasion du progrès dans l'Arctique est indéniable.

Iniksak

LA TERRE PROMISE

Quand il eut atteint l'âge et prouvé sa vaillance, Agaguk prit un fusil, une outre d'eau et un quartier de viande séchée, puis il partit à travers le pays qui était celui de la toundra sans fin, plate et unie comme un ciel d'hiver, sans horizon et sans arbres.

D'un pied habitué il sonda les endroits propices, évita les terriers d'animaux et quand il eut trouvé un monticule sans faille et de fond solide, il le parcourut en tous sens pour le bien mesurer, puis il planta deux bâtons et dressa l'abri de peaux de caribou.

L'igloo serait construit plus tard, aux neiges venues.

Il passa une semaine dans les parages pour étudier les pistes, scruter le ciel, observer les vents et la marche des nuages.

Il creusa la toundra avec son couteau, un trou grand comme trois mains à plat et creux comme la demie du bras, et l'eau vint en couvrir le fond.

Ce serait un puits suffisant pour survivre.

Durant la semaine, Agaguk prit six renards dans les pièges qu'il tendit, deux blaireaux, et quand un caribou vint près du monticule, il l'abattit d'une seule balle.

Rapidement, il fuma une partie de la viande pour le voyage de retour; ensuite, il éparpilla les restes à la ronde pour enseigner aux renards et aux loups à venir en son absence près de ce monticule.

Son retour au village exigea deux jours de marche vers le nord. En arrivant, il n'alla pas à la hutte qu'habitait Ramook. Que ce dernier fût son père n'importait plus. Depuis que le vieux avait pris une Montagnaise pour remplacer la femme morte, Agaguk considérait que la lignée était rompue.

Il pouvait se sentir libre.

Il avait dix-huit ans. Grand chasseur déjà, il savait aussi apprêter les peaux; c'était tout le savoir utile.

Restait Iriook.

Elle aussi était libre, car son père et sa mère étaient maintenant morts. Elle habitait seule dans la hutte autour de laquelle Ayallik et d'autres venaient rôder. Un mois auparavant, Agaguk n'avait eu que le temps de s'élancer vers la fille qui criait de l'arracher des bras de Ghorok.

— Elle est à moi! avait déclaré Agaguk. Qu'on la laisse en paix!

Une fois Ghorok sorti de la hutte, elle avait levé le regard vers Agaguk. Un regard ému, plus soumis encore qu'il ne l'aurait cru.

— Je ne savais pas que j'étais à toi, avait-elle dit.

— Tu l'es.

Elle sourit, mystérieusement.

— Cela me plaît.

De ce jour, Agaguk s'appliqua à réaliser son projet. Il trouverait un monticule, loin sur la toundra, y bâtirait une hutte. Aux neiges, un igloo. Très grand, l'igloo, solide à résister à tous les vents.

Ils vivaient là, lui et la fille, loin de Ramook, de Ghorok, d'Ayallik, de tous les autres. Nul souvenir; un recommencement.

Agaguk avait donc assemblé le nécessaire — les provisions, les peaux de caribou pour une tente basse et provisoire. Il avait taillé deux longs pieux. Puis, ses armes huilées, ou aiguisées, il était parti, deux chiens comme compagnons, vers le sud-est, vers le pays où vivaient, disait-on, des Sang-Mêlé, ce pays que les Blancs nommaient le Labrador.

Par les souvenirs de chasses lointaines, par les récits des vieux, par les odeurs portées sur le vent aussi, par la couleur du ciel et la course des bêtes, une géographie de ces contrées était connue des Inuit. Vers le soleil du soir, une grande eau, mais dont on disait qu'elle s'avançait dans les terres. Les Blancs nommaient cette eau la baie d'Hudson. De l'autre côté, disait-on, d'autres Inuit vivaient, semblables à ceux du village d'Agaguk. Au soleil du matin — c'était après quatre jours de toundra —, une terre désolée, aride, un pays de pierres aux hivers terribles, vide de toutes bêtes. Là aussi une grande eau, mais bien loin et secouée par les tempêtes. Il ne fallait pas s'y aventurer en kayak. Au pays de l'Étoile, vers le nord — selon le mot des Blancs —, il y avait aussi de l'eau, puis des îles immenses qui étaient des pays de neiges éternelles où, toujours, les Inuit habitaient les igloos. Au sud, c'était après la toundra de mousse, le pays des arbres, des collines, des bêtes étranges, des Blancs et de leurs villes, des Indiens aussi, Montagnais, Abénakis, Ojibways, Sang-Mêlé. Mais c'était si loin vers les soleils, vers l'Étoile ou vers les pays d'arbres que l'on y songeait peu. Il y avait ici la toundra, la contrée plaisante et familière. On s'en contentait, Agaguk comme les autres.

C'est à mi-chemin entre le village des huttes et le pays nommé Labrador qu'Agaguk trouva l'endroit dont il avait rêvé; le monticule mesuré et marqué, sorte d'îlot plus ferme, à peine un mouvement de terrain dans cette toundra de mousse spongieuse et brunâtre, couche vivante dissimulant le *permafrost* millénaire. Et c'est sur ce tertre qu'il amènerait Iriook afin de vivre avec elle son destin.

Il revenait donc au village chercher la fille.

— Nous partirons dans trois jours, dit-il. Qu'est-ce que tu apporteras?

— Peu de chose. Un ballot, sans plus. Mes chiens.

— C'est tout?

— Je n'ai que toi.

Agaguk prépara deux ballots, le sien et celui de la fille.

Ce qu'ils mettaient en commun, c'étaient des pieux pour la hutte plus grande et toutes les peaux de caribou et de phoque que possédait Agaguk. La babiche, les aiguilles faites de dents de loup-marin, les casseroles de fer, les balles, les outils.

Il y avait aussi un poêle de métal pour brûler l'huile ou la graisse, un échange d'Agaguk au magasin des Blancs près de la Grande Eau.

C'était une précieuse possession qu'Iriook examina en tous sens, ne se lassant pas de l'admirer.

— Il fera bon dans l'igloo avec ce poêle, dit-elle.

Elle le touchait, doucement, presque craintive.

Dans le ballot de la fille, il y avait aussi de la graisse pour un mois, du pemmican, des allumettes de Blanc et du thé. Le thé, c'était un missionnaire, un homme en robe, au visage maigre et aux yeux surmontés de grands sourcils, qui lui avait enseigné à le boire. Cela réconfortait, disait-il, et il avait bien raison. C'était le seul enseignement qu'Iriook avait retenu de tout ce que disait l'homme. Contre un sac de thé que pouvait lui céder Oonak, deux peaux de renard... C'était cher, mais Agaguk aussi aimait le thé.

Un matin, l'homme et la fille se mirent en route.

Ballots au dos, les deux chiens d'Agaguk et les trois chiens d'Iriook retenus par de longues lanières attachées aux poignets, ils partirent sans adieux, sans regarder derrière vers la toundra déserte.

A'ngnak

LA FEMELLE

Parce que c'était l'été, la marche du premier jour fut lente et harassante. Les ballots étaient lourds, les chiens nerveux au bout des lanières. Ce serait plus long que n'avait prévu Agaguk.

Souvent aussi il fallait s'arrêter et observer les points de repère sur la toundra: la trace des mukluks dans la mousse, ou un vallonnement à peine perceptible à l'horizon; là encore ce mamelon... Agaguk avait ainsi gravé en sa mémoire la piste à suivre pour retrouver le monticule choisi.

Quand le soleil eut sombré sur l'horizon, il songea à la halte nécessaire. Ensemble ils mangèrent, ils dormiraient ensuite. Une fois, durant la marche, il avait ressenti un trouble plaisant. Son sang courait plus vite dans les veines, sa chair vibrait... Derrière lui, cette fille, Iriook, objet de rêve, son désir des mois passés, la longue attente... Et elle était là, docile, bien à lui. Toutefois, il avait senti confusément que le voyage comportait un terme qu'il ne devait pas devancer. C'était là-bas, à destination, leur pays dorénavant, leur appartenance, c'était là et là seulement qu'il devait la posséder.

Cette première nuit sous les étoiles, ils dormirent chastement côte à côte. Il en fut de même la deuxième nuit. Au troisième jour, quand ils arrivèrent à cet endroit choisi par Agaguk, l'homme délivra la fille de son fardeau, puis il jeta sa propre charge sur le sol. Sans attendre, il renversa Iriook, arracha le pantalon de peau de caribou qu'elle portait, détacha lui-même ses chausses et la prit, silencieusement. Elle n'eut qu'une plainte aussitôt réprimée. Bientôt ils s'acharnaient farouchement sur la surface humide de la toundra.

Quand il n'eut plus rien à donner, quand tout en lui fut vidé, il roula aux côtés de la fille et, tous deux demi-nus sous le ciel aux reflets de plomb, ils s'endormirent.

Un épervier passa très haut, venant des forêts du sud et voyageant vers les terres plus au nord, là où courent encore des belettes toutes brunes d'un poil d'été. L'oiseau ne vit pas que la viande fumée portée par Iriook était tombée du ballot et reposait sur la mousse.

* * *

Ils étaient arrivés bien avant la fin du jour. Mais quand ils s'éveillèrent le soleil était presque couché.

Vitement Agaguk mit sa nouvelle épouse à la tâche. Ils plantèrent les pieux les plus courts et ne se construisirent pour cette nuit-là qu'un abri temporaire.

L'habitation étant étroite, ils durent garder entre eux durant le sommeil la viande séchée et la graisse, pour les mettre à l'abri des bêtes.

Au matin ils érigèrent la hutte plus grande, solide, suffisante jusqu'à l'hiver, jusqu'au temps de l'igloo.

Ils travaillèrent en silence, s'acharnant à la besogne.

La fille était courte, trapue. Elle avait un visage rond et lisse où brillaient des yeux de laque, bridés, impassibles.

Quand elle souriait, elle était belle car ses dents ne s'étaient pas encore usées à mâcher les peaux. Mais elle ne souriait pas souvent ce jour-là, il y avait de la besogne à accomplir; elle n'avait point de temps pour les gentillesses.

Plus large qu'elle, Agaguk était même balourd. Il semblait plus vieux que ses dix-huit ans. Dans son visage ravagé par le vent et le froid brillait un regard accoutumé à supporter les terribles reflets de la neige sous le soleil. Il voyait aussi loin qu'un épervier et plus loin encore. Il pointait le doigt vers une belette bougeant à cent mètres, une bête grosse comme le poing, brune comme la toundra: c'était de la sorcellerie.

Nu, Agaguk était beau parce que sa peau était unie et sombre et que les muscles roulaient dessous comme des torsades d'acier prêtes à se détendre.

Iriook, elle, avait la taille épaisse et les cuisses très courtes. Ses seins étaient menus, mais ronds et laiteux, au tétin presque noir et sans halo.

Elle était tendre, sans brusquerie. Forte aussi, forte de son corps, comme l'était Agaguk, capable d'une puissance de muscles qui déplaçait les poids les plus lourds.

Ils mirent ce qui restait de la journée à ériger la hutte. Le soir venu, à la lueur de la lampe, il n'y aurait plus qu'à préparer le lit de mousse battue, à enfouir à moitié dans le sol la pierre où Iriook poserait le poêle et cuirait les repas. À cette intention, Agaguk avait aménagé un trou de fumée et d'aération au sommet de la hutte. Dans l'ouverture basse par laquelle ils passeraient, accroupis, une peau pendue et retenue par des pierres lourdes se fermait bien pour la nuit et empêchait les loups et les renards d'entrer. Rien ni personne ne pénétrerait dans cette hutte sans en réveiller les occupants. C'était l'essentiel.

— Cela te plaît? demanda Agaguk.

Puis, pratique, il ajouta:

— Tu pourras cuire les repas à l'aise, mâcher les peaux, coudre...

— Oui, répondit-elle.

Mais avec tendresse. Si peu qu'il fallait tendre l'oreille, deviner le sentiment. Où trouver des mots quand les gestes suffisent?

— Je n'aurais pas demandé qu'elle fût autrement, la hutte, dit-elle au bout d'un temps.

Quand elle fut endormie, Agaguk se glissa dehors et resta assis sur le monticule, à regarder les étoiles.

La toundra était douce à voir sous cette lumière, immobile, immense. À l'horizon d'ouest, la bande dorée du soleil de minuit, la lueur éternelle...

Une ombre passa tout près et Agaguk rampa vivement au-dedans, saisit sa carabine déjà chargée. Retourné dehors, il partit en course agile sur la mousse spongieuse. Chaussé de mukluks, il était aussi silencieux qu'une bête. Il dépista le loup au bout d'un kilomètre, vint si près que la bête ne se rendit même pas compte de la mort proche. Agaguk tira. Le coup claqua dans la nuit. Le loup fit un bond, trébucha, s'abattit tête première.

Quand Agaguk revint à la hutte, il suspendit la carcasse du loup tout en haut après les pieux. Ainsi la bête morte serait hors de portée des autres loups ou des renards qui viendraient, attirés par l'odeur du sang frais.

D'avoir semé les restes du caribou sur la toundra autour du monticule rapportait déjà. Le loup flairait la mousse lorsque Agaguk l'avait tiré. Ce serait une première pelleterie à échanger chez les Blancs. Avec les entrailles, Iriook tordrait de la babiche. Quant à la chair, elle servirait d'appât nouveau pour les autres carnassiers ou les rongeurs.

Iriook était éveillée quand il rentra et il vint se glisser auprès d'elle.

— C'est toi qui as tiré, Agaguk?

— Oui.

— Pourquoi?

— J'ai tué un loup.

Elle eut un soupir satisfait. Agaguk se sentait pleinement heureux. Il était homme. Il avait une femme à lui, cette hutte, deux fusils et des balles, la liberté de la toundra, une vie à vivre.

Un avion ronronna très haut dans le ciel, mais Agaguk ne l'entendit point. Il dormait.

Comme l'épervier du jour, l'avion ne se préoccupa aucunement de cette hutte, minuscule excroissance sur la toundra...

Angon

LE MÂLE

Le temps passa.

Un soleil, deux... d'autres encore.

Déjà il y avait plusieurs peaux tendues sur les séchoirs. C'étaient des peaux d'été, rapportant peu au troc, mais d'avoir pris ces bêtes enseignait à Agaguk les secrets de ces parages. Autant qu'une forêt, autant qu'un pays de vallons ou que les contrées montagneuses, la toundra cachait des mystères. Terriers fouillés dans la mousse, pistes à peine visibles, mouvements d'accoutumée des bêtes. Des insectes vivaient là qu'il fallait connaître; des oiseaux sillonnaient parfois le ciel, se posaient un moment, aliments recherchés des jours de joie.

Au ras du sol, les belettes, les visons montant des régions encore plus au sud, les pécans sinueux à la précieuse fourrure, les rats musqués.

Bêtes hautes aussi, caribous, loups, renards, facilement visibles; parfois un ours à sang mêlé, ni brun ni blanc, errant en solitaire sur la plaine immense.

Puis la multitude des humbles: mulots, souris grises, rats de mousse, tous les grignoteurs invisibles qui apparaissaient la nuit, se faufilant sous les parois des huttes, s'attaquant aux provisions, grugeant le pemmican, se régalant de graisse, endommageant même les pantalons de peau brute et les mukluks, rongeant la fourrure à l'intérieur des parkas là où la sueur et le sel du corps la rendent succulente.

Parfois, un lièvre trapu, brun, agile comme un souffle de vent.

Et pour chacune de ces bêtes, un sort fixé par Agaguk.

Un piège pour les rongeurs. Un collet pour les lièvres et les pécans. Pour les visons, un piège à patte n'endommageant pas le précieux poil. Une balle tirée sur les caribous, les loups, les renards. Une balle tirée juste, implacablement par cet œil perçant de l'Esquimau.

De toutes ces sciences maintes fois décrites, Agaguk tirait vanité. Devant Iriook, il prétendait sans vergogne savoir en créer sa richesse. Que n'avait-il pas déjà accompli, d'ailleurs, dont il ne tarissait pas? Mais s'il vantait ses propres prouesses, parfois Iriook montrait un fond d'espièglerie. Se nommait-il de la fière appellation, Inuk, qu'aussitôt elle rétorquait:

— Sang-Mêlé!

Ce qui était bien la pire insulte. Mais elle le disait en riant, son moment drôle à elle. Puis elle se jetait contre Agaguk, le chatouillait sous la parka, le pinçait à peau nue. Quand il criait grâce, elle se roulait sur le dos à son tour et il la possédait sauvagement.

C'était ainsi le matin au réveil, et le soir après avoir mangé. Ils ne se lassaient pas, cherchant quotidiennement un assouvissement qui semblait ne jamais devoir se produire. Et ils étaient seuls avec cette joie animale, seuls sur la toundra immense. Une solitude qui leur était précieuse, une joie dont l'éternel renouvellement les émerveillait.

Aux heures libres, Agaguk tendait des pièges nouveaux, ou encore il allait visiter ceux déjà en place.

La tournée terminée, il s'asseyait, les jambes repliées sous lui, la carabine sur les cuisses, et il attendait que vienne un loup, que passe un renard. Parfois c'était un caribou qui bondissait des lointains. Il l'abattait d'une balle sûre, et vitement lui et la femme fumaient la viande dépecée. Ainsi s'accumulaient les réserves de pemmican.

Ceux du nord, ceux des neiges éternelles font surtout provision de phoque, mais là où il vivait, Agaguk, ce n'était pas encore l'Arctique, et ce n'était pas non plus la forêt. C'était au-delà de la ligne des arbres, au-delà du bouclier laurentien, sur la toundra infinie, pays d'immense immobilité. Il fallait compter sur d'autres viandes: celle du caribou, celle de l'ours, celle des bêtes de rapine aussi, le cas échéant.

— Il y a des gens, plus au nord, dit Agaguk un matin. On les nomme les gens du Sommet de la Terre. Il en est venu deux un hiver, jusqu'au village.

— Je n'y étais pas. J'étais en chasse avec mon père. Il vivait encore. Mais l'on m'a parlé d'eux.

— Ils étaient des gens comme nous, dit Agaguk.

— Je sais.

— Ils vivent toujours dans l'igloo.

— Ils ne s'en plaignent pas?

— Grand bien leur fasse.

Le souhait était sincère. Agaguk eût voulu vivre l'année durant dans l'igloo. Il n'aimait pas les huttes. Mais il était né sur la toundra et il y mourrait. Soit.

À quelque temps de là, un soir, un vent s'éleva qui secoua la hutte toute la nuit et ragea encore le matin venu. Une grande masse fluide et puissante qui balayait la toundra. Il venait du sud, transportant d'étranges odeurs inconnues.

— Qu'est-ce que c'est, cette odeur dans le vent? demanda Iriook.

— Tu as déjà vu un arbre?

— Non.

Il montra le sud.

— Il y en a là-bas, beaucoup. Je suis monté dans le Grand Oiseau du Père, une fois, pour aller chercher des médecines dans les autres contrées.

— Celles au sud?

— Oui. Le Père appelait ça le Québec. Le lac... attends, je ne sais plus...

Il chercha le nom. Des sons bizarres pour lui, trop doux, trop susurrants. Il y renonça.

— Nous avons été partis trois jours.

— Et là-bas, questionna Iriook, qu'y avait-il?

— Des Blancs, des Sang-Mêlé, des Montagnais. On y habite des maisons de bois, avec une cheminée, comme les maisons du poste à la Grande Baie. Comme la maison du trafiquant.

Iriook avait du rêve dans les yeux.

— C'est beau, un arbre?

Agaguk haussa les épaules.

— Quand il y a trop d'arbres, on ne voit plus le gibier. Ils appellent ça la forêt. Je chasserais mal en cet endroit. Je m'y perdrais aussi.

— Il y a beaucoup d'arbres, dans une forêt?

— Pendant quatre heures, nous avons volé par-dessus. Il n'y avait que des arbres.

— Il y en a beaucoup, conclut calmement Iriook.

Elle était déjà assise sur le lit de mousse. Sur ses genoux elle tenait des intestins de loup, bien séchés, longues et fines lanières verdâtres. Tout en écoutant discourir Agaguk, elle mâchait inlassablement ces entrailles, les assouplissant, les étirant, et les tordant en bonnes aiguillées de babiche pour les ourlets et les coutures de vêtements d'hiver.

En haut de la hutte, dans la pointe près du trou de fumée, des peaux de renard et deux peaux de caribou étaient encore pendues. Plus tard, avant le froid, Iriook mâcherait les peaux de caribou sur toute leur longueur et sur toute leur largeur, afin de les assouplir. Y joignant les peaux de renard en garniture, elle en ferait deux parkas lourdes, des pantalons serrés à la cheville. Ce serait la garde-robe d'hiver. Et un luxe, par surcroît, puisque les hardes de l'année précédente étaient encore en excellent état.

Mais elle avait promis d'être une bonne femme et elle tenait son engagement.

Le vent avait augmenté. Agaguk avait tenté de se distraire en parlant. Mais depuis que le vent hurlait plus fort sur la toundra, il était redevenu silencieux. Son visage s'était fermé, ses yeux brillaient d'un étrange éclat.

La bourrasque secoua la hutte, en ébranlant les pieux. Les peaux de revêtement claquaient sur les montants.

Soudain, Agaguk se roula par terre, atteignit des deux mains un séchoir d'os de phoque. D'un geste fou il le brisa en cent morceaux. Et il hurlait sur une note un son de rage, extraordinaire, nouveau pour Iriook.

Figée d'effroi, elle regardait son homme. Quand il se fut calmé, elle retrouva du courage.

— Qu'est-ce que tu as? demanda-t-elle.

Il haletait, ses yeux étaient agrandis, il avait de la bave à la commissure des lèvres.

— Le vent! criait-il. Il est plus fort que moi! Rien ne doit être plus fort que moi.

Il répéta, le corps secoué d'un tremblement.

— Tu entends? Rien!

Puis il s'étendit, la tête entre les bras et à plat ventre, tout à côté d'Iriook. Pendant un moment elle le regarda, ses yeux de laque ne trahissaient rien de sa pensée. Quand la

Ko.g

LA RIVIÈRE

Au matin, le soleil brillait sur la toundra et le vent n'était plus qu'une brise lente et tiède.

Pourtant, un mètre à peine sous la mousse se trouvait le *permafrost,* la glace éternelle descendant jusqu'à cent ou deux cents mètres de profondeur, gardant aux nuits leur fraîcheur, empêchant que ne croissent les arbres, que ne subsistent même les broussailles. Seulement la mousse, les lichens, parfois de l'herbe rachitique. Et pour le temps d'été seulement, la faune des insectes et des petites bêtes, vite habiles, le froid venu, à émigrer vers une latitude plus clémente, ou à se terrer pour une hibernation bien proche de la mort dans l'attente du printemps.

Seules à courir la toundra en hiver, les hautes bêtes, les loups, *Tiriganiak* le renard blanc. Parfois un caribou affamé, mâle solitaire qui n'a pas suivi la horde vers les pays d'arbres où même en hiver se trouvent des écorces et des jeunes bois tendres à ronger.

Demi-folles alors, ces bêtes traquées par le froid, fuyant vers les *barrens* et la mort certaine, que ce soit de l'intempérie ou de la balle implacable d'un fusil esquimau.

Agaguk sortit au soleil, huma la brise.

Iriook, éveillée, vint à ses côtés.

C'était un renouveau sur la toundra. Le vent chaud avait fait éclore des fleurs. Bleues ici, jaunes là-bas, quelques timides fleurettes rouges éparses. Un ornement sur la plaine morne.

— Je sens l'eau, dit Agaguk.

D'abord en hésitant. Il n'était pas sûr de l'odeur. Il huma de nouveau, réfléchit, huma encore.

— C'est l'eau.

Cette fois, il était certain. Il montra d'où venait le vent, la brise tiède.

— Une rivière.

Une rivière, l'endroit où vont boire les visons; l'automne venu et le temps des belles pelleteries, l'endroit propice où tendre les pièges; dans l'eau, parfois, des rats musqués... Sur les bords de la rivière, d'autres bêtes... Sûrement des pécans, et des oiseaux... De gras oiseaux bien nourris de vers et de fretin...

— J'y vais, dit-il.

Il se fit un son lourd, sorte de grondement lointain, semblant sortir des entrailles de la terre.

— Le vent qui revient? demanda Iriook.

Mais Agaguk secoua la tête en souriant.

— Non...

— Qu'est-ce que c'est?

— C'est comme à tous les vents chauds. Mon père avant moi le disait, l'autre avant lui... On le chante l'hiver dans les igloos. Tu n'as jamais entendu? Quand vient le vent chaud, c'est le temps pour ces choses.

— *Nuna aodlaklog?* s'écria Iriook.

— Tu as raison. La terre a bougé. C'est toujours ainsi au vent chaud.

Sous la croûte dégelée, le *permafrost* reçoit ce nouvel afflux de tiédeur. La glace éternelle alors se fendille, se crevasse. La masse oscille, gronde, et la terre bouge. Le phénomène est fréquent. Les Esquimaux n'y font guère attention. Qu'est-ce que cela importe, puisque toujours les huttes restent bien en place! Une belette apparut, fuyant son terrier probablement effondré.

— *Nuna aodlaklog?* geignit Iriook. Et si elle bouge encore, allons-nous périr?

— Non.

Agaguk humait toujours la brise.

— Il y a une rivière là-bas, maintenant j'en suis sûr. Et j'y vais.

— Pourquoi?

— Pour trouver l'eau. Et s'il y en a, nous irons habiter là.

— Seras-tu longtemps?

— *Nauna...*

— Tu ne sais pas? Un jour... deux jours?

— Deux jours. Si l'odeur de l'eau vient sur le vent, c'est que la rivière n'est pas loin. Je ne connais point encore le pays.

— Deux jours... Et si la terre bouge de nouveau?

— Elle a bougé une fois. S'il n'y a pas d'autre vent chaud, elle ne bougera plus. Mais le vent chaud ne reviendra pas.

— Pourquoi? Comment le sais-tu?

— Parce qu'il s'est enfui vers les glaces au Sommet de la Terre. Il va y périr.

— Je n'avais peur que de ça, dit-elle.

— Tu vois, il s'est enfui.

— Oui.

— Celui d'aujourd'hui vient de l'ouest. Il a des odeurs de rivière. C'est un bon vent.

— C'est un bon vent.

— Tu n'auras pas peur de rester seule, si je pars?

— J'ai mon fusil, des balles. Je n'aurai pas peur.

Agaguk prépara un ballot. Du pemmican, de la graisse, de quoi faire un feu, des balles pour son fusil et une peau de caribou roulée pour dormir.

Il partit sans se retourner une seule fois. Debout devant la hutte, Iriook le vit pendant une heure marcher rapidement sur la toundra. Puis il dépassa l'horizon.

Il trouva la rivière à la fin du deuxième jour. C'était en vérité un ruisseau torrentueux plutôt qu'une rivière. À bien des endroits, il eût pu d'un bond vers l'autre rive franchir les eaux.

Les approches du cours d'eau étaient toutefois parsemées de pistes de bêtes. Agaguk y trouva des excréments d'oiseaux et vit même, dans un plat d'herbes aquatiques sur la rive opposée, une outarde qui l'observait patiemment.

Il eut des gestes lents, mesurés, pour épauler son fusil.

Le coup partit, l'outarde battit de l'aile une fois, puis flotta hors des herbes, tuée raide, le cou tranché. Agaguk la dévora sur l'heure.

Il y avait un peu d'herbe dans ce ruisseau, aux endroits calmes, des joncs aussi. Quelques arbustes arrivaient à croître en bordure, protégés du *permafrost* par l'infiltration d'eau. C'était peu, mais on en pouvait faire un feu aux mois secs, et les taillis pouvaient servir de cache.

Agaguk mit une pleine journée à explorer le cours d'eau et ses abords. Plus loin, il trouva de l'eau rapide, de l'eau blanche, qui gèlerait beaucoup plus tard que les autres eaux, l'automne venu. Ce serait là l'endroit où les bêtes à poil viendraient boire.

Il marqua l'emplacement dans sa mémoire, s'orienta sur les imperceptibles ondulations de la toundra et, le soir tombé, il reconnut les astres qui le guideraient plus tard, lorsqu'il reviendrait.

De retour à la hutte, il trouva Iriook qui pleurait.

— Qu'est-ce qu'il y a? demanda-t-il.

— Tu es parti longtemps. Je te croyais mort.

Elle pleurait toujours.

— Tais-toi, dit rudement Agaguk. Tu vois, je suis revenu.

Mais elle ne pouvait s'arrêter. Il lui toucha le bras d'un geste hésitant, elle en pleurait de plus belle.

— Je veux que tu cesses! cria-t-il soudain.

Iriook secouait la tête et pleurait toujours, le visage enfoui dans les mains.

Alors, parce que ces pleurs affolaient Agaguk, parce qu'il se sentait impuissant à les tarir, une rage hystérique s'empara de lui.

Il la battit, de ses pieds et de ses poings, à coups furieux, jusqu'à ce qu'elle tombât inanimée.

Il mit longtemps à se calmer. Puis il vint s'étendre auprès d'elle. Quand elle ouvrit les yeux, qu'elle bougea en geignant, il la posséda brutalement.

Mikigiak

LE PIÈGE

Agaguk et Iriook avaient porté sur leur dos la hutte démembrée, les provisions, les armes, les outils, les pièges et les peaux.

Ensemble ils s'étaient rendus jusqu'au bord de cette rivière découverte par l'Inuk.

Là, ils érigèrent de nouveau leur habitation. La tâche n'était pas longue. Trois longs montants fichés en terre, et bien réunis en faisceau au sommet. Ainsi, l'habitation formait triangle. À deux endroits, horizontalement, des travers pour lier les montants. Là-dessus, un revêtement de peaux de caribou grattées afin d'enlever le poil.

Au sommet de ce cône, le trou d'aération. Sur l'un des pans, une ouverture basse, fermée d'une peau pendant librement. Pour fixer le revêtement aux montants, de la babiche lacée.

À l'intérieur, près de l'embrasure, la pierre plate où placer le poêle, et un lit de mousse le long d'un pan. Aux barres horizontales, les outils accrochés, ces objets qui étaient leurs seules possessions. Tout en haut du cône, les lanières de pemmican suspendues hors de portée des rongeurs et, dans un seau, les briquettes de graisse et de suif de caribou. Appuyés près de la porte, les deux fusils.

Ils achevaient de s'installer de nouveau quand quelqu'un arriva.

— Inuk, dit Iriook en regardant sur la plaine.

Elle pointa du doigt, répétant:

— Regarde, un homme.

Le survenant approchait. Agaguk reconnut Ghorok, du village.

On racontait bien des choses sur cet homme. À cette époque où pourtant les sorciers n'exerçaient plus l'emprise d'autrefois sur les tribus, chez les siens Ghorok gardait d'un sorcier le prestige et, d'un Inuk cruel et déterminé, la domination sur ses congénères.

Il possédait un bagage de tours plus ou moins cousus de fil blanc, appris d'un sien cousin autrefois grand sorcier dans une tribu des rives. Cela n'était certes pas suffisant pour qu'en son village il fût craint comme il l'eût voulu. Mais c'était bien assez pour que le chef Ramook reconnût son utilité et en fît une sorte d'homme de confiance.

Malgré tout, il impressionnait les plus superstitieux, et l'habitude était prise depuis longtemps, même chez ceux qui ne croyaient plus aux magies, d'appeler Ghorok le sorcier du village.

N'était-il pas convoqué aux igloos pour guérir les maux les plus saugrenus? Certaines vieilles ne confiaient-elles pas leurs espoirs, leurs ambitions et même leur destinée aux bons offices de Ghorok qui s'empressait de fabriquer pour celle-là un sachet d'étranges mixtures, pour cette autre une amulette aux cent pouvoirs?

Sorcier d'une façon, complice et acolyte de Ramook de l'autre, toutes choses propres à le faire craindre et même haïr dans la tribu. Mais qui eût osé l'affronter? Et ce jour-là, que venait-il faire chez Agaguk?

Ghorok grommela une salutation brève, puis il s'accroupit et mangea silencieusement ce qui lui avait été offert en signe d'hospitalité. Il avait une lueur cupide dans le regard. Agaguk, qui n'aimait pas cette présence, se sentait mal à l'aise. Ghorok raconta qu'il était parti chasser, qu'il avait marché plus loin que son but. Ainsi il avait aperçu la hutte d'Agaguk et s'y était rendu.

Avant de repartir, il se pencha, le visage collé sur celui de son hôte.

— Il y a du nouveau au village, dit-il. Un trafiquant blanc. Avec un Montagnais pour l'aider.

Agaguk haussa les épaules:

— Et puis?

— C'est plus près d'aller là que de marcher jusqu'à la Grande Baie.

— Oui.

— Si tu y vas, le trafiquant sera content. Il n'a pas toutes les peaux qu'il voudrait avoir.

— Qu'offre-t-il en échange?

— Des balles...

Ghorok tapota sa ceinture.

— Beaucoup de balles... Du sel, du sucre, du thé.

— C'est tout?

— Il a des couteaux, et encore trois fusils.

— Et si j'y vais?

— Il sera content, c'est sûr.

Ghorok examinait les peaux tendues.

— Il prend de tout, dit-il. Il prend même des pelleteries d'été, du renard, du rat musqué, de la belette. Des couteaux d'ivoire contre du sel...

— Pourquoi veux-tu tant que j'y aille?

— Pour rien. J'en parle.

Le regard faux, la mine fourbe...

Iriook fit un geste de la main. À la lueur du poêle, l'ombre de la main fut monstrueuse sur la paroi de la hutte.

— L'homme avec le Blanc, dit-elle, c'est un Montagnais?

Mais pour le dire, elle n'avait pas employé un nom de tribu. Plutôt, elle avait employé l'appellation méprisante, insultante, *Irkrelret,* les poux.

Ghorok étendit la main à plat sur sa cuisse. Il haussa les épaules.

— C'est un homme.

Il sourit, montrant des dents jaunes.

— Puisqu'il trafique, et que le Blanc aussi trafique, il n'y a rien à dire...

— *Anartok!* cracha Iriook.

Le mot était sale. La pire insulte à dire. Les deux hommes restèrent silencieux.

Ghorok se redressa. Il allait prendre congé. Il se frotta les mains, se pourlécha les lèvres pour montrer qu'il avait bien mangé et se releva complètement.

— Ce que j'en dis, c'est pour parler, conclut-il.

Quand il fut parti, Agaguk alla se rasseoir devant le feu. Iriook n'avait pas bougé.

— Il veut que tu y ailles? demanda-t-elle. Pourquoi?

Elle avait parlé d'une voix égale, sans inflexions.

— Je ne sais pas.

— *Krablunak ayortok!*

Agaguk grimaça.

— Comment peux-tu dire que le Blanc ne vaut rien?

Iriook semblait en colère.

— S'il valait quelque chose, déclara-t-elle, irait-il trafiquer dans un village de dix huttes? Compte sur tes doigts.

Et il a voyagé tout ce temps pour si peu? C'est qu'on ne veut pas de lui ailleurs, c'est sûr. Si la Compagnie apprend qu'il est là, elle enverra les agents.

Elle n'en avait jamais autant dit.

— Mon fusil est vieux, dit Agaguk. Je pourrais en avoir un neuf.

Il regardait vers le haut, supputant les peaux mises à sécher, les autres en ballot.

— Ici, la chasse sera bonne, continua-t-il. Si j'avais encore d'autres pièges de métal, des pièges de Blanc...

Il montra du doigt.

— La peau de caribou, celle-là...

— Je voulais t'en faire une parka...

— ... Plus les peaux de loup... J'ai trois couteaux d'ivoire. D'autres peaux... Ce serait peut-être assez pour un fusil.

Iriook resta silencieuse.

Elle avait dit tout ce qu'elle pouvait dire. Maintenant, c'était à l'homme de décider.

— Je partirai demain, dit Agaguk. Le voyage en vaudra la peine.

— Et si Ghorok revenait ici?

— Tu as ton fusil.

— Oui. J'ai mon fusil.

Angayuk'ak

LE TRAFIQUANT

Ayallik, Tugugak et Ignek accueillirent Agaguk quand il entra dans le village.

— Il y a un trafiquant ici, dit Ayallik.

Ils ignoraient, semblait-il, la visite faite par Ghorok à la hutte d'Agaguk.

Ayallik montra le ballot de peaux.

— C'est tout ce que tu portes?

— Oui.

— C'est peu.

— C'est suffisant, riposta sèchement Agaguk.

Tugugak grommela un mot qu'Agaguk ne comprit pas, et Ignek secoua la tête.

— Les temps changent, dit-il.

Ayallik souriait. Sa bouche édentée, aux gencives noircies, semblait quelque maléfique caverne.

— Il y a de l'eau-de-vie, dit-il. Tu en veux? Le Blanc en trafique…

Agaguk le regarda d'un air surpris. Le trafic de l'eau-de-vie étant interdit dans les Territoires, c'était donc ça le mystère? On accueillait bien cet homme parce qu'il troquait de l'eau-de-vie contre les peaux.

— Ghorok ne me l'a pas dit, murmura Agaguk.

— Il est allé à ta hutte?

— Oui.

— Pourquoi?

— Je ne sais pas. Peut-être pour m'annoncer que le Blanc était ici...

— Iriook était là? demanda Ignek.

— Oui.

— Ghorok la connaît. C'est un malin. Il a préféré ne rien dire devant elle. Et tu vois, tu es venu quand même.

— Je ne veux pas d'eau-de-vie. Je veux un fusil, du sel, du thé, des balles. Un couteau d'acier, peut-être.

Tugugak toucha le ballot de peaux du bout de l'orteil, fit la grimace.

— *Ayornarman,* dit-il en soupirant.

— Pourquoi dis-tu qu'on n'y peut rien?

— *Krablunak ayortok!* s'écria Tugugak.

— C'est ce que disait Iriook, fit Agaguk. Le Blanc ne vaut rien. Elle l'avait deviné.

— Tu vois, dit Ayallik, tu vois? J'avais raison. Ghorok a bien fait de ne pas parler devant elle.

Ayallik avait bu de l'eau-de-vie. Cela se voyait à ses gestes.

— Comment se nomme le Blanc? demanda Agaguk.

— Brown.

Ayallik prononçait «braoune» en laissant filer la dernière syllabe.

— Je vais le voir, dit Agaguk.

— C'est la hutte là-bas, fit Ignek. La dernière, celle que tu habitais. Mais depuis qu'elle est vide, le Blanc l'habite.

Agaguk partit, son ballot de peaux au bout du bras. Quand il entra dans la hutte, le Blanc était seul. Il leva la tête et sourit à Agaguk. C'était un homme très grand, mince, maigre même, au visage hâve, aux yeux bizarres dans des orbites trop creuses. Il avait de longues dents jaunes, comme celles d'un loup.

— J'ai des peaux, dit Agaguk.

L'homme semblait comprendre l'esquimau.

— Que veux-tu en échange?

— Un fusil, trois boîtes de balles, du sel, du thé. Si possible, un couteau d'acier.

L'homme regarda le ballot à terre, sourit de nouveau.

— Montre les peaux.

Il parlait presque bien la langue esquimaude. Mais on voyait qu'il l'avait apprise avec les *Kidlinermeun,* les dernières tribus, celles plus au nord, celles qui sont aux confins des terres habitables.

Agaguk défit lentement le ballot. Il étala d'abord les petites peaux, celles des belettes, brunes à mauvais poil d'été. Puis les peaux de loup, plus belles. Deux, entre autres, très grandes et de bon pelage. Il y avait six peaux de loup, six de renard. Et la grande peau de caribou, fort belle, soigneusement nettoyée et grattée par Iriook.

Brown avait à peine examiné les pelleteries. Il roula le ballot et le jeta derrière lui dans la hutte.

— Tu ne veux pas d'eau-de-vie? demanda-t-il.

— Non, fit Agaguk, têtu.

Il énuméra sur ses doigts.

— Un fusil, trois boîtes de balles, du sel…

— Je sais, je sais, interrompit Brown.

Il allongea la main derrière lui, prit un sac de sel et le posa par terre entre Agaguk et lui-même.

— Voilà.

Agaguk attendit un moment. Puis, patient, il répéta:

— Je veux un fusil, des balles, du…

41

L'homme blanc l'interrompit d'un geste, cracha par terre. Du doigt il montra le sac de sel et sourit méchamment.

— *Nao!* dit Agaguk. Tu ne comprends pas. Où est le fusil, où sont les balles?

L'homme ricana.

— Pas de fusil, pas de balles, pas de thé, pas de couteau. Seulement du sel, dit-il.

— Et mes peaux?

— Tu ne veux pas d'eau-de-vie?

— Je veux un fusil, des balles, du thé…

Brown éleva la main qu'il rabattit en une grande claque sur sa cuisse.

— Ta gueule!

— Ou alors mes peaux, je ne trafique pas avec toi.

— Prends le sel. C'est tout ce que tu auras.

— Non. Donne-moi mes peaux. J'irai au poste de la Compagnie, à la Grande Baie. Je dirai à la police ce que tu fais ici.

Brown se leva. Agaguk, soudain inquiet, se leva à son tour. Le Blanc tenait un revolver à la main.

— Dehors, pouilleux!

Agaguk, impassible, regardait l'arme, regardait l'homme.

— Dehors!

— Je veux mes peaux!

Le Blanc tira. Non en visant Agaguk, mais en l'air, vers le trou de fumée.

À son tour, Agaguk cracha par terre, délibérément en direction de Brown. Puis, les épaules droites, il partit.

Dehors, il attendit un moment pour voir si le Blanc le suivrait. Mais comme Brown ne sortait pas, et comme personne des huttes ne venait à la rescousse, même après le coup de feu, il s'en fut chez Ramook, son père.

Il avait le front plissé, la mine soucieuse.

À Ramook il ne marqua aucune joie de le revoir; il n'eut aucune parole de salutation, même après ces mois d'éloignement. Il jeta sur la Montagnaise vivant avec le vieux le regard méprisant qu'il lui réservait d'habitude.

— Tu as de l'huile qui brûle, pour les lampes? demanda-t-il à Ramook.

Le vieux chef montra du doigt un bidon de kérosène près de la porte.

— Ce soir, dit Agaguk, j'en aurai besoin.

Tokonik

LA MORT

Étendu sur la mousse, derrière la hutte plus grande qu'habitait son père, Agaguk ne fit rien du reste de la journée.

Quand Tugugak ou d'autres revinrent le questionner sur le nouveau pays qu'il habitait, la chasse en ces contrées, l'eau et les caribous, il répondit à peine.

Ils comprirent vite que l'homme ne voulait pas parler. Alors, on le laissa à sa rêverie. Mais, à la fin du jour, Tugugak dit à Ayallik:

— Agaguk a du fiel au ventre. Je ne l'ai jamais vu ainsi.

Ils devinaient tous que c'était à cause du Blanc, mais ils n'en discutaient point. Ce qui était entre le Blanc et Agaguk ne regardait personne. Pour beaucoup des hommes du village, c'était un bienfait qu'un Blanc trafiquât de l'eau-de-vie. Prendre parti pour Agaguk risquait de tarir la source de joie. Prendre parti pour le Blanc eût indisposé Agaguk, qui pouvait invoquer les traditions, la solidarité tribale…

On savait Agaguk vindicatif, dangereux par son silence même et sa détermination farouche. Il restait là étendu, sans vouloir parler. Il était en difficulté avec le Blanc?

Bon. De s'aller fourrer dans ce terrier n'apporterait que des désagréments. Il valait mieux le laisser tranquille.

Pour l'instant, la sagesse dictait le silence, voire l'indifférence affectée. Mais au-dedans de soi-même, l'on ne pouvait s'empêcher de penser... Contre un ballot de peaux ne pas avoir son dû est affaire entre l'homme — l'Inuk — et le trafiquant.

Prévenues par les hommes, les femmes accroupies devant les huttes et mâchant les peaux de caribou évitaient elles aussi de parler de l'affaire. Si Agaguk était là le lendemain, s'il avait oublié l'aventure, il serait toujours temps pour les femmes de s'informer d'Iriook qui avait été une fille de la tribu.

Le soir vint. Sans être toutefois le vrai soir. S'il n'y avait plus autant de soleil de minuit, c'est que l'équinoxe approchait. Bientôt, ce serait le gel, la neige, la nuit d'hiver; cette pénombre constante, sans répit, chaque heure semblable à elle-même, capable de rendre fou le plus raisonnable des Blancs.

Pour l'Esquimau, c'est le fait acquis de sa vie. Il y a le demi-jour des nuits d'été, surtout aux horizons d'ouest, là où s'étend le long ruban doré qui jamais ne disparaît et baigne la toundra d'une demi-pénombre monotone.

C'est en cela que diffère la toundra, celle du haut Québec et du Labrador. On n'y retrouve pas les six mois de nuit de l'Arctique aux glaces éternelles, et les six mois de jour éblouissant qui s'ensuivent. Le soleil de minuit ne crée qu'un demi-jour, et la nuit d'hiver n'est qu'une demi-pénombre. À cette latitude, c'est encore l'état transitoire. Ce n'est pas l'Arctique, et ce n'est pourtant plus la beauté des contrées heureuses.

Il y a des fleurs sur cette toundra, une fois la neige fondue. Rouges, ou jaunes, quelquefois blanches. Elles viennent à la fin de juin. Pendant une semaine, parfois deux, elles couvrent la mousse et alors la toundra est magnifique. Mais c'est le seul instant de couleur. Vient le mois d'août et le chaud soleil jaunit la mousse et fane les fleurs. C'est le signe que déjà l'hiver n'est pas loin. Brusquement, viendront les gels nocturnes. Dès le tôt octobre, et parfois avant même que ne s'achève septembre la neige rafale dans le vent sec. Bientôt arrivera le temps de l'igloo.

C'est encore une prémice. Il y a des heures tièdes dans le haut du jour. Et la neige qui tombe en rafale n'est pas la vraie neige d'hiver. Ce n'est qu'une poudre blanche, toute fine et légère comme un souffle d'ange. Le vent la fait valser sur les plaines noircies par le gel, la rejette dans les airs où elle voltige un temps pour revenir sur terre, reprendre cette valse aux longues figures élégantes.

La vraie neige viendra plus tard, solide, pesante, dure. En quelques heures, elle couvrira toute la toundra d'une couche épaisse d'un mètre. Plus tard un peu, le premier blizzard soufflera, ajoutant à ce mètre premier un autre mètre, et parfois plus. Quand janvier arrive, il y a cinq mètres de neige sur la toundra, une masse aussi dure, aussi dense que du béton, sur laquelle la vie cependant doit continuer à se vivre.

Ainsi d'octobre à la fin d'avril.

Souvent l'Esquimau doit évacuer l'igloo enterré par un blizzard, et en reconstruit un autre. Certaines tribus laissent les igloos caler sous les couches successives, se contentant de réaménager le tunnel d'entrée après chaque blizzard.

Agaguk, lui, optait pour cette dernière alternative. Il n'avait jamais reconstruit un igloo. Plutôt, il le disposait avec soin, l'endroit savamment choisi, l'ados au rebours des poussées de vent, ou au faîte de quelque monticule lui assurant un renivellement en hauteur qui annulait au moins le premier mètre et parfois le deuxième.

Un long hiver, ses misères, ses dangers, sa monotonie. En mai, hypocritement, les fondrières seront dangereuses.

Quand arrive ce temps, la chaleur devient intolérable dans les igloos, les blocs glacés se désagrègent. Alors on songe qu'il faudra construire la hutte dès que la toundra noire percera à travers la neige.

Le temps est alors venu pour les Inuit de songer aux chasses d'été, les chasses essentielles, qui procurent la viande fumée pour l'hiver, la graisse, les os et l'ivoire servant à façonner les outils.

(Ainsi ils se nomment, de l'un à l'autre, *Inuk,* l'homme; *Inuit,* les hommes. Il n'y a d'autres hommes qu'eux, les Esquimaux, les *Inuit.* Pour toute autre race, ils auront des noms de mépris. Pour les Blancs, pour les Montagnais, pour les gens venus du sud — selon le cas, Abénakis, Apaches, Sang-Mêlé, Couleuvres, Shoshones, tous ces Indiens des régions boisées à pleine largeur du Canada — pour tous ceux, enfin, qui ne sont pas nés du Ciel, qui ne sont pas les maîtres du Sommet de la Terre. Seul l'Esquimau est un *Inuk,* un homme. «Regarde là-bas l'homme qui vient!» Ce sera un Esquimau, rien d'autre.)

Dans le village de Ramook, l'on parait déjà aux temps d'hiver. Dans plusieurs huttes, on fumait la viande de caribou et les chasseurs les plus habiles rentraient mains pleines, apportant d'autre chair à fumer le lendemain.

C'était un peu la raison pourquoi l'on n'avait que bien peu partagé le souci d'Agaguk. Devant l'inexorabilité des saisons, l'Inuk n'a plus qu'une pensée en tête: pourvoir à l'hiver cruel, organiser les grandes chasses d'été.

Agaguk avait donc pu, tout ce jour-là, remâcher les actes du Blanc, en tirer une colère froide, sourde, implacable.

Et le soir vint. Sans lune, sans étoile, sans soleil de minuit. Ou alors si peu que l'on n'en pouvait tirer aucune lumière.

Agaguk resta sans bouger, toujours étendu sur la mousse.

La Montagnaise sortit lui offrir une poignée de pemmican bouilli dans l'eau. Il lui cracha au visage, comme toujours il faisait depuis que son père avait amené cette femme dans l'igloo.

(Une Montagnaise venue du sud, de déplaisante odeur, bizarre avec son visage épais, ses yeux de bête, ses robes de coton comme en portaient les Blanches. Ramook avait tenté de lui enseigner comment mâcher les peaux et les coudre ensuite, mais elle lui avait ri au nez.)

Ramook vint à son tour, se tint un instant debout près de son fils, hésita et chercha des mots. Mais, ne sachant quoi dire, il s'en retourna.

Dans le village, le silence tomba petit à petit. À cette heure-ci, les hommes mangeaient. Bientôt gavés, ils dormiraient, affalés contre leur femme.

Bizarrement, dans sa hutte, Tugugak chantait à tue-tête. L'eau-de-vie du Blanc n'était pas du petit lait.

La nuit se fit plus profonde et le silence peu à peu s'épaissit, coupé çà et là du bref jappement d'un chien, d'un gémissement de femme, du vagissement d'un enfant.

Tugugak ne chantait plus.

Le silence était maintenant complet.

Agaguk se leva, revint devant la hutte de Ramook et observa l'agglomération du village. Chez le Blanc, rien ne bougeait. C'était l'obscurité aussi. Où dormait son Montagnais?

Agaguk ne se posa plus de questions. Il attendit. La puissance de l'homme contre la bête, c'est justement cette immobilité, cette attente. Redoutable patience millénaire.

49

Quand il fut certain que tous dormaient, il glissa le bras sous la portière de peau de caribou, à l'entrée de la hutte de Ramook. Sa main tâta, trouva le bidon de kérosène.

Il retira le bidon sans aucun bruit et partit à pas souples et feutrés vers la hutte du Blanc. Il glissait dans la nuit, ombre sur ombre, et s'introduisit comme un furet chez le trafiquant.

Brown dormait sur le dos, bouche ouverte. Il ronflait. Le bras allongé à côté du corps, il tenait un pistolet dans la main.

Les yeux d'Agaguk, maintenant habitués à l'obscurité, distinguaient les détails de cette forme allongée. Voyant l'arme, il eut un sourire mystérieux, railleur. Un moment il resta ainsi, supputant, calculant. Puis il se saisit de son ballot de peaux et le lança au-dehors.

Avec des gestes de velours, il dévissa le bouchon du bidon de kérosène. Maintenant il était prêt. Il prit dans sa poche une allumette, une grosse allumette de Blanc. Le geste devint une sorte de rituel rythmé comme quelque danse des religions antiques. En un arc large et précis, son bras s'arrondit, le kérosène jaillit du bidon et inonda l'homme. Au même instant, l'allumette flambait, touchait le liquide, et Brown, poussant un hurlement terrible, devenait une torche vivante.

Agaguk sortit en trombe, avait attrapé son ballot et voilà qu'il était déjà loin à regarder cet enfer qu'il avait allumé.

Tout flambait. Il y avait eu les hurlements du Blanc qui s'étaient aussitôt tus. Puis le Montagnais était accouru de quelque part et avait tapé à tour de bras, mais en vain, sur les parois de la hutte.

Le temps que mit le village entier à s'éveiller, à venir au secours de Brown, déjà l'habitation était un bûcher rituel, jetant sa lueur de mort à des kilomètres à la ronde.

Agaguk, son ballot au dos, s'éloignait du village à grands pas, en direction de la rivière où l'attendait Iriook.

Comme un vent froid soufflait sur la toundra et que les loups avaient faim, Agaguk oublia vite l'acte qu'il venait de commettre. Rien dans l'esprit, seulement le vide bruissant de la toundra, l'effort des muscles, le hurlement des loups porté sur le vent.

Au village, il ne restait déjà plus rien de la hutte qui, autrefois, avait été la sienne.

Et de Brown, seulement une masse informe, calcinée, puant le cochon grillé.

Inu.sik

LA VIE

Iriook n'attendait pas Agaguk si tôt. Quand elle le vit arriver portant encore ses pelleteries, et rien en échange, elle resta sans parler un moment.

— Tu reviens les mains vides? dit-elle à la fin.

— Oui.

— Que s'est-il passé?

Il haussa les épaules et rangea son fusil près de l'embrasure de la hutte.

— Que s'est-il passé? insista Iriook.

— Rien.

Ce soir-là, l'homme resta longtemps dehors, à surveiller l'horizon. Il s'était maintes fois retourné en fuyant le village, inquiet de se croire poursuivi. La toundra était restée déserte. Mais ce soir encore, il guettait.

Le soleil de minuit faisait une bande d'or à l'horizon. Contre cette lueur les silhouettes tranchaient bien. Agaguk surveilla, mais rien ne vint. Il était maintenant sûr que rien ne viendrait. La tribu ne chercherait aucune autre vengeance. La victime était un Blanc, le coupable un des leurs. Même si Agaguk avait en somme renié la tribu pour aller vivre au loin, la solidarité durerait.

Mais il lui restait quand même un doute. Comment être catégorique en ses croyances lorsque même en cohabitant avec ses gens il est difficile de prévoir leurs réactions? Il fallait tenir compte des revirements possibles.

Rien n'était tel qu'autrefois chez les Inuit. La pureté d'intention, l'attachement aveugle aux traditions n'étaient plus aussi puissants. Le mal du Blanc proliférait, cette évolution de l'individu s'opposant de plus en plus aux conditions. Chez Agaguk, la fuite vers la solitude, la libération. Chez les autres, quelle forme prendrait cette émancipation nouvelle? Agaguk pouvait-il compter que l'on s'en tiendrait aux stricts diktats de la tradition alors que lui-même s'en était si peu soucié quand il s'était agi de partir avec Iriook?

Ayallik, privé de l'eau-de-vie dispensée par le Blanc, concevrait-il vengeance? C'était un danger, Ayallik, Tugugak, ou d'autres...

Mais rien n'apparut à l'horizon, personne ne vint.

Quand de longues heures furent passées, que tout risque immédiat de poursuite eut disparu, Agaguk rentra dans la hutte et alla s'étendre contre Iriook. D'une main ferme il tira le pantalon de la femme, le lui arracha des jambes et le rejeta au loin. Iriook s'éveilla à demi, gémit bellement et ouvrit grandes les cuisses fortes et grasses. Quand leur souffle fut redevenu normal, et que la longue plainte de la femme se fut perdue dans le silence de la toundra, Agaguk s'affaissa, pleinement repu.

Au matin, quand il s'éveilla, Iriook n'était plus à ses côtés. Il la trouva au bord de la rivière, qui vomissait péniblement.

— Qu'est-ce que tu as? demanda-t-il angoissé.

Mais confusément il savait déjà la réponse à la question qu'il venait de poser.

— Cela dure depuis déjà quelques lunes, dit Iriook.

Elle compta sur ses doigts.

— Il naîtra au temps de la neige, dit-elle.

Toute cette journée-là, Agaguk vaqua à ses labeurs sans mot dire. Il tendit des pièges le long de la rivière, pêcha quelques poissons. Avec son couteau il tailla les branches droites des arbustes et construisit une sorte de digue formant presque une petite baie. Ici, les rats musqués viendraient se prendre. Un geste, et Agaguk bloquerait toute issue. C'était une méthode ancienne, apprise des Montagnais, hommes qu'il considérait à peine plus que des bêtes, mais qui savaient chasser la fourrure.

Une fois prisonniers derrière cette digue, il serait facile d'assommer les rats musqués à coups de bâton sur leur truffe sensible. Et ce serait autant de pelleteries pour le grand trafic.

Mais en accomplissant cette besogne, l'esprit d'Agaguk était ailleurs. La nouvelle, venue d'Iriook, lui mettait en l'âme une immense lumière, une joie qu'il ne savait pas exprimer. Comme une merveilleuse attente et une sorte de tendresse, un besoin de bercer et d'aimer qu'il ressentait mais dont il ne devinait pas le sens.

Le soir, en mangeant, il sourit à Iriook. Elle l'avait rarement vu sourire.

— Ce sera un garçon, dit-il.

Il ne la regardait pas en parlant. Penché, il mordait à belles dents dans un poisson pêché quelques instants auparavant et frétillant encore. Il en arrachait la chair crue, crachait les arêtes.

— Ce sera un garçon, répéta-t-il.

Il ne posait pas une question. Il affirmait. Il était sûr que le destin le voudrait ainsi.

Iriook mangeait peu. Depuis le matin, elle se sentait malade, aveuglée par les étourdissements. Au creux de la poitrine, une masse pesante, immobile.

— Je te le souhaite, dit-elle.

Agaguk hocha la tête et continua à dévorer le poisson. Il fallait que ce soit un garçon. Une fille serait un fardeau, une bouche inutile à nourrir sur cette toundra où chaque heure de vie est un combat contre la nature.

Les yeux perdus, Iriook répéta en souriant:

— Ce sera un garçon, dit-elle. Je le veux... pour toi.

Agaguk la regarda cette fois, lui vit les yeux.

— Les Bons Esprits ne sont pas nos ennemis, dit-il.

Il parlait moins fort. Il murmurait les mots. Il avançait la main pour toucher Iriook. Quand ils eurent fini de souper, par extraordinaire, Agaguk prit les plats et alla lui-même les rincer à la rivière.

— Laisse, disait Iriook, je dois continuer à vivre.

Mais il ne répondit pas.

— Laisse... Laisse..., protestait Iriook.

Il continuait les besognes de femme.

— Il faut que je travaille, fit Iriook impatientée.

Agaguk vivait dans un rêve.

— Demain, dit-il, demain...

Peu de mots, aucune déclaration grave. Seulement ce regard qu'il avait, les yeux apercevant une merveille, s'en grisant sans vouloir se lasser. Plus tard, ils s'allèrent coucher sur la mousse mais Agaguk ne toucha point à la femme. Il était étendu sur le dos près d'elle, les yeux grands ouverts.

— Rien n'est empêché, murmura Iriook au bout d'un temps. Rien. C'est ma mère qui le disait autrefois.

Agaguk se tourna vers elle, l'air étonné.

Elle sourit dans le noir, indulgente et patiente.

— Aux derniers jours, quand l'enfant va naître, alors il vaut mieux attendre... Mais ce soir, surtout ce soir, rien n'est empêché.

Alors, sauvagement, en un grand élan de tout son corps, il fut sur elle.

— Mais jamais comme auparavant, disait-il, la bouche collée à l'oreille de la femme, jamais comme auparavant.

Il accédait à une vie neuve, à des façons qui ne ressemblaient en rien à autrefois. Il avait conçu la vie en cette femme. Il acquérait soudain une force, la plus grande de toutes, une puissance qui lui semblait quasi magnifique.

Leur coït fut brutal, presque dément. Iriook criait sa joie, et l'on eût pu entendre de loin la plainte d'Agaguk voyager dans la toundra. Ce qu'ils découvraient dépassait le monde fermé de leur entendement, la tribu, le sol fertile, les accoutumances. Ils n'étaient plus unis seulement dans la chair, mais aussi par l'âme, et le cœur, et les pensées. Et surtout par une sorte de puissance grondante au ventre qui les jetait l'un sur l'autre, animaux magnifiques. C'était la délivrance des années d'autrefois et l'entrée dans des pays merveilleux et doux.

Toute la journée du lendemain, Agaguk rêva de ce garçon qu'il allait bientôt posséder.

Quand il tendait un piège et l'enfouissait sous la mousse, il songeait un jour où il enseignerait cet art à l'enfant. Non pas, du coup, toutes les sciences complexes! D'abord, le savoir de la vie. Enseigner à l'enfant comment marcher, comment puiser de l'eau. Lui montrer à nager dans la rivière, à reconnaître le temps froid du temps chaud, le vent mauvais des bons vents généreux et tièdes.

L'enfant serait près de lui, là, à toucher de la main, Iriook lui coudrait une parka des peaux les plus fines, selon sa taille à lui, toute petite et belle. Et Agaguk mènerait l'enfant à la chasse, vers la mousse où trouver l'entrée des terriers de blaireaux, vers les berges de la rivière, vers la terre humide où relever les pistes d'animaux venus se désaltérer au cours d'eau.

Chaque piste, chaque trace une image évoquant la bête et ses habitudes.

Ainsi le loup, regarde la piste… Tu vois? Un pied devant l'autre. L'avance nerveuse, la précaution éternelle, tout flair aux aguets…

Le renard, lui, plus confiant en ses muscles si rapides à la détente, boit à deux pattes écartées, tiens, comme ceci…

Cette piste en étoile, c'est le vison…

Cette patte à trois orteils, c'est le loup-cervier, le *wolverine*…

Ici la belette, là un rat musqué… Tu vois comment? Il faut apprendre à reconnaître, à savoir… il faut bien juger des choses.

Chaque piste est une image, ne l'oublie jamais…

Cette bête ici, tiens, ce loup… Il n'a pas posé les pattes par terre comme un autre loup l'aurait fait… Pourquoi? Il avait peur. Quelque chose bougeait de l'autre côté de la rivière. Il était en constant éveil, mais il a bu quand même. Car autant il avait peur, autant il avait soif…

Pour lui, point de choix. Une rivière à l'eau calme, c'est la survie. Il survivra donc.

Un rat musqué dont la piste vient jusqu'ici, puis retourne, soudain plus compacte, plus rapprochée, et disparaît sous les herbes là-bas, tu sais ce que cela veut dire? Il a délogé un vison et en est poursuivi, alors il fuit… Viens, viens avec moi jusqu'à ces herbes. Ici la piste du vison, regarde! Elle se confond avec celle du rat musqué. Bon, avance et regarde, là! Du sang, du poil. Un rat musqué est mort, dévoré par le vison. Pour eux aussi, l'un comme l'autre, la rançon de la survie. Pour que le vison vive, le rat musqué est sacrifié. Pour celui-là mort, dix qui naissent.

Les portées des rats musqués sont fréquentes et nombreuses. Alors qu'à la femelle du vison ne naissent que deux petits, trois au plus... Il est donc juste que plus de rats musqués meurent par la faute de visons que de visons par la faute des rats musqués... Les Esprits l'ont ainsi voulu.

Mais il n'y avait pas que les bêtes. Il y avait aussi les armes.

Ceci est un fusil... Examine comment il est fait. Voici comment il est fait. Voici le canon par où surgit la balle d'acier. Ici l'âme de ce canon. Et la crosse. Voici comment il faut charger l'arme. Comment il faut l'épauler, tirer. Vois là-bas ce caribou qui fuit... Je presse ici, la balle jaillit, va frapper l'animal. Je n'ai pas visé l'animal même, mais un peu devant. Lorsque la balle atteindra l'endroit où il est au moment où je presse la détente, peux-tu comprendre que l'animal ne sera plus là? Alors je vise un peu devant, comme ça... Bien peu mais cela suffit, et le caribou tombe, petit...

Il lui dirait tout cela à ce petit qu'il aurait. Chaque jour il lui enseignerait les mystères de leur propre survie accordée à celle des animaux de la toundra.

Comment tendre un piège, comment tuer l'animal. Comment l'épargner aussi à l'occasion parce qu'à certains moments on ne sait quoi en faire et que le temps vient toujours où il est précieux...

L'appareillage des pelleteries, la conservation de la viande en la fumant ou en la séchant, savoir aussi quelles bêtes donnent une graisse abondante d'où tirer l'huile précieuse.

Et pour que ces besognes soient normalement accomplies au moment voulu, toutes les autres sciences, tout aussi essentielles: comment reconnaître sur la brise l'odeur de l'animal, comment savoir les gestes de la bête dont on suit la trace, comment deviner le chemin d'habitude du vison qui va boire... Prévoir les actes de chacun et, possiblement, les déjouer.

Bêtes à fourrure de troc, bêtes à fourrure utile dont on fera des parkas et des revêtements multiples; bêtes à cuir plus ou moins souple, bêtes à poil ras dont les peaux écorchées servent de lit ou de siège... Bêtes à la viande nourricière, bêtes à graisse desquelles tirer de l'huile pour les temps froids.

Le caribou fournit la nourriture et aussi le vêtement...

Le renard fournit autant le vêtement que les peaux de troc... C'est le surplus qu'on échange. De même pour le loup... Mais chez le loup, il y a aussi la prime...

Quant au vison, au rat musqué, à la belette, au blaireau, au pécan et au loup-cervier, ce sont des bêtes à pelleteries, respectables et précieuses...

Leur viande, une fois débarrassée de son poil, nourrit les chiens. Et ainsi chacun a son content...

Chaque jour, rêvait Agaguk, chaque jour quelque chose de plus à enseigner à l'enfant, pour que sa science soit complète. Mais plus encore. Plus encore que tout cela. Aucun enfant des tribus ne recevrait — Agaguk le jurait sur les Bons et les Mauvais Esprits — autant d'enseignement qu'il lui en dispenserait.

L'on en parlerait dans tous les igloos et jusqu'au Sommet de la Terre. Ce petit serait celui d'Agaguk. Et donc, le plus beau et le plus choyé du monde.

Tokongayut

LE MORT

Au village, après la mort de Brown, le Montagnais qui avait été son acolyte avait blasphémé et injurié tout venant.

On n'y avait point pris garde. Un Montagnais n'est que peu de chose! Pourquoi eût-il fallu l'écouter?

Cependant, Tugugak, le regard sombre et la mine cruelle, parla d'aller punir Agaguk, soupçonnable d'avoir fait le coup et qui les privait ainsi de leur source d'eau-de-vie.

Certains l'en dissuadèrent et leur raisonnement en valait bien d'autres. Tôt ou tard, la Gendarmerie royale serait venue, aurait emprisonné Brown, ce Blanc qui trafiquait la denrée défendue. Celui-là qui l'avait fait disparaître n'avait fait que devancer les hommes de la loi. De combien de temps, le savait-on seulement?

On ne chercherait aucune vengeance contre Agaguk qui était en outre le fils du chef Ramook, donc susceptible de certains égards.

Quant à rapporter aux Blancs la mort de Brown...

On fit de longues palabres. Autour de leur chef Ramook, s'étaient groupés Ayallik, Tugugak, Hayuluk, Marukak, Ghorok, Mihuk et Oktuhayuk... D'autres aussi.

Le Montagnais, lui, était parti vers le franc sud, un ballot de pelleteries sur le dos.

— Qui les lui a données? demanda Ayallik.

C'était un cadeau. On l'avait bien vu chez le trafiquant Brown, une fois l'incendie terminé, qu'il ne restait rien, sauf les restes calcinés de l'homme blanc qu'on s'était empressé d'enterrer.

— Quelqu'un les lui a données pour qu'il se taise!

Ramook — car c'était lui — ne disait rien. Comme les autres, il haussait les épaules. Ayallik avait raison. C'était pour qu'il se taise qu'il lui avait fait un cadeau de peaux. Mais cela, beau geste et offrande logique, n'assurait pas que l'homme serait discret...

D'un autre côté, la Gendarmerie royale ne se préoccuperait peut-être jamais de l'affaire à moins, évidemment, d'une dénonciation formelle.

Qui était ce Blanc?

D'où venait-il?

Et puisqu'il faisait un trafic défendu, chercherait-on vraiment à punir son meurtrier?

Raisonnement d'Esquimau qui n'était sûrement pas celui de la Gendarmerie royale, mais qui servait à calmer les angoisses de Ramook et des gens de sa tribu.

Ils déduisirent, dans leur logique particulière, que si le Blanc était un mauvais Blanc, personne ne chercherait à punir sa mort. On jugerait probablement qu'il valait mieux laisser aller les choses, classer l'affaire et n'en pas parler.

Bien en vain ces palabres.

On choisit de ne rien faire, de ne rien dire. Si les constables survenaient, on feindrait l'ignorance. Ne point savoir ce qui était arrivé et encore moins pourquoi.

La solidarité tribale qui se perpétuait et sur laquelle Agaguk avait compté.

La vie de la tribu reprit son cours et, au bout de quelques jours, on ne parlait plus du trafiquant et de sa mort horrible.

Chez Ramook cependant, un doute subsistait. Il avait généreusement payé le Montagnais pour son silence, mais à mesure que passaient les jours, il regrettait de ne l'avoir pas tué. C'eût été un moyen plus sûr d'obtenir sa discrétion.

Plus sûr en tout cas que de compter sur un simple ballot de peaux? Ramook savait le prix d'une dénonciation et, à certains jours, il n'était pas du tout persuadé que le Montagnais n'y aurait pas recours.

Mais comme il était d'un naturel téméraire, peu enclin aux angoisses, il lui tarda de retrouver sa paix d'esprit. Il convoqua les hommes et réclama une fête.

C'était une évasion comme une autre, tant pour lui que pour la tribu. Certes, après les libations, les orgies au hasard des femmes dociles, on ne se préoccuperait plus du drame récent.

D'autant que Tugugak avait trouvé la cache d'eau-de-vie du Blanc creusée à même la mousse et habilement camouflée aux alentours immédiats de la hutte qu'il avait habitée de son vivant. Il comptait trafiquer à son tour mais n'en eut guère le loisir après que Ramook eût décidé de la fête. Tugugak céda les bidons d'eau-de-vie en échange de belles peaux; une pour chacun des hommes valides de la tribu qui seraient des réjouissances. Une richesse gagnée d'un seul coup, sans marchandage.

L'on but. L'on forniqua. L'on engrossa pendant trois jours et quatre nuits. Peu de maris retrouvèrent leur femme, car ce n'eût été ni de bonne joie ni de bonne guerre. L'alcool provoquant ses effets normaux, on se souciait d'ailleurs bien peu de l'accouplement légitime. C'était fête comme l'avait voulu Ramook. La chasse était meilleure en territoires neufs, on n'allait pas rengainer les armes.

Quand les bidons furent vides, on cuva l'ivresse. Un sommeil sans rêves duquel on s'éveilla pour revenir aux accoutumances.

Quinze jours après la mort de Brown, il ne restait plus trace de son passage dans la tribu. Ayallik enterra les bidons vides dans la toundra. On nettoya l'emplacement de la hutte de Brown, enterrant les cendres, grattant bien la mousse. Si bien qu'après une journée de soleil et la rosée du matin, il n'y paraissait plus.

Okiok

L'HIVER

Les semaines passèrent, devinrent des mois.

Près de la rivière, loin du village, Agaguk et Iriook poursuivaient leur destin. Maintenant, la parka de la femme bombait à l'avant. Le ventre se gonflait. Au-dedans croissait chaque jour la vie nouvelle.

Et tous les soirs Iriook, l'âme en panique, implorait les Esprits de faire que ce poids en elle soit un garçon.

Sur la toundra, le vent fraîchissait. Au matin, il était même froid et la gelée couvrait de blanc la mousse sombre. Parfois, dans le ciel clair et bleu profond venaient des odeurs de neige. Alors Agaguk se tenait debout devant la hutte et il scrutait le nord.

Un soir, il dit:

— Demain, la neige viendra.

Et au matin suivant, en effet, la neige vint. Une rafale de vent, une poussée terrible. La neige accourut du nord, se mêla à ce vent. Ce fut un mur blanc, fluide, qui fonça sur le monde. Puis tout fut enveloppé par les flocons denses, gelés, pétant sec sur la peau comme des pois chiches. Contrairement à l'accoutumée, tout fut couvert en quelques heures, enfoui. Quand le vent cessa et que revint le soleil pâle, trois jours avaient passé.

La toundra était redevenue la plaine de neige, l'immensité polaire. Sept mois de misère commençaient, tant pour les bêtes affolées et affamées que pour les hommes qui auraient à survivre dans cette nature hypocrite.

À même cette neige neuve Agaguk érigea son igloo. Puis il transféra ce qu'ils possédaient et démembra la hutte.

— Quel sera ton temps? demanda Agaguk ce soir-là.

Il avait touché à ce ventre qui ballonnait et qui forçait la femme à marcher bizarrement dans l'igloo.

— Il me reste sûrement trois lunes, dit Iriook. Sûrement trois, peut-être quatre. Pourquoi le demandes-tu?

— J'attendais la neige, dit-il. Les peaux que j'ai ici… Nous avons besoin de sel, de balles…

— Il me faudrait des choses, moi aussi.

— Un fusil pour toi, dit Agaguk. Le tien est vieux.

— Je n'en ai pas besoin.

— Si, le besoin peut venir.

Il supputait dans sa tête.

— Nous manquons de bien des choses.

Iriook approuvait.

— Quand partirais-tu?

— Demain tôt, avec les chiens.

— Et quand reviendras-tu?

— Il faut quatre jours pour aller au village de la Compagnie, à la Grande Eau… Quatre pour revenir… Je resterais là-bas une journée pleine.

Elle ne dit rien, mais le regard qu'elle leva vers Agaguk était éloquent. Que ferait-il, là-bas? Que lui arriverait-il?

— Tu es déjà allé au village de la Compagnie, dit-elle. Comment est-ce là-bas? Je n'y suis jamais allée, moi.

Elle se sentait le courage de partir avec lui, même si l'enfant en elle devenait gênant.

Agaguk leva les épaules.

— Il n'y a rien là. Le poste de traite, des igloos, c'est tout. Je n'y serai qu'une journée, moins peut-être...

Iriook ne se sentait pas rassurée.

— Il n'y a rien d'autre?

Elle insistait.

— Que veux-tu qu'il y ait? riposta durement Agaguk.

Dès que le jour parut, le lendemain, il attela les chiens, vint près d'Iriook un moment et ne sut quoi dire. Mais il se tenait à côté d'elle et il sentit la main de la femme se poser sur son bras. Cela devait suffire.

— Je t'attends, dit-elle. Reviens vite.

Un claquement du long fouet, le cri de l'homme projetèrent les chiens debout, frémissants. Les bêtes s'arc-boutèrent dans les attaches au deuxième coup de fouet, ébranlèrent la charge et l'attelage démarra.

Le traîneau portait ce qu'il fallait pour nourrir les chiens, plus la graisse, les balles, le ballot de pelleteries, les peaux de caribou dans lesquelles il dormirait enroulé, la lampe d'igloo et le pemmican.

Dans sa ceinture, Agaguk avait glissé le long couteau à neige, l'outil avec lequel construire les igloos d'un soir, et un autre couteau, plus court celui-là, pour achever et dépecer les proies qu'il abattrait en cours de route. Savait-il seulement quelles seraient les bonnes fortunes du trajet?

Debout, un pied sur chaque lisse du traîneau, il se laissait tirer par les chiens. La charge n'était pas lourde, car au retour il faudrait pouvoir porter les échanges qu'il allait faire.

La surface était dure, compacte, le traîneau y glissait sans effort, et les chiens couraient de bon cœur. C'est qu'ici, sur la toundra, la neige offre peu de traîtrise. Le sol est uniforme, sans crevasses. La neige s'y entasse sans failles, à l'encontre des terres d'îles, plus loin au nord, dans les glaces du Pôle où les abîmes s'ouvrent qui peuvent engloutir un homme et l'attelage tout entier.

Les chiens ont bon nez pour ces dangers. Le chien de tête sait reconnaître le *footing* sûr. Il se méfie de la croûte de neige épaisse d'à peine une main, recouvrant bien fragilement une crevasse de vingt mètres de profondeur. Il contourne le danger, l'évite. Mais cela impose un trajet en zigzags, parfois très lent.

Sur la toundra, rien de tout cela. Plutôt, une course rapide, en ligne droite, heureuse. On allait bon train. Si bon train qu'Agaguk put espérer parcourir en trois jours ce trajet qui déjà lui avait pris quatre pleines journées. Mais alors il y avait eu un vent ravageant, la neige n'était pas gelée comme aujourd'hui, crissante, propre à la vitesse.

Il laissa les chiens voyager sans halte jusqu'au soir. Au départ, il les avait poussés, hâtés, mais au bout d'un temps, il conclut qu'en les laissant adopter leur propre allure, plus de chemin serait parcouru au soir venu, et les bêtes ne seraient pas épuisées.

Le gris de la nuit accourait de l'est quand il fit halte.

Les chiens encore fringants étaient couverts de glace. Agaguk défit le ballot et jeta à chacun d'eux un poisson gelé qu'ils dévorèrent aussitôt. Un temps encore les bêtes tournèrent autour de l'Esquimau, espérant une autre pitance, mais il ne se laissa pas toucher. Il savait qu'un chien en course ne doit manger qu'à petite portion et qu'il court beaucoup mieux à ventre vide. Le rationnement avait donc, hors son but d'alléger les fardeaux à tirer, l'utilité, indirecte celle-là, d'assurer la bonne volonté de chacune des bêtes d'attelage.

Déçus dans leur espérance, les chiens errèrent sans but un moment. Une bataille brève s'engagea entre le chien de tête et une chienne jalouse. Bientôt l'un des chiens se creusa un trou dans la neige, fouillant du museau et des pattes. Il s'y glissa pour dormir, ayant créé là son igloo à lui, à sa mesure et pour ses besoins. Les autres chiens firent de même, l'un après l'autre. Au bout de quelques minutes, ils étaient tous blottis dans les terriers improvisés. Leur chaleur fit crouler l'orifice, bloquant l'entrée et la dissimulant. Une rafale de vent étendit partout une neige fine, et bientôt aucune trace ne subsista de la présence des chiens. Ils pouvaient dormir en paix, bien au chaud.

À son tour, Agaguk édifia un igloo vivement assemblé et tout juste assez grand pour lui. Un igloo que demain le vent commencerait à désagréger. Il porta au-dedans de l'habitation temporaire toute la charge du traîneau, hors d'atteinte des vents et des bêtes. Puis il posa par terre la lampe de pierre, ustensile plus primitif que le poêle de métal dont s'enorgueillissait Iriook (ce poêle imaginé par les Blancs pour l'utilité des Esquimaux et qu'ils se procuraient aux postes de traite; une sorte de réchaud à mèche dans lequel on brûlait l'huile commune aux Inuit, lourde et impure, distillée des graisses animales ou prélevée des phoques ou des baleines chassés en mer).

Dans l'espace restreint de cet igloo, la lampe de pierre qui, elle aussi, consommait de l'huile à l'aide d'une mèche tissée, était presque aussi efficace qu'un poêle et prenait de surcroît beaucoup moins de place. À même la flamme qui lui procurait chaleur et lumière, Agaguk fit fondre de la neige dans une casserole, y mit à bouillir du pemmican. Quand la viande fut prête, il la dévora. Puis il laissa bouillir le jus sur le feu afin qu'il réduisît en bouillon de bœuf au goût fade. Ayant mangé et bu, Agaguk sortit sa pipe et du tabac. Il fuma paisiblement, immobile, se laissant baigner par la chaleur humide et douce de l'igloo, une chaleur qui l'enveloppait, le grisait, le rendait somnolent.

Puis il étendit l'une des peaux de caribou par terre, la plia en deux et se coucha dessus, enroulé dans l'autre peau.

Quand il s'éveilla au matin, il était prêt à reprendre la route, chaque muscle bien détendu, les énergies pleinement refaites. C'était un autre beau jour, presque sans vent, et les chiens purent une fois encore filer leur train régulier. Cette fois, comme la veille, Agaguk voyagea debout sur les lisses du traîneau, sauf en ces instants où l'engourdissement le guettait. Alors, il courait tout à côté de l'attelage ou bien derrière au même rythme que les bêtes.

Il mit trois jours et demi à atteindre le poste de traite.

C'était une agglomération d'une dizaine de maisons de bois, grisâtres, et de quelques igloos en périphérie.

Une antenne pour l'émetteur de radio se dressait trente mètres dans les airs, mince obélisque d'acier. À l'orée du village, un énorme réservoir de mazout alimentait le chauffage des maisons et, près de l'entrepôt de la Compagnie, une bâtisse plus exiguë, pétaradante, abritait une génératrice électrique à diesel.

Rien de plus.

À la désolation de la plaine succédait la monotonie de ces quelques édifices, non moins désolés eux-mêmes, qui soulignaient pour ainsi dire le grand désert, le rendaient plus vaste encore, en étendaient les bornes.

Ici, au temps des blizzards, l'on pouvait sortir simplement pour aller d'une maison à l'autre, et, sans s'en rendre compte, obliquer en mauvaise direction, se perdre dans la tourmente blanche et mourir avant que d'être retrouvé. Le cas était fréquent, et plus d'un Blanc habitant l'Arctique n'aurait osé mettre le nez dehors pendant un blizzard, à moins d'un cas de grave urgence.

Lorsque le vent s'élevait, poussant devant lui une muraille de neige, lorsque cette masse tourbillonnante, aveuglante, mortelle, s'abattait sur le poste, il ne restait qu'à s'asseoir au chaud sans bouger, à attendre que revînt le beau temps.

C'était une loi de survie.

Quand, les sourcils et les joues recouverts de frimas, Agaguk fit son entrée dans le village, l'attelage était épuisé. Un moment, il eut un serrement au cœur. Il passait devant le poste de la Gendarmerie royale, maison plus grande, mieux préservée que les autres. Un constable le hélait...

— D'où viens-tu?

Agaguk stoppa l'élan des chiens. L'estomac en boule, il montra derrière, en direction de son village, mais aussi en direction de sa hutte. Un geste plutôt vague.

— Je viens de là.

— Combien loin?

Agaguk compta sur ses doigts.

— Trois jours de marche, peut-être quatre...

Son geste continuait, embrassait le ciel, le soleil...

— Selon le temps, ajouta-t-il.

Le policier approcha.

Agaguk se sentit incapable de bouger. Depuis qu'on l'avait interpellé, il n'avait pensé qu'à une chose: la flamme allumée dans la nuit, le bûcher d'expiation qu'il avait destiné au trafiquant Brown.

— Que viens-tu faire ici? demanda le constable.

Agaguk respira profondément, longuement, retrouva sa voix.

— Échanger des peaux.

Un moment le policier examina l'équipage, toucha même au ballot de pelleteries. Satisfait, il eut un geste bref.

— Ça va.

Agaguk fouetta les chiens. Mais il avait tant de raideur dans le geste, toute son attitude était si étrange, que le policier le regarda d'un air curieux s'éloigner vers le poste de traite. Puis s'en désintéressant tout à coup, il haussa les épaules et rentra dans le bureau de la Gendarmerie.

Amerk

LA PELLETERIE

Devant l'établissement de la Compagnie, Agaguk attacha le chien de tête de son attelage au poteau planté là à cet usage. Puis il chargea sur son dos le lourd ballot de pelleteries et entra dans le magasin.

Il n'y avait personne dans l'établissement, sauf l'employé qui était un Écossais long et maigre, aux cheveux rougeâtres, au visage bilieux et triste. Il n'eut aucun mot, aucun geste de bienvenue lorsque l'Esquimau entra. Son regard resta froid et observateur. Il avait jeté un bref coup d'œil sur le ballot, mais ce regard ne trahissait rien.

Il attendit pendant qu'Agaguk défaisait les attaches et étendait les peaux par terre.

— Je viens pour échanger mes peaux, dit Agaguk.

L'homme inclina la tête lentement.

— Le prix de la fourrure est bien bas.

Agaguk haussa les épaules. Il entendait cette phrase depuis tant d'années! Et les autres avant lui avaient pu l'apprendre par cœur tant elle avait été dite et redite.

— Bien bas, répéta l'homme d'un ton lugubre.

Agaguk prit le premier lot de peaux, quinze visons, presque tous de bonne venue.

L'homme qui se nommait McTavish étendit les peaux sur le comptoir, puis il les examina une à une. Le coup d'œil était très bref, celui d'un expert. Il savait découvrir le mauvais écorchage, la blessure qui abîmait la partie ouvrable de la peau. Si c'était du poil d'été ou le poil duveté de l'hiver, si la peau était celle d'un vison sain ou d'un vison malade, si l'apprêtage avait été fait avec soin ou sans attention, McTavish le découvrait en un clin d'œil. Il jetait les peaux inspectées plus loin sur le comptoir; d'un côté les bonnes, de l'autre celles qu'il déclassait.

Mais chaque fois, et quel que fût l'Esquimau en cause, les bonnes peaux étaient rares.

Agaguk observait le manège qui se répétait. Il avait un pli au coin de la lèvre, une lueur dans le regard.

Il prit l'une des peaux déclassées.

— Qu'est-ce qu'elle a?

McTavish sourit. Il avait l'habitude des protestations. Elles ne l'atteignaient plus, depuis vingt ans qu'il exerçait cet ingrat métier. Il montra du doigt une entaille minuscule à l'envers de la peau, là où ce n'était plus le dos et pas encore le ventre. L'entaille ne traversait même pas le cuir.

— Déclassée, dit-il.

Agaguk était rouge.

— Ce n'est rien! s'écria-t-il. La valeur reste. Ça ne suffit pas!

L'Écossais regarda froidement l'Esquimau devant lui. Vingt ans de ce jeu, vingt ans de ces palabres, vingt siècles...

Il se saisit de toutes les peaux sur le comptoir et se mit à les rouler. Puis il les tendit ainsi à Agaguk.

— Emporte tes pelleteries. Je ne discute pas.

L'Esquimau le regardait bouche bée.

— Va, tu as compris, je ne discute pas.

Agaguk resta un long instant à fixer ce regard bleu-vert, ces yeux qui ne souriaient point et n'avaient peut-être jamais su sourire. Puis il haussa les épaules.

— Comme tu voudras, dit-il.

Il remit les peaux sur le comptoir, devant McTavish. Avec un soupir, le facteur déroula de nouveau le ballot et replaça les peaux dans le même ordre qu'auparavant. Après, ce fut rapide. Il inspecta en silence ce qui restait. Des visons d'été, des peaux de loup, deux peaux de caribou dont Agaguk pouvait disposer, vingt de renard, autant de blaireau, quelques peaux de rat musqué.

Puis l'Écossais fit le total.

C'était peu. Moins encore qu'Agaguk n'avait espéré, tout compte fait de l'habituel marchandage. Mais il aurait dû prévoir. Jamais la Compagnie n'accordait le prix rêvé, si bas qu'on le mettait. Il arrivait rarement que l'on pût escompter un troc d'homme à homme, en toute liberté et en toute franchise. La Compagnie avait un monopole: aucun concurrent. Des traitants comme Brown l'avait été, commerçants illégaux, ne faisaient jamais long feu. Où trouver des produits manufacturés, sinon aux magasins de la Compagnie? Le facteur fixait les prix, l'on devait accepter ses chiffres. Quant à lui, il devait son avancement à l'avantage des échanges. Au bureau-chef, il était jugé, pesé, selon la marge qu'il savait établir entre la valeur marchande des peaux et la valeur concédée aux Esquimaux. En outre, par la forte majoration appliquée aux prix normaux de la marchandise d'échange, majoration qui réduisait encore la valeur du troc, on donnait à la Compagnie l'occasion d'inscrire dans ses livres d'incroyables profits.

Contre une hydre de la sorte, monstre infiniment puissant, que pouvait Agaguk?

Agaguk ou les autres.

— Que veux-tu? demanda McTavish.

Bien entendu, jamais d'argent.

Le troc se faisait contre des objets de première nécessité, contre tout et rien dans l'établissement. Certains Esquimaux arrivent à peine à couvrir leurs besoins. Ils cèdent leurs peaux contre des colifichets, des objets qui ne peuvent leur être d'aucune utilité et qui sont souvent sans valeur. Tels des enfants privés de raison, ils ont des envies subites auxquelles ils ne peuvent pas résister.

Viennent les temps de misères, ils sont démunis.

Comme tous les autres facteurs qui l'avaient précédé, McTavish les laissait de bon gré gaspiller le fruit des dures chasses.

Agaguk, quant à lui, s'était toujours fait une raison. Peut-être différait-il des autres Esquimaux en quelque fibre intime de son être? Il avait souvent eu envie de jouets mécaniques, de camelotes enfantines. Il avait eu envie de bien des choses en ce magasin, mais il n'avait toujours choisi que les choses indispensables, ce pour quoi il était expressément venu échanger ses peaux.

Il énuméra la liste.

— Un fusil, dit-il en comptant sur ses doigts, des balles. Vingt boîtes de balles. Du coton pour Iriook... Du kérosène pour la lampe.

McTavish posa un fusil sur le comptoir. C'était une arme de qualité bien ordinaire, efficace toutefois, mais dont le prix vendant à la ville était très bas. L'Écossais posa à côté du fusil les vingt boîtes de balles, un bidon de kérosène.

— Du tabac pour ma pipe, fit Agaguk.

Le tabac vint s'ajouter au reste.

— Du sel, continua Agaguk. Un plein sac.

Il montrait un sac de cinquante kilos.

76

— La moitié, dit McTavish, pas plus.

Agaguk pencha la tête, le visage stupéfait. L'Écossais savait combien Agaguk en utilisait normalement. Il n'entendait pas en céder plus que ce demi-sac. D'ailleurs le compte y était.

— Du coton, poursuivit Agaguk résigné. Un chaudron de fer comme celui-là. Une pioche, tiens, comme celle pendue là...

— C'est tout, dit McTavish. Rien de plus après le sel.

— Quoi?

— Je dis, c'est tout. Après le sel, c'est tout!

— À peine la moitié! s'écria Agaguk. Je veux encore des choses.

— La prochaine fois, coupa McTavish. La prochaine fois.

Ce n'était pas d'hier que McTavish jouait le jeu. Il en avait l'habitude. Agaguk ne sachant pas compter il ne pouvait deviner que, même au prix arbitraire accordé pour les fourrures, l'Écossais avait encore diminué la valeur d'échange de trente pour cent.

McTavish n'avait pas de remords. L'Esquimau ne partait pas les mains vides. Il avait un fusil, des balles, de quoi chasser et se nourrir. Il avait du sel pour apprêter les peaux et les conserver. Il avait de l'huile pour son poêle et du tabac pour fumer. Il pouvait se passer du reste. Une pioche... Pour quoi faire? Du coton pour sa femme... À quel usage servirait-il? Rien d'utile, certes. Et le chaudron? Allons donc?

Selon son raisonnement, tout allait bien et l'Esquimau n'était pas lésé. McTavish n'éprouvait aucune inquiétude de conscience. Après tout, l'Esquimau n'était pas forcé d'accepter les conditions du troc. Il pouvait partir, rapporter ses peaux, refuser les valeurs imposées.

Qu'Agaguk n'eût aucun autre endroit où vendre ne préoccupait en rien l'Écossais. Cela ne le regardait pas et n'était pas non plus de sa faute. Qu'y pouvait-il? Il avait posé des conditions que l'Esquimau avait en définitive acceptées. Il se sentait en paix avec lui-même.

L'Inuk rassembla ses achats et les porta dehors, vers le traîneau.

Il mit une heure à arrimer la charge, à nourrir les chiens, à dompter la rage en lui qui commandait des gestes d'audace, des vengeances terribles. Il songeait de nouveau à Brown dont il avait réglé le cas. Il n'était pas question de disposer de l'Écossais de la même manière. Mais était-il acceptable que les Blancs eussent toujours le dernier mot? Toujours, sans que jamais l'Esquimau pût se défendre? Mais à qui se plaindre? Les Blancs n'étaient-ils pas tout-puissants, et les intérêts qu'ils avaient en ces contrées largement protégés?

Il se sentait l'esprit brouillé, il voyait rouge, il avait peine à nouer les liens assujettissant la charge sur le traîneau.

Une pensée de vengeance ne le quittait pas. Mais en même temps naissait en lui un contre-sentiment, une discordance, un neutralisant qui calmait petit à petit la rage. Se venger… Mais comment? Entrer dans ce magasin, frapper, tuer? Ce serait futile, voire ridicule puisqu'on s'emparerait de lui avant qu'il n'ait franchi trente pas de fuite!

Aller dire son fait à McTavish? Aussi bien parler à un rocher. Agaguk rageait seulement à se remémorer le regard glacial de l'homme, la somme de totale indifférence qu'il affichait ouvertement. Discuter avec lui donnerait quoi au juste? Le commencement de mauvais jours. S'opposer à McTavish n'amènerait rien de bon. L'Écossais saurait bien se venger de toute insulte au prochain troc. Il se souviendrait de l'Esquimau, garderait son visage en mémoire, attendrait patiemment son heure de vengeance.

D'autres avaient tenté l'expérience, Agaguk s'en souvenait bien. Le fait se discutait encore dans les igloos. Okarnak en avait été la dernière victime. Maintenant, il lui fallait voyager pendant trois semaines chaque année pour troquer ses peaux à un poste plus éloigné que celui qui employait McTavish. C'était pour Okarnak le seul moyen d'obtenir sinon justice du moins des conditions semblables à celles que McTavish lui imposait avant que d'exercer sa revanche.

Pourtant, dehors, devant le poste, Agaguk savait qu'il ne saurait rentrer ainsi dans son igloo. Trop de sentiments contradictoires se bousculaient en lui. Un besoin d'évasion qui devenait immense, exigeant satisfaction immédiate. Il n'identifiait pas ses envies. Il constatait leur existence, en reconnaissant la force.

Mais en ce village isolé et inhospitalier, quel moyen d'évasion pouvait exister.

Agaguk tâta sous sa parka la belle peau de vison glissée là, celle qu'il avait cachée, celle qu'il gardait toujours en ultime réserve et qu'il n'avait pas pensé d'offrir à McTavish pour compléter plus avantageusement la transaction.

Il songea un moment à rentrer chez McTavish, à lui offrir cette peau, vraiment de grande classe, en retour des objets manquants, ce chaudron, la pioche, le coton qu'il voulait apporter en cadeau à Iriook... À obtenir justice, cette fois, en insistant, en jouant même l'indépendance, comme l'avait fait McTavish.

Mais il changea d'idée.

La peau de vison fournirait bien plus que ces objets dont soudain il n'avait plus grand désir et dont Iriook, en définitive, pouvait fort bien se passer; plus que ce coton, que cette pioche, ce chaudron. Quelque chose d'indéfinissable encore, ce besoin d'évasion soudain rendu possible par la seule présence de cette pelleterie oubliée.

Il fallait que le geste posé par Agaguk fût un geste extraordinaire, peu accordé à ses habitudes de vue, quelque chose qui marquât l'instant de façon précise, et pour longtemps.

Petit à petit, il formula cette évasion, la précisa. Brusquement il comprit ce qu'il devait faire. Il fallait qu'entre l'instant déplaisant devant McTavish et son arrivée à l'igloo où Iriook attendait, quelque chose se produisît, un hiatus. Il ne pouvait reprendre son chemin. Il ne pouvait retourner immédiatement vers la femme.

Il fouetta ses chiens. Un élan soudain qu'il ne chercha même pas à contrôler, l'enthousiasme qui surgit après une décision prise. Il savait dès lors ce qu'il allait faire.

Il mena l'attelage tout droit vers un igloo à l'orée du village. Un igloo plus grand que les autres, surmonté d'un court mât où un drapeau secouait ses effiloches dans le vent.

L'igloo était bien connu des Esquimaux qui s'étaient communiqué le renseignement. Là, disait-on, un homme trouve satisfaction à ses besoins.

Cet igloo jouissait-il d'une protection spéciale? Fermait-on les yeux sur ce qui s'y passait? Ni Agaguk ni les Inuit venant au troc n'auraient pu le dire. On connaissait son existence, on savait ce qu'on y pouvait trouver...

Dans l'igloo, Agaguk fut bref. Il fit voir la peau de vison, une pelleterie de choix. L'homme qui l'avait reçu, un sang-mêlé d'Esquimau et d'Ojibways, trafiquant bien connu dans tout l'Arctique, exerçait son commerce presque sous le nez de la Gendarmerie royale.

Il examina la peau d'un air méprisant.

— Tu veux rire de moi?

Ici, Agaguk se sentait plus sûr de lui-même. Il arracha la pelleterie des mains de l'homme.

— J'irai ailleurs, dit-il.

Cette fois la menace avait du sens. Il pouvait aller ailleurs. Un Blanc, se répétait-il, pouvait, dans ce même village, satisfaire à des besoins identiques.

L'homme hocha la tête, fit la moue.

— La pelleterie ne vaut pas cher, dit-il.

— Elle vaut ce qu'elle vaut.

— Une bouteille, c'est tout.

Il étendit la main et prit dans une caisse derrière lui une petite bouteille d'eau-de-vie, sans étiquette. Une eau-de-vie blanche, sirupeuse, distillation de quelque immonde décoction, apportée là en fraude...

Agaguk commença de remettre la peau de vison sous sa parka.

— Non, dit-il.

Ils étaient assis par terre, les jambes repliées et ils discutaient à la lueur tremblotante d'une petite lampe à kérosène. Une épouvantable odeur rance de sueur, de graisse pourrie, de mauvais alcool régnait dans l'igloo.

L'homme soupira. La palabre procédait selon les règles. Il s'en tirerait assez bien, il le savait. Il prit une autre bouteille de la caisse.

— Quatre bouteilles ou rien, dit Agaguk.

L'homme fixait la pelleterie, le beau vison souple. Il savait, lui, ce qu'il en pouvait tirer. La Compagnie n'en verrait jamais la couleur. Subrepticement, tout comme cela se produisait pour l'eau-de-vie, quelqu'un se chargerait d'en disposer. La belle peau de vison échouerait chez quelque malhonnête apprêteur de la ville. Il s'en trouvait toujours pour acheter des peaux non estampillées. Plus tard, la pelleterie prendrait le chemin de l'Europe.

Au prix marchand du vison, le risque en valait la peine.

— Quatre bouteilles, répéta fermement Agaguk.

L'homme blasphéma grossièrement en langage des Blancs, mais il finit par tirer deux autres bouteilles de la caisse et les tendit à Agaguk en échange de la pelleterie.

Agaguk partit aussitôt, apportant les précieux flacons dissimulés sous sa parka. Dehors, il sauta sur les lisses du traîneau et fouetta les chiens. Il ne se rendit pas très loin sur la plaine de neige. L'heure du bivouac n'était pas encore venue qu'il avait stoppé les chiens et qu'il érigeait un igloo.

Le plan qu'il avait fait en lui-même, ce projet d'évasion, il lui tardait de le réaliser. Nourrir les chiens ne lui prit qu'un instant, puis il mit la charge de la traîne en lieu sûr, dans l'igloo. Au chaud, dans l'abri, ses chiens déjà cachés sous la neige, il alluma la lampe de pierre et au lieu de manger il vida rapidement la première bouteille.

Bien que son organisme ne fût pas habitué à l'alcool, il possédait néanmoins une puissance physique si grande qu'il ressentit à peine l'effet de ce premier flacon. Il vida le deuxième plus lentement.

Au bout de quelques minutes, il en était aux dernières rasades. Ses gestes étaient ralentis et il se parlait à lui-même, la bouche pâteuse. Il avait peine à se tenir éveillé mais résistait quand même au sommeil.

Il n'aurait pu dire quelles pensées l'animaient. Au début, il avait ressenti une légèreté aérienne. Il visitait un pays merveilleux, féerique, son ivresse était une euphorie.

Après, il éprouva de la rage. Elle lui vint soudain, immense, dominatrice, mais avant que de céder à cette colère, il tomba endormi. L'alcool en ses veines avait vaincu toute résistance.

Au matin, il était dégrisé mais brisé, et la tête lui faisait mal. Il fit bouillir du pemmican et après qu'il eût mangé il sortit pour nourrir les chiens qui jappaient misérablement.

Quand il rentra, il recommença à boire, vidant les deux bouteilles qui restaient. Cette fois, l'ivresse fut plus lente à venir. Ayant mangé, son organisme opposait une résistance à l'absorption de l'alcool. Il se mit à chanter. Un hurlement bizarre, sans air, sans suite. Une sorte de cri animal. Il battait la mesure en se frappant les cuisses du plat de la main. Dehors, les chiens se mirent à hurler à leur tour. Le vacarme dura longtemps, puis il s'éteignit petit à petit. Il faisait encore jour quand Agaguk s'endormit, affalé contre le sac de sel.

Il s'éveilla à l'aube du lendemain, la bouche pâteuse et la tête lourde. D'instinct il mesura chaque geste, car tout mouvement lui causait grand mal. Avec infiniment de peine il se retrouva sur pied et put sortir nourrir les chiens.

Le gros du voyage restait encore à faire. Il ventait et le ciel était gris. La neige courait sur la toundra.

«Le blizzard», songea-t-il.

Mais il ne ressentait aucune crainte et, malgré le mal physique qui l'accablait, son âme et ses pensées étaient étrangement libres. L'épisode chez McTavish n'était plus une honte, pas même un souvenir dont il eut cure. C'était fini. L'hiatus était comblé, il pouvait maintenant retourner vers Iriook.

Il chargea la traîne, abattit l'igloo à coups de pied et attela les chiens qu'il fouetta joyeusement en leur criant des injures et en riant d'entendre sa propre voix se répercuter sur les dunes de la plaine glacée.

Le vent sentait la tempête, qu'importe!

Le froid l'avait ranimé, le sang courait à bon rythme dans ses veines, le mal disparaissait rapidement. Agaguk

83

hâta la course. Les chiens, dispos après ce long repos auquel ils n'étaient pas habitués, donnaient du collier, tiraient sans fléchir. Mais Agaguk savait bien qu'ils ne gagneraient pas la course contre le blizzard.

Vers cinq heures de l'après-midi, alors que l'équipage avait couru bon temps toute la journée, le vent fraîchit, la neige arriva, dure et cinglante. Agaguk n'attendit pas. Le souffle du blizzard est rapide, il ne s'abat pas graduellement, mais se rue sur la plaine et envahit toute la contrée avant que l'on ne s'en rende compte.

De nouveau, l'igloo. Il avait des provisions, de l'huile, il pouvait patienter jusqu'au calme revenu sur le pays.

La force du blizzard l'étonna, lui qui, pourtant, en avait vu bien d'autres. Un rugissement constant remplissait le ciel, la masse de neige charriée par le vent s'abattait sur l'igloo, le secouait. Même les chiens hurlaient d'inquiétude et Agaguk entendait leurs voix se mêler au gigantesque son du vent rageant dans les hauteurs du ciel.

Anore

Le blizzard

Le blizzard dura deux jours.

Il n'était pas, au bout de ce temps, complètement apaisé, mais il ne restait sur la plaine que des arrachées de demi-vent, des volées de neige, des rafales qui touchaient au terme de leur élan. Agaguk mit le nez dehors, et estima qu'il pouvait sans grand risque continuer le trajet.

Une couche épaisse de neige, fine comme de la poudre, recouvrait la toundra. Les chiens s'empêtraient, glissaient, tombaient. On était loin des aisances du voyage d'aller.

Agaguk criait des invectives à l'équipage, parfois l'implorait, l'encourageait, faisait claquer le fouet dans l'air sec, mêlant constamment sa voix au jappement saccadé des bêtes.

Ils mirent trois jours encore à franchir l'étape, trois pleins jours, ardus comme un labeur de survie.

À l'igloo d'Agaguk, la langue tirée et toute énergie sapée du corps, les chiens s'affaissèrent épuisés, rendus.

Iriook attendait. Elle ne manifesta aucune inquiétude, aucun souci; elle se souvenait de la leçon apprise. Agaguk avait pourtant été parti plus de dix jours, au lieu de quatre ou cinq prévus au départ.

Elle l'accueillit comme il s'y attendait maintenant: tendrement et avec une lueur indéfinissable dans le regard. Mais elle se garda bien de dire un seul mot. Les errances d'Agaguk sur la plaine de neige ne la laissaient toutefois pas indifférente.

Il n'était pas aisé de rester impassible, sans rien révéler des dures journées qu'elle venait de vivre, seule alors que le blizzard rageait et qu'elle était mortellement inquiète du sort d'Agaguk dans cette tempête. Elle n'eut qu'une phrase prononcée froidement et avec une indifférence feinte.

— Tu as été parti bien des jours.

— Ce fut long, au village, dit Agaguk sans broncher.

Il ajouta, après un temps.

— Le blizzard m'a forcé d'arrêter.

Il mentait sans savoir mentir. Iriook le devina bien. Mais à quoi aurait servi de récriminer? Puisqu'il était là, devant elle, revenu sain et sauf. Revenu surtout, c'était l'essentiel.

— Tu as rapporté ce que tu voulais? demanda-t-elle.

Il fit un geste vague, sortit au-dehors et se mit à transférer au-dedans de l'igloo les ballots qu'il avait sur le traîneau. Il étalait les richesses sur le banc de glace.

— Ton fusil, dit-il en tendant l'arme neuve.

Elle prit la carabine et la tint longuement entre ses mains, l'examinant, la scrutant.

— Je te montrerai à tirer, dit Agaguk.

Sans un mot, mais avec un étrange sourire, elle ouvrit l'une des boîtes de balles, en prit une et chargea l'arme.

— Viens, dit-elle.

Avec grande difficulté, vu son ventre, elle sortit en rampant dans le tunnel et Agaguk la suivit. Dehors elle montra un arbrisseau croissant sur le bord de la rivière.

— Tu vois, dit-elle, la branche fourchue... Celle de gauche, regarde!

Elle épaula, visa à peine, pressa la détente. La balle siffla et la branche sectionnée vola dans les airs.

Agaguk eut un murmure admirateur, une sorte de grognement rauque au fond de la gorge.

— Je n'ai rien à t'enseigner, dit-il. Rien.

Il sourit à Iriook et elle se sentit soudainement comblée. Pourquoi demander plus à son homme que cette parole qui révélait un monde de pensées? Agaguk lui ôta le fusil des mains, le posa contre la paroi de l'igloo.

— Aide-moi, dit-il. Il reste des choses à porter audedans.

En quelques instants, le traîneau était vide. À deux, ils avaient accompli la besogne et tout ce que rapportait Agaguk de son voyage était en place dans l'igloo.

— Je voulais t'apporter du coton...

— Du coton? Pour quoi faire?

— Tu as vu des Blanches? Elles portent des vêtements de coton des fois, quand le soleil est fort...

— Au village, dit Iriook, j'ai vu une femme qui en avait...

Il resta silencieux un moment, puis se décida à avouer une partie de la vérité, au moins les faits accomplis sinon la blessure à son orgueil qui avait été, pour lui, le pire mal.

— Il n'a pas voulu me donner de coton...

— Qui?

— L'homme au magasin de la Compagnie.

— Tu as discuté?

Agaguk pinça les lèvres.

— À son dire, j'avais déjà la valeur qui me revenait. Je voulais un chaudron de fer aussi, pour toi. Et une pioche, pour moi. L'homme n'a pas voulu me les donner...

Le secret était lourd. Si lourd qu'Agaguk vint près de raconter la rage qui l'avait empoigné, sa soulade d'ensuite.

— C'est toujours ainsi, tu le sais, Agaguk...

C'était vrai, mais il ne s'y habituait pas. Autant se taire. À quoi bon raconter aussi ce qui avait suivi son départ du magasin de la Compagnie. Iriook ne comprendrait pas.

Ils se tenaient dehors, après avoir glissé la traîne jusque derrière l'igloo et l'avoir assujettie là. Le vent bondit soudain sur la plaine, happa le capuchon d'Iriook, le fit voler. Agaguk regarda le ciel bas, il huma l'odeur du vent, puis il avança plus loin afin de mieux voir le ciel.

— Qu'est-ce que c'est? demanda Iriook.

— Un autre blizzard. C'est un mauvais hiver, il n'y a pas beaucoup de paix.

Ils rentrèrent par le tunnel, se hâtant d'instinct, même si la tempête était encore loin, comme s'ils avaient besoin tout à coup de la chaleur rassurante de l'igloo, de la paix qui y régnait.

— Il durera longtemps? demanda Iriook.

— Je ne sais pas. Quatre jours, peut-être plus.

Agaguk vit l'inquiétude d'Iriook.

— Qu'est-ce qu'il y a? Tu connais pourtant ce que c'est!

— Une tempête après l'autre... Si tout l'hiver est ainsi, que ferons-nous quand viendra l'enfant?

Mais Agaguk sourit.

— D'être né au grand vent froid, il n'en sera que plus brave, que plus fort. C'est un signe.

L'attente commença.

Isuk

LA FIN

Il en fut ainsi pendant les mois qui suivirent. Peu de jours calmes et d'immenses tempêtes qui déferlaient du nord.

— *Ayornarman,* dit un jour Agaguk. *Ayornarman.*

On n'y pouvait rien, en effet. Dehors le vent rageait et la neige poussée en bourrasques s'abattait en grandes nappes solides. Agaguk, accroupi à l'entrée du tunnel, avait observé la plaine cinq bonnes minutes. Ce qu'il pouvait en voir.

Aux rares accalmies, l'immensité apparaissait soudain, infinie et uniforme. Puis le vent redoublait. Énorme et puissant, il balayait tout, culbutant la neige, la lançant deçà et delà et, contre l'igloo, la tassait en un banc qui finirait par tout recouvrir.

Songeusement, Agaguk supputa le temps que cela prendrait. Le terme d'Iriook était venu, bientôt il faudrait ne songer qu'à elle. Quand il rentra, il examina, au sommet de l'igloo, le trou d'aération ménagé dans la clé de voûte retenant le dôme de neige durcie.

La neige n'atteignait pas encore là, mais si le blizzard persistait ce ne serait pas long.

Il se rassit et prit sur ses genoux cette sorte de couteau en os de phoque avec lequel il taillait les blocs de neige

89

pour construire un igloo. Cet outil plat servait aussi, le cas échéant, à libérer un tunnel d'accès bloqué par l'action du vent, ou un trou d'aération enterré par les rafales, comme ce serait encore le cas dans quelques heures.

Rapidement il façonna des blocs de neige et construisit, à trois mètres de l'igloo et dans le chemin du vent, un mur d'environ un mètre de haut, un brise-vent solide, épais de deux blocs.

L'état d'Iriook insufflait au labeur de l'Inuk une énergie fébrile. Il eût probablement laissé la neige s'accumuler, au temps ordinaire de la vie. Mais il se trouvait en face de circonstances spéciales. Il pouvait avoir besoin de sortir rapidement, l'accès devait être libre, l'aération aussi bonne que possible.

Le brise-vent ne sauverait peut-être pas entièrement l'igloo, mais Agaguk y gagnait un sursis. C'était une solution de fortune, la seule qu'il pût imaginer. Il rentra une fois la tâche finie.

Iriook cousait à la lueur du poêle.

— La neige va recouvrir l'igloo? demanda-t-elle.

— J'ai construit un brise-vent.

— Je t'entendais taper les blocs de neige.

— Peut-être le vent tombera-t-il...

— Et s'il ne tombe pas?

— *Ayornarman,* dit Agaguk une fois encore.

Il avait fait la seule chose à faire. Quant au reste, il n'avait qu'à s'en remettre au destin. Pendant une heure, immobile, il écouta.

— La tempête finira-t-elle bientôt? demanda Iriook.

Agaguk souleva une épaule et détourna le regard.

— C'est une des dernières, dit-il. Ensuite, le vent tournera.

La femme ne le croyait pas.

— Tu l'as dit il y a une semaine, fit-elle, et en voici une autre… Tu le dis depuis deux mois.

— Je ne suis pas le maître de ces choses, murmura Agaguk.

— Nous n'avons plus de pemmican.

— Je sais.

— Et le poisson gelé, regarde…

Le trou dans la paroi de l'igloo où ils gardaient le poisson gelé était presque vide.

— Tu n'as rien tué depuis un mois.

— Il n'y a rien à tuer, la plaine est déserte.

— Et les loups?

Parfois, lorsqu'il y avait moins de vent, ils entendaient hurler les meutes affamées.

Agaguk leva la main brusquement.

— Il n'y a rien sur la plaine, dit-il buté.

— Les loups…

— Il n'y a rien.

Il ne voulait pas admettre qu'il avait été impuissant à traquer ces loups, à les approcher. Un piège, tendu un mois durant, examiné et replacé chaque fois que cela avait été possible, n'avait pas plus réussi que son guet patient dans les broussailles au bord de la rivière. Il avait creusé la neige aussi, atteint la glace sur cette rivière. À travers un trou percé dans l'épaisse couche, il avait tendu une ligne dormante, mais aucun poisson ne s'y était pris. Si le printemps tardait à venir dans deux semaines, trois tout au plus, ce serait la famine.

— Cette viande de caribou que nous n'avons pas fumée et que tu as jetée aux renards et aux loups, dit Iriook doucement, elle nous aurait sauvés…

Agaguk avait abattu un mâle vers la mi-octobre. Il avait supputé le pemmican en réserve. À son avis, la quantité suffirait. Il avait écorché le caribou, en avait salé et roulé la peau. De la viande il n'avait gardé que quelques morceaux de choix et il avait jeté le reste aux bêtes de la toundra.

— Cela nous aurait sauvés, répéta Iriook.

Une rage nouvelle s'empara d'Agaguk. Avait-elle besoin de le redire? Devait-il écouter des reproches maintenant? Savait-il, aussi loin en arrière qu'en ce jour d'octobre, combien rude serait l'hiver?

— Tais-toi! cria-t-il à la femme.

Iriook baissa la tête.

Elle ne voulait plus discuter. D'ailleurs, elle admettait qu'il n'y avait pas là faute d'Agaguk, seulement une mesure d'imprévoyance. Elle-même aurait dû à ce moment exiger que la viande fût séchée et fumée plutôt que laissée en pâture aux animaux sauvages qui, s'ils étaient venus sur la plaine, ne s'étaient pas pris aux pièges.

Puis il y avait le petit en elle, autre raison qu'elle avait de se taire. L'enfant bougeait et elle avait mal. Une étrange sensation qu'elle n'avait pas connue encore. Pas une douleur, mais comme la racine d'une douleur. Très loin derrière, très creux au-dedans du ventre.

Agaguk s'était levé. Avec le couteau à neige, il déblayait le trou d'aération qui se bouchait rapidement. Il travaillait en gestes rageurs, animé d'une force brutale.

Assise sur le banc de glace où des peaux avaient été étendues, poil en haut, Iriook gardait les yeux fixés sur quelque image intérieure, une joie sans nom. Elle souriait, mystérieusement, comme au plaisir de cette évocation perçue d'elle seule. Un petit vagissant dans l'igloo? Les ébats de l'enfant sur la toundra de juillet?

Dans le silence, seul subsistait le bruit du couteau d'Agaguk taillant la glace, l'effritant.

Puis la douleur s'élança brusquement, aiguë comme un dard, traversa le ventre de la femme. Elle baissa la tête et gémit.

Agaguk s'immobilisa, baissa le regard vers Iriook.

— Qu'est-ce qu'il y a?

Elle secouait lentement la tête de droite à gauche. Le mal sitôt venu était reparti.

Agaguk insistait:

— Qu'est-ce qu'il y a?

La femme s'étendit sur les peaux. Son ventre soulevait la parka, semblait quelque grossière infirmité. Les yeux fermés, elle reposa. L'homme remit le couteau dans sa ceinture et vint vers elle.

Il eût voulu s'asseoir à ses côtés, savoir faire quelque geste tendre, mais il n'avait jamais appris ces choses, et d'en sentir tout à coup l'impérieuse nécessité le mettait mal à l'aise. Il trouvait des mots, pas ceux qu'il eût voulu dire, mais d'autres, bien simples, ne signifiant rien. Il mettait pour les dire un ton nouveau, presque caressant.

— Tu veux du thé?

La denrée était rare. On la gardait pour les retours de chasse après une rude journée sur la toundra. On la gardait aussi pour le frisson, pour des instants pareils à ceux-ci.

— Tu en veux?

Iriook souleva les paupières. Son regard était docile, loyal. Comme celui d'une bête blessée qui fait confiance au maître. Son front était baigné de sueur.

— Non, dit-elle, je ne veux rien.

Une lame de douleur lui traversa encore le ventre. Elle grimaça et ne put s'empêcher de gémir. Agaguk ne savait plus bouger, ne savait même plus respirer.

— Le temps est venu, je crois, dit Iriook. Tu sauras quoi faire?

— Oui.

Il se pencha et la dévêtit. Avec des gestes dont il mata la brusquerie habituelle, il glissa la parka par-dessus la tête de la femme, déplaça les mukluks et retira le pantalon de cuir souple. Maintenant, elle était nue, étendue sur la peau de caribou.

Il faisait chaud dans l'igloo, trop chaud. Même nue, elle transpirait encore. Son corps luisait à la lueur fumeuse du poêle à l'huile. Un corps devenu grotesque, les seins lourds, le ventre énorme, le pubis distendu, étalant le poil deux mains de large sur la peau diaphane. Dans le ballonnement du ventre, il y eut soudain un spasme qui laboura la surface tendue et fit bouger Iriook. Puis une large tache sanguinolente apparut sur la peau de caribou. Du vagin béant coulait une eau abondante, mêlée de sang.

L'homme, horrifié, les mains crispées, observait ce phénomène nouveau.

— Non, murmura Iriook, ne t'occupe pas. La vieille Poktok me l'a enseigné. Ce n'est rien. Cela veut dire que mon temps est venu et que nul ne pourrait maintenant arrêter la naissance.

Elle parlait à voix rauque, hachée, inquiète, les yeux toujours fermés, la tête renvoyée en arrière sur les peaux.

— Plus rien, répéta-t-elle, plus rien ne pourrait l'arrêter.

Et comme une douleur aiguë la traversait de nouveau, Agaguk la vit se tordre, grimaçante, sur sa couche.

Erngnik

LE FILS

Ce fut d'abord un mal lourd venu des tréfonds de l'être, quasi imperceptible à l'origine. Iriook s'était raidie dans l'attente, mais la douleur était morte aussitôt, alors elle respira profondément. Ses doigts crispés sur la peau de caribou s'étaient à peine détendus que de nouveau le mal la reprenait aux entrailles avec plus d'acuité. Alors elle gémissait faiblement, incapable d'étouffer en elle ces longues plaintes qui appelaient Agaguk.

Puis tout se taisait et le silence s'établissait dans l'igloo.

Du dehors ne venait que le sourd rugissement du vent, étouffé par les parois épaisses de l'habitation de glace.

Et ainsi, pendant longtemps pour Iriook, s'établirent les alternances de paix et d'enfer. Agaguk assistait impuissant à cette lutte. Gêné dans sa force brutale, humilié tout à coup par l'inutilité de ses muscles, il regardait avec un effroi grandissant ce travail de la nature où l'homme n'a plus sa place. Les yeux écarquillés, il regardait bouger la vie sous la peau tendue du ventre d'Iriook. Appuyé contre la paroi de l'igloo, il sentait une sorte d'effroi le gagner au moment où une autre plainte naissait et s'enflait pour mourir ensuite dans un cri si animal que jamais de sa vie il n'en avait entendu de pareil, ni sur la toundra, ni ailleurs. Puis l'apaisement venait une fois encore, toujours de moins en moins long, le temps à peine de reprendre haleine. N'y tenant plus, il dit d'une voix rauque:

— Je veux t'enlever ton mal!

Il ne voulait pas qu'elle souffrît davantage. Il voulait tout à coup extirper la douleur, la lui arracher du corps comme une mauvaise racine qu'on brûle ensuite. Ce qu'il voulait désormais, c'était la délivrance d'Iriook. Étrangement, l'enfant à venir n'importait plus.

— Tu ne peux pas me l'enlever, gémit la femme. Tu ne peux pas. Tu ne peux rien faire, Agaguk.

Alors, lentement, du fond de son subconscient Agaguk sentit sourdre la rage. Non pas en un brusque jaillissement de sang à la tête, mais en une colère lente, implacable, qui monta de ses entrailles pour l'habiter tout entier. Une force nouvelle existait en lui, une puissance extraordinaire qui déciderait des événements.

Les mains appuyées contre la paroi de glace, les muscles des jambes bandés, tendus, les genoux à peine ployés, il haletait, sa rage accordée au rythme des plaintes d'Iriook, à la fureur des cris de la femme.

Car maintenant elle criait presque sans arrêt. Ce n'était plus un gémissement, non plus qu'une plainte, mais un long cri continu, venu de très loin en elle. Un son grave, horrible, qui montait en un crescendo hallucinatoire.

Parfois elle ouvrait grandes les cuisses, genoux relevés, et tout son corps semblait s'arc-bouter. Alors elle poussait désespérément pour rejeter hors d'elle-même cette masse vivante qui tenait maintenant trop de place dans ses entrailles.

À cet instant-là le vagin s'ouvrait comme une gueule, sorte d'orifice sombre: monstruosité taillée dans le bas-ventre.

Les cris de la femme remplissaient l'abri et se répercutaient en échos terrifiants le long des parois et jusqu'au dôme de glace. Toujours appuyé, Agaguk était devenu une bête plutôt qu'un homme. Un grognement rauque sortait constamment de sa gorge. Ses yeux étaient injectés de sang. Il hochait la tête de gauche à droite en un mouvement constant, tel un animal prêt à bondir.

Soudain, Iriook projeta de nouveau les cuisses, les jambes. Elle se tordait et le spasme labourait son ventre. La douleur la possédait tout entière quand, brusquement, la tête de l'enfant parut.

Vision effroyable pour Agaguk. Une peau sans poil, nue et luisante, sorte de boule qui aurait bloqué le vagin. Iriook poussa un autre cri, plus strident encore, et la tête se fraya un passage désormais plus facile.

Alors Agaguk bondit.

Il avait jusqu'alors réussi à maîtriser sa rage. Mais c'était fini. Il lui fallait combattre le mal immense chez la femme. Il lui fallait le détruire, le chasser à jamais. C'était un démon, un Mauvais Esprit, une bête à vaincre.

Il se rua sur Iriook, la jeta par terre sur la glace humide. Il la roua de coups de pied et de coups de poing, cherchant ainsi à tuer la douleur, à l'obliger à fuir le ventre de la femme. Et tout ce temps, Agaguk hurlait comme un déchaîné et ses cris se mêlaient à ceux d'Iriook qu'il mordait au bras, qu'il frappait en pleine figure. Le sang giclait des lèvres tuméfiées.

Puis, brusquement, la femme eut une convulsion de tout son corps, elle poussa un dernier hurlement qui se perdit en un long sanglot étouffé. Sa voix implorante se répercuta dans l'igloo.

— Il est sorti! criait-elle. Tu ne vois donc pas! Il n'est plus dans mon ventre! Il est sorti!

Aussi calme qu'un instant auparavant il avait été comme une bête fauve, Agaguk se redressa, aperçut l'enfant blotti entre les cuisses d'Iriook. Il se pencha, prit le corps inerte. D'un coup de dent rapide il trancha le cordon.

Le sang gicla, alors il prit la babiche qu'il gardait depuis longtemps au fond de sa poche justement en prévision de cet instant, et ligatura vitement le tube visqueux et souple, tout au ras du ventre de l'enfant.

— Il faut qu'il respire, fit Iriook, la voix lointaine, somnolente.

Agaguk la regarda.

Son visage était méconnaissable. Le sang coulait des blessures qu'il lui avait infligées. La lèvre était tranchée comme par un coup de lame, une des pommettes était tuméfiée...

— Il faut qu'il respire... Dépêche-toi! implorait-elle faiblement.

Agaguk empoigna l'enfant par les pieds, le souleva à bout de bras. De son doigt gras et malhabile, il vida l'intérieur de la bouche des muqueuses qui s'y étaient accumulées. Puis il frappa le nouveau-né violemment, au bas du dos.

Le petit se tordit dans la poigne d'Agaguk, il se recroquevilla en un grand effort, puis son pleur retentit, perçant, le cri d'un enfant sain, bien né, dont il fallait être fier.

— C'est un garçon, dit Agaguk, d'une voix que l'émotion altérait étrangement.

Avec un sourire d'une infinie tendresse, il coucha le petit enfant au creux de son bras. Iriook, les yeux fermés, souriait aussi.

— Je le savais, dit-elle, que c'était un garçon... Depuis longtemps, je le savais...

Agaguk vint s'accroupir près de la femme toujours étendue par terre. Il posa le petit sur une peau, puis il souleva la femme et la déposa sur le banc de glace, contre les peaux tièdes.

Ensuite il s'étendit à son tour sur la couche, en mettant le petit au chaud entre les deux corps.

— Dors, dit-il à Iriook. Dors.

L'enfant s'était tu. Il respirait bellement.

— Dors, répéta Agaguk.

Et lui aussi dormit, pressé contre la femme et l'enfant, maintenant tout son bien et toute sa fortune.

K'aumayok

LA LUMIÈRE

Au matin, Agaguk s'éveilla le premier.

Il avait dormi longtemps, quinze heures peut-être, il n'aurait pu le dire.

Le nouveau-né était immobile, les yeux clos, coincé entre Iriook et lui. Agaguk le prit dans ses deux mains, le soupesa. Il vit que le corps était trapu et dur déjà, le dos large, les jambes bien formées. Ce serait un bon petit, fort, sain, qui deviendrait habile et beau.

Iriook s'éveilla. Elle gémit en se tournant sur la couche. Sans bouger, la tête sur son bras replié, elle observa l'enfant dans les bras d'Agaguk. Ses yeux se posèrent sur la tête d'abord, encore pressurée, ovée par le labeur de sa venue. Puis les épaules, la poitrine, le bas-ventre proéminent, les jambes repliées, les pieds menus mais potelés. Sans un mot, elle tendit les bras.

Agaguk vint y déposer l'enfant.

Iriook approcha de son sein la bouche du petit. De ses doigts elle pressa le tétin entre les lèvres de l'enfant. Goulûment il se mit à sucer.

— Déjà? dit Agaguk qui regardait, émerveillé.

— Non, dit Iriook. Demain seulement le lait viendra. Mais il faut qu'il apprenne.

Le petit tétait le sein encore aride, puis rageant de n'en rien extraire, il se mit à crier. Iriook eut un rire doux qui monta du creux de la gorge.

— Tu vois? dit-elle. Il est comme toi.

Agaguk, intimidé, s'était accroupi devant le poêle et ne disait rien.

— Tu veux du thé? demanda-t-il au bout d'un temps.

— Oui... Il faudrait aussi de l'eau.

L'enfant était crotté comme s'il se fût roulé dans de sanglantes immondices. Iriook ouvrit les jambes. Agaguk vit la peau de caribou souillée et, contre la vulve de la femme, l'amas du placenta rejeté pendant le sommeil d'épuisement.

— Je vais dehors chercher de la neige, dit-il, la faire fondre, puis je ferai chauffer l'eau sur le feu.

Mais il hésitait à la quitter. Debout, il la regardait. Puis il dit:

— Hier soir, je t'ai battue...

Elle porta un doigt au visage, toucha la lèvre fendue, l'œil blessé, la joue tuméfiée.

— Je sais.

Agaguk bougea un pied, chercha des mots. Il n'osait plus la regarder en face.

— Tu n'y pouvais rien, dit-elle doucement.

— Non, je n'y pouvais rien.

— C'est fini, murmura-t-elle. Le petit est né. Il est fort. Tout ira bien.

L'enfant s'était remis à téter le sein gonflé mais sans lait encore. Iriook se leva, vint tenir le petit près du poêle afin de le réchauffer. Agaguk eut une respiration profonde, presque un soupir.

— Je vais chercher la neige, dit-il. Nous avons du travail à faire.

Il rampa prestement dans le tunnel, vers la tempête.

Dehors, il vit que le brise-vent avait bien rempli son rôle. L'igloo ne risquait pas d'être recouvert. Et comme le vent avait baissé, tout laissait prévoir que le blizzard s'achevait.

Restée seule à l'intérieur de l'abri, Iriook se mit à chanter pour l'enfant. Un murmure doux, une chanson des âges anciens, une berceuse transmise de génération en génération depuis des millénaires. Le petit qui s'était remis à pleurer se calma tranquillement. Longtemps, Iriook, assise au bord du banc de glace, hocha son corps en un rythme accordé à la chanson. Elle souriait, le regard perdu, les bras retenant bien son fils nu, endormi contre sa poitrine.

Quand Agaguk rentra, il rapportait de la neige qu'il mit à fondre dans la marmite de fer. Bientôt l'eau bouillait et tous deux purent se mettre à la besogne.

Au soir de ce jour-là, Iriook eut une exclamation faite de joie mêlée à une douleur neuve.

— Le lait! s'écria-t-elle.

De ses mains en coupe, elle pressait sur les masses charnues comme pour en comprimer la congestion qui s'y logeait. Elle s'étendit aussitôt sur la couche, prit l'enfant au creux de son bras, lui mit la bouche contre le sein maintenant généreux.

L'enfant téta avec des bruits bizarres qui firent rire Agaguk.

— Comment le nommerons-nous? demanda Iriook. Puisque c'est un garçon.

— J'ai choisi son nom, répondit Agaguk. Il se nommera Tayaout. C'est un nom brave.

Iriook sourit.

— Le nom me plaît, dit-elle. En effet, c'est un nom brave.

— On le chante, dit Agaguk.

Tayaout, grand chasseur qui vivait au lac Amakdiouak autrefois, au temps des premiers Blancs...

Même les policiers parlaient de lui avec respect, vantant son habileté, sa force, la richesse de ses ballots de pelleteries chaque année, l'excellence de ses chasses.

Tayaout, patronyme symbolique, espoir et ambition.

— Tayaout, répéta doucement Agaguk en roulant les sons, en les savourant gravement, pieusement.

Iriook contemplait l'enfant qui suçait sa vie du sein riche.

— Tu te nommes Tayaout, dit-elle, le savais-tu?

Nariaktitautik

LE CHIEN DE CHASSE

Au village, on ne parlait presque plus de la mort de Brown. Des mois s'étaient passés. L'hiver était venu, et avec l'hiver le froid dévorant, la misère des jours. L'on avait démonté les huttes, érigé les igloos, et le rythme de vie s'était peu à peu accordé à celui de cette nouvelle et terrifiante saison.

C'était l'immobilité. Dormir, s'éveiller, rester sans bouger dans l'igloo, attendre… Manger aux heures, et dormir encore.

Parfois, si le vent s'apaisait, les hommes sortaient sur la plaine, cherchaient des pistes, tendaient des pièges, en visitaient d'autres tendus auparavant. La fourrure était belle mais chiche le rendement.

Sur dix, vingt pièges posés, à peine deux ou trois prises. On était même des semaines entières sans que rien ne vînt déclencher les mécanismes.

Alors c'était la vie amorphe, végétative.

Quand le vent soufflait et que la tempête balayait le pays; quand le froid descendait si bas qu'ils risquaient la mort à cent mètres de l'igloo, les Inuit dormaient. Hommes, femmes et enfants entassés sur le banc de glace, demi-conscients dans l'air vicié de l'habitation primitive.

Une sorte d'hibernation animale.

Puis un jour, les chiens jappèrent, voix nouvelles sur la plaine. Une traîne était en vue.

Ayallik donna l'alerte. Étant parti visiter des pièges, il rentrait au village. Dans tous les igloos l'on avait entendu venir l'attelage, mais ce fut Ayallik qui, avant que n'arrivât l'intrus, les renseigna sur son identité.

— Un policier, dit-il.

De chaque tunnel sortait une tête. Au renseignement d'Ayallik, la tête rentrait, comme une bête réintégrant le terrier. Quand le policier fut proche, Ayallik avait déjà averti tous les Inuit.

— Crois-tu qu'il vient pour la mort de Brown? demanda Ramook.

Ayallik fit la moue.

— Quoi d'autre?

— Il pourrait être en chemin vers les Îles, plus haut.

— Il serait parti de Coppermine alors, dit Ayallik.

— Tu crois?

— Oui. Et il aurait été mené en Grand Oiseau.

— Peut-être.

— En traîneau, poursuivit Ayallik, avec des chiens, c'est sûrement ici qu'il vient, pas plus loin.

Les épaules de Ramook s'étaient affaissées, mais ses yeux restaient vifs, rusés.

— Je compte sur les autres, dit-il d'un ton faussement pleurard.

Il pointa du doigt vers Ayallik.

— Sur toi, surtout. Sur Ghorok.

Ayallik sourit méchamment. Il lui plaisait de voir Ramook implorer de l'aide. L'homme était son ennemi depuis toujours. Cela ne changerait peut-être rien aux manifestations de solidarité tribale qui pourraient exister dans les jours à venir, et il était bien possible qu'Ayallik accordât son comportement à celui de la tribu, mais il avait présentement grand plaisir à voir Ramook trembler d'humilité.

Le policier arriva au centre du village et ne trouva personne pour l'accueillir. C'était, pour cet homme entraîné aux habitudes de l'Esquimau, le premier aveu, la marque certaine qu'ils cachaient quelque chose.

Il se tint au centre du cercle formé par les igloos pendant un bon moment, se sachant épié mais n'en faisant rien voir. Il était grand, presque deux fois plus que les Inuit. Il était blond, et ses yeux étaient bleus comme le ciel de printemps.

Il retira ses longs gants fourrés qu'il posa sur les ballots de provisions arrimés sur la traîne. Puis il contourna le véhicule et s'en fut s'accroupir près des chiens. Il défit posément les attaches, libéra les bêtes qui, aussitôt après avoir mangé, s'enfuirent retrouver les chiens de la tribu.

Un homme apparut. C'était Ayallik.

Il était brave celui-là. Il possédait une tranquille audace et la visite du policier l'amusait. On racontait, dans les igloos, bien des épopées de ce genre. C'était toujours le plus courageux, celui qui ne craignait point de prendre les devants qui en était le héros. Ayallik se sentait justement l'envie de jouer les héros. Il lui semblait que le rôle siérait bien à ses ambitions.

S'il allait déjouer le destin, écarter Ramook et prendre lui-même la tête de la tribu? La victoire pouvait être facile à qui saurait s'y prendre. Surtout, pourquoi attendre? Dès le premier instant, se disait-il, il faut être le plus fort.

— Hé, l'homme!

Là-bas, le policier l'appelait.

Ayallik savait que dans le recul de chaque tunnel, un Inuk se tenait à plat ventre, faisant le guet. Il vint à pas lents au centre de la place. Le policier enfilait de nouveau ses gants.

— Qui es-tu?

— Je suis Ayallik.

— Où est votre chef?

— Je ne sais pas.

— Ah?...

— Probablement dans son igloo.

— Où est cet igloo?

Ayallik montra, le bras étendu. Le policier sourit.

— Il ne vient pas lui-même? Il t'envoie?

— Non.

Ayallik savait qu'en ce jour froid et sec la voix portait. Tous entendaient le présent échange. L'idée l'amusa. Le jeu devenait doublement intéressant. Ruser avec le policier, mais aussi ruser avec les gens aux aguets...

— Dis aux autres que je veux les voir tous. Il s'est commis un crime ici.

Le regard rivé dans celui du policier, Ayallik sourit, mais à peine, une expression des lèvres, une esquisse de sourire, que les guetteurs ne pouvaient voir mais qui fut évidente à Henderson, le constable.

— Il se commet, dit Ayallik, des crimes un peu partout dans les tribus.

— Je m'intéresse à celui qui a été commis ici.

Ayallik s'inclina légèrement.

— Je ferai dire aux autres que tu veux les voir, fit Ayallik avec suffisance. À tous les autres. À Ramook, le chef.

— Celui qui habite avec une Montagnaise?

— Comment le sais-tu?

— Nous savons tout.

Ayallik se prit un air narquois.

— Et il te faut quand même questionner les gens? Je dirai à Ramook que tu veux le voir.

L'insistance était à peine soulignée, et pourtant le policier la comprit. Il s'inclina à son tour, légèrement.

— Tu avertiras Ramook, dit-il, un éclair dans le regard.

— Et comme il est le chef, reprit Ayallik, il aura vite fait d'avertir les autres...

La conversation s'était poursuivie en esquimau, langue que le constable maniait avec aisance. Il eut un geste catégorique.

— Que l'on me construise un igloo et que l'on y porte mes provisions. Je resterai ici quelque temps.

— Combien de temps?

— Le temps qu'il faudra.

Ayallik étendit les deux mains, sourit.

Pour des gens qui savent tout, songeait l'Inuk, ils s'y prennent étrangement. Tout savoir ne veut pas dire que l'on s'installe dans un igloo, que l'on songe à habiter le village *le temps qu'il faudra,* comme avait dit le policier.

Caprice de Blanc, habitudes typiques auxquelles les Inuit n'arrivaient pas à se faire. Mais quoi faire d'autre que de hausser les épaules stoïquement et endurer le malaise?

Tout ceci n'était pas sans désappointer grandement Ayallik. Il avait espéré que si un policier venait parmi eux, il arriverait nanti de certaines preuves et que l'aide à lui apporter — cette manœuvre de puissance future qu'il envisageait, lui, Ayallik — se résumerait à quelques insinuations bien placées.

Or, le policier projetant de s'installer pour un temps indéfini, c'est qu'il n'avait que de vagues soupçons. La dénonciation, dans cette occurrence, devenait plus difficile.

Quelque chose en Ayallik, un reste de loyauté, ou la crainte peut-être, le faisait hésiter à s'engager plus loin.

Il était persuadé de la culpabilité d'Agaguk. Et bien que celui-ci ne fît plus partie de la tribu — qu'il eût en quelque sorte déserté les siens — était-ce donc enfreindre les lois tribales que de le dénoncer? D'autant que le constable pouvait, en l'absence d'Agaguk, porter ses soupçons sur quelqu'un d'autre de la tribu, à propos de la mort du trafiquant Brown.

Restait Ramook et le désir qu'Ayallik avait de lui succéder comme chef de la tribu. Dénoncer le fils porterait outrage au père, soit. Mais comment la tribu accepterait-elle cet outrage? Ayallik y gagnerait-il quelque chose, ou risquait-il simplement la vengeance collective dès le départ du policier pour avoir mouchardé?

L'ambition et la peur jouaient à camps opposés dans l'âme de l'Inuk. La patience s'imposait. Une instinctive sagesse lui enjoignait d'attendre. L'occasion, demain ou un autre jour, serait peut-être meilleure...

— L'igloo de Ramook est là, dit-il brusquement au constable. Si tu as quelque chose à lui demander, vas-y. Il est le chef, je ne le suis pas.

Puis il vira les talons et retourna à son propre igloo, un soudain défi dans les yeux et un sourire étrange sur les lèvres.

Iyi

L'ŒIL

Agaguk ne cessait de contempler l'enfant. Il passait des heures accroupi, le dos au feu, l'observant. Rien de plus. Seulement cette contemplation. Il ne jouait pas avec lui, le touchait rarement. Quand le petit vagissait, Agaguk le caressait, mais doucement, du bout des doigts, comme s'il avait eu peur de briser ce corps minuscule.

Quand Iriook donnait le sein au petit, Agaguk contemplait encore le miracle. Ce petit qui était à lui, ce futur homme à son image... Semence germée, miracle et mystère.

«Je lui enseignerai comment construire l'igloo, se dit-il. Comment tailler un couteau à neige à même les os d'un phoque, ou avec une côte de caribou...»

L'enfant tétait, avide, animal, le lait coulant sur ses joues. Et Agaguk rêvait.

Il se tenait droit, le regard fier, «Mon fils!»

Les mots se moulaient bien dans sa bouche, ils s'y trouvaient à l'aise.

Iriook, appuyée contre la paroi, la poitrine offerte au petit, le laissait se gaver. Elle aussi rêvait, mais autrement. Elle rêvait de douceur et de tendresse. Elle baignait le corps brun de Tayaout, le tenait nu, contre sa peau. Elle aimait sentir la bouche du petit téter le lait, s'en nourrir pour croître sain et fort.

— Il se nomme Tayaout, répétait souvent Agaguk. C'est un beau nom. Surtout, c'est un nom brave.

Un jour, Iriook montra de nouveau le trou dans la paroi.

Agaguk, qui avait réussi à tuer deux loups, en avait taillé la meilleure part. Mais ce n'était pas de la bonne viande. Elle était âcre et coriace.

— J'irai chasser, dit-il.

Mais il ne se décidait pas.

Dehors, pourtant, le soleil était revenu sur la neige, et le printemps approchait. Bientôt, la toundra reprendrait sa forme. L'eau ne coulait déjà plus sur les murs, à l'intérieur de l'igloo. Et une fois qu'Agaguk mit le bras à travers le trou d'aération, au sommet de l'igloo, il sentit que les blocs étaient fondus de moitié.

Il faisait maintenant trop chaud dans l'habitation. Désormais, ils vivraient presque nus tous les trois. L'enfant, parce que la coutume le veut ainsi quelle que soit la température dans l'igloo, et Iriook de même, parce qu'elle ne pouvait vivre en cette étuve. Agaguk, lui, portait presque toujours le pantalon de peau, mais son torse était nu.

— Nous manquerons de viande, dit Iriook de nouveau quelques jours plus tard. Regarde...

Il restait deux poignées de chair de loup fumée.

Les seins lourds, la femme appuyait son dos nu contre la glace et, pourtant, elle transpirait. La sueur coulait en ruisseaux lents sur sa peau lisse et sombre.

— Je sors, dit Agaguk.

Il prit son fusil et sortit. Il y avait des jours qu'il n'était allé dehors. Même la neige à fondre, c'était Iriook qui était allée la chercher.

Agaguk fut tout étonné de voir combien le printemps était proche. Déjà, sur la rivière, la glace était noire, recouverte d'eau par endroits. En quelques jours, quelques heures, le courant l'entraînerait et l'eau serait libre.

Le soleil était chaud. Il brûlait la peau des joues, il fondait la neige. Et, en marchant, Agaguk sentait son pied creuser le sol. Chaque fois qu'il le soulevait, du fond de la trace profonde, il voyait l'eau sourdre. Le fond de la piste était noir; la neige elle-même imbibée d'eau était noire, grise plutôt, d'un gris de métal fondu. Seule la neige en surface restait blanche.

Dans le vent venaient des odeurs nouvelles.

Un faon de caribou bondissait de l'autre côté de la rivière.

Le coup tiré par Agaguk partit, fatal, abattit la bête.

Ce soir-là, il y eut grand festin dans l'igloo. Iriook mit la viande à cuire. Elle pétrit le foie avec de la farine et le mit à frire dans son huile. Elle tailla des tranches épaisses dans la chair de l'épaule et les grilla à la flamme.

Agaguk prit un des yeux de l'animal et s'approcha du petit. Il déposa l'œil entre ses mains. L'enfant referma ses poings dessus et le porta immédiatement à sa bouche pour le sucer.

Quand ils furent tous gavés, ils s'endormirent.

Agaguk rêva qu'en son village, là-bas, des Krablunains, des Grands Sourcils — nom que sa race donnait aux Blancs —, fouillaient la terre pour retrouver les restes du trafiquant Brown.

Il s'éveilla en sueur, pâmé d'angoisse. Il se roulait sur les peaux et se frottait le visage avec ses mains. Bien éveillé enfin, il fut étonné de ce rêve et, de longtemps, ne put se rendormir. Il crut entendre une voix qui l'appelait. «*Anok*», songea-t-il.

Pas autre chose que le vent. Iriook gémit dans son rêve à elle. Agaguk n'entendit plus rien. La nuit s'était refermée sur lui et sa famille.

Dehors, de grands craquements se réverbéraient sur la plaine. De la rivière venaient les sourdes détonations de l'eau bouillonnante. Du sud montait un vent tiède, empestant la mousse pourrie et les sous-bois décomposés du pays des Blancs.

Mai finissait, juin était arrivé et, avec juin, le printemps.

Angayok'ak

LE CHEF

La Montagnaise avait toujours eu les sens très éveillés. La vue, l'ouïe, l'odorat... Elle sentit venir le constable.

— Ramook! dit-elle en esquimau, *krablunak manitok!* Un Blanc était là?

L'homme de la Gendarmerie royale rampait déjà dans le tunnel d'entrée, faisait irruption dans l'igloo.

— *Kranor itpin,* dit-il. Comment vas-tu?

— Je suis Ramook, le chef de la tribu.

— Je suis Henderson, de la Gendarmerie.

Ramook inclina la tête, montra le banc.

— *Namatok.*

Henderson prit place sur le banc, se croisa la jambe et sortit un paquet de cigarettes, le tendit à Ramook.

— Tu veux fumer?

— Non.

Ramook restait sur ses gardes. Sa Montagnaise avait observé le manège d'Ayallik. Elle avait entendu un bruit de voix. Qu'avait révélé l'ambitieux?

— Je passerai quelque temps parmi vous, dit le constable. J'ai demandé que l'on me bâtisse un igloo.

Ramook fit la grimace.

— Ce n'est pas la peine, dit-il. La neige commence à fondre. Reste ici avec moi. L'on te construira une hutte dès que la toundra sera noire.

Henderson hocha la tête. Deux ans plus tôt, il eût refusé. À cause de l'odeur dans l'igloo, de l'air vicié, de la fumée des cuissons.

Mais l'expérience venait avec l'habitude. Coucher sous la tente au tôt printemps comportait des risques. Viennent des tempêtes inattendues et alors le vent est cent fois plus dangereux. Il arrive du sud avec des violences inaccoutumées. Ou bien il est doux et tiède, et la plaine de neige s'effondre sous le dormeur. Qui en sait l'épaisseur et qui peut deviner l'abîme en dessous? L'igloo, lui, garde de tout cela.

— Je resterai ici, dit-il. S'il le faut, l'on me construira une hutte quand la toundra sera noire.

Il alluma sa cigarette.

Ramook faisait mine de ne pas l'observer, mais ses yeux laqués suivaient constamment les gestes du policier.

— Tu sais pourquoi je suis venu? demanda Henderson tout à coup.

— *Nauna.*

— Bien sûr, tu ne le sais pas?

— *Naonarlok.*

— Toi, tu le sais. Toi et les autres.

Ramook sourit largement. Ses dents étaient jaunes et pourries à l'avant.

— Moi?

— Oui.

— *Nauna...*

Henderson avait appris la patience. C'était, en ce pays de neiges et de vie difficile, une vertu capitale. Posément, il entreprit le récit qu'il avait à faire.

116

— Un trafiquant d'eau-de-vie est venu ici. Ce n'était pas un homme honnête. Mais on n'a pas le droit de tuer, même si un homme n'est pas honnête.

Ramook leva les sourcils, pencha la tête, ouvrit la bouche. L'image même de la stupeur.

— Et, poursuivit Henderson impatienté, tu le sais aussi bien que moi, Ramook.

L'Esquimau soupira, reprit son air impassible.

— Cet homme est venu ici avec un Sauvage, un Montagnais.

Ramook cracha par terre. Dans le coin, sa Montagnaise blasphéma et Henderson eut du mal à ne pas sourire.

Ce Ramook était rusé. Il avait pu épouser une Montagnaise et demeurer en même temps chef de la tribu. Cela dénotait chez lui une habileté extraordinaire. Le duel était à forces égales.

— Il est venu ici et quelqu'un l'a fait brûler dans sa hutte. Le Montagnais s'est enfui. Il est arrivé épuisé, à notre poste à la Grande Baie.

— *Ayornarman,* murmura Ramook.

— Si, vous y pouvez quelque chose! Je veux que l'on me livre le coupable.

— *Nauna.*

— Ramook!

— *Nauna,* que je te dis. Je ne sais rien. Je ne peux rien dire.

Henderson se leva.

— Fort bien. Je resterai ici. Quand la toundra sera noire, je fouillerai. J'ai les outils. Oh! je connais vos façons. Vous avez enterré l'évidence. Mais je creuserai. Je creuserai partout, sous la hutte, Ramook, partout... Je trouverai!

Le vieux chef sourit mystérieusement.

— *Ayornarman,* répéta-t-il.

La patience du constable Henderson s'émoussait, mais il savait qu'il était inutile d'insister. Si Ramook était intelligent, les autres Esquimaux l'étaient tout autant. Ils seraient surtout fidèles à la solidarité tribale. Temporiser devenait l'unique solution, bien que la plus désolante. Rester là à attendre, écouter et observer... Qui sait si l'un d'eux n'irait pas se vendre? Un mot échappé, un acte...

La fonte des neiges terminée, Henderson fouillerait les alentours. Les endroits logiques où effectuer ces fouilles n'étaient quand même pas si nombreux et il devait se trouver quelque part des restes de l'homme blanc, ne serait-ce qu'un tas d'os épars ou de chair calcinée.

Il attendrait.

La loi des Blancs devait prévaloir. Et il lui appartenait de la faire observer.

«Même ici», se disait-il.

Surtout ici, si l'on ne voulait point que tout l'Arctique devînt un vaste repaire de hors-la-loi.

Henderson décida d'aller trouver Ayallik sur-le-champ. De tous les Esquimaux soumis à Ramook, c'était le seul qu'il pût envisager de faire parler.

Sirk'inik

LE SOLEIL

—*Sikrenek nuiok!* cria Agaguk.

En effet le soleil était apparu. Mais il sous-entendait le grand soleil à venir, celui des mousses reverdies, des plantes à fleurs, des bêtes dont on fume la viande pour la conservation.

Le soleil du ruisseau paisible et tiède où somnolent des poissons bons à prendre.

Le soleil de la vie sans menace, des siestes devant la hutte.

Le soleil patient, nourrissant, qui réconforte.

Le soleil traquenard qui luit sur un bois de caribou usé et poli par les ans, qui révèle la cible au chasseur à l'affût.

Le soleil des outardes, des canards, des sarcelles, des poules d'eau.

Le temps de la bonne vie.

— *Sikrenek nuiok!*

Agaguk achevait de démolir ce qui restait de l'igloo. Au loin sur la mousse, il jetait des blocs durcis pour qu'ils achèvent de fondre dans le temps d'été. Et, en riant comme un enfant, en gloussant de joie, il se mit ensuite à édifier la hutte, aidé d'Iriook.

Au prochain soleil il s'occuperait de la *tenderie*. Mais il trouverait d'abord les lieux de nouvelle vie des bêtes. À plat ventre, il ramperait pour scruter les pistes minuscules. Il espionnerait jusqu'à ce qu'il connaisse ensuite par cœur le va-et-vient des animaux assoiffés.

Accroupi, les doigts de nouveau habiles à la tâche, et savant de tout ce qu'il aurait appris, il écarterait la mousse, poserait le piège, banderait le ressort. Puis il recouvrirait la trappe et, se redressant, il pisserait dessus afin qu'aucun flair ne la puisse déceler.

Cette odeur d'urine n'inquiéterait pas l'animal. Viendrait le vison, ou le rat musqué, ou la belette pour détendre le ressort, et ce serait une prise de plus...

— J'aurai, dit Agaguk, cent peaux à porter au poste. Cent peaux comme jamais vu! À beau poil... Toutes les provisions d'hiver.

Il ne comptait pas les phoques — cela, c'était à *Tareor,* au sel, à la mer. Il irait à l'automne, comme ses cousins des tribus du Nord, courir les premiers glaçons. Il tuerait des phoques, des ours. Il serait le plus grand chasseur.

Il mènerait Tayaout par la main sur toute la toundra et jusqu'aux grandes rives. Voici *Tiriganiak,* le renard! Regarde-le courir, Tayaout!

Voici l'ours, voici le phoque. La peau du phoque nous sert, petit. La chair du phoque aussi; elle nous nourrit. Avec les dents du phoque, et ses os, avec ses défenses, on fabrique des aiguilles, des outils... Avec la graisse, on alimente le feu, on éclaire l'igloo... Phoque-le-Père, le protecteur!

Pour un peu, il se serait jeté par terre en adoration. Et dire qu'il fallait traverser tout un pays pour aller chasser ce phoque!

Ici, on trouverait le caribou, parfois un orignal égaré, le loup, les renards... Mais le phoque précieux gîtait plus loin, beaucoup plus loin.

— Ce n'est pas assez, dit-il soudain, suant et soufflant d'effort. Écoute, Iriook, ce n'est pas suffisant. Il en faut plus!

Ignorante des pensées qui agitaient son homme, Iriook demanda:

— Plus de quoi?

— La chasse ici, c'est la chasse des Blancs... Les Inuit, les hommes comme moi, il en faut plus au Nord. Il nous faut aller habiter avec les derniers Esquimaux, ceux du dos de la terre, les *Kidlinermeun...*

— Pourquoi? La neige est éternelle en ce pays. Ils vivent toujours dans l'igloo.

— Je sais.

— Alors, pourquoi?

— *Akragolok aodlanialertugutug...*

Partir demain? Iriook secouait la tête en souriant. Elle laissait dire. Demain... Le demain des siens ne l'inquiétait plus. Cela voulait dire quand, au juste? L'année d'ensuite? Dans dix ans?

Demain...

— Il y a du soleil ici.

Agaguk faisait la moue. Son gros visage luisait de sueur. Ses bras trop longs à toucher les genoux ballaient tremblants de l'effort. La hutte s'édifiait, mais il lui semblait que jamais il n'en finirait de la recouvrir des larges peaux de caribou.

— Il y a du soleil, répéta Iriook. Bientôt la mousse sera verte, presque noire. Et il y aura des fleurs...

Elle montra du doigt une piste sur un reste de neige.

— Tu vois? Un vison.

Agaguk avait la mine renfrognée. Il rêvait. Il en avait le droit. Pourquoi fallait-il qu'Iriook détruisît le rêve?

Iriook se tourna vers Tayaout étendu sur la mousse.

Un insecte, un mille-pattes, être rampant et obscur habitant les sombres replis de la terre, lui courait sur le ventre. Avec sa petite main, il tentait de reconnaître cette sensation neuve.

— Regarde-le, dit Iriook, vois! Il veut déjà s'emparer d'une bête.

Agaguk cracha sur la mousse.

— Tayaout sera un grand chasseur, dit-il.

Il ne travaillait plus. Il contemplait l'enfant. Ce fut Iriook qui le ramena à la réalité.

— La dernière peau, dit-elle. Viens m'aider.

Ensemble ils jetèrent la grande pelleterie au poil raide. Cuir dehors, poil dedans, ils l'étendirent sur les montants de la hutte pointue comme un *tee-pee* d'Abénakis.

Il ne restait plus qu'à protéger l'embrasure du vent, puis à poser les pierres du ruisseau sur l'extrémité inférieure des peaux afin de les bien fixer et aussi d'empêcher la vermine d'entrer.

Apkutik

LE VOYAGE

— Au Sommet de la Terre, dit Agaguk, au pays des glaces, c'est le printemps.

Mais sur la toundra, à cette latitude où ils habitaient, c'était déjà l'été, et Agaguk se dit que, là-haut, le soleil ne faisait que tiédir. Le temps de s'y rendre et...

— Je vais chasser le phoque, dit-il ensuite.

Iriook eut un serrement de cœur. Les gens qui voyagent racontaient comment les Esquimaux se noyaient en chassant le phoque. Et comment aussi ils pouvaient geler à attendre une proie au bord des trous.

— Tu reviendras?

La question surprit Agaguk.

— Ai-je dit que je ne reviendrais pas?

Iriook soupira. Elle posait toujours la même question.

— Il y en a qui partent pour ces contrées et qui n'en reviennent jamais. Au village...

— Au village, interrompit Agaguk, vingt partent chaque année. Combien n'en sont pas revenus?

Il compta sur ses doigts.

— La peau, la graisse, la viande, l'ivoire des défenses, les os du dos, les dents... Tout est précieux. Avec trois ou quatre phoques, ce serait bien suffisant.

— Tu partiras seul?

Il haussa les épaules.

— J'y suis déjà allé.

— Tu as une femme maintenant. Je peux te suivre.

Il hésita encore. Iriook en profita pour insister.

— Je porterai des ballots, dit-elle. Au retour, comment rapporterais-tu les phoques sans moi?

— Ils seront apprêtés d'abord. La peau enveloppant la viande fumée, la graisse, l'ivoire... La moitié est laissée pour compte. Ce qui reste n'est pas beaucoup.

— Si nous étions deux, tu pourrais tuer cinq phoques au lieu de trois.

L'offre était à considérer, il n'y avait pas songé auparavant, mais puisqu'elle en parlait...

— Et le petit?

— Je le porterai. Il n'est pas lourd, dit-elle.

Agaguk acquiesça, mais en faisant mine de rechigner.

Iriook souriait. Il lui plaisait de partir pour ces errances qui la mèneraient jusqu'aux grandes eaux, ce pays dont elle avait entendu parler mais qu'elle ne connaissait pas.

Joyeuse, elle rassembla tout le fourniment du voyage. D'abord la plus grande des peaux de caribou dans laquelle ils s'enrouleraient pour dormir, puis une autre presque aussi grande. Les peaux serviraient en plus à envelopper les parkas plus chaudes, de la viande séchée, les couteaux, les racloirs, de la babiche pour lier les ballots du retour, et ainsi de suite.

De son côté, Agaguk prépara son propre ballot qui serait moins pesant, afin qu'il puisse rester constamment aux aguets. Qui les défendrait, s'il n'était lui-même de pleine agilité et l'arme prête?

Il s'approvisionna de balles, nettoya son fusil, et aiguisa les deux couteaux d'attaque, celui de métal et l'autre en ivoire.

Il mit aussi de la viande séchée dans son ballot, afin qu'ils n'en manquent point, puis les outres de peau cousue, pleines d'eau potable. Au hasard du trajet, il abattrait des bêtes qu'ils mangeraient crues: lièvres, blaireaux, ou même les oiseaux et, qui sait? un ours peut-être, un ours des glaces, tout blanc, tel qu'il s'en trouve sur les rives de la mer.

Au soleil bas de ce jour-là, les deux ballots étaient prêts.

Pour porter Tayaout, Iriook avait taillé et bordé une lanière de cuir large en son milieu et qui s'étrécissait jusqu'à la mesure d'une courroie. On attacherait l'enfant à la partie la plus large de cet attelage qu'Iriook porterait sur son dos, assis dans le capuchon. Les deux courroies passées sous l'aisselle, elle les lierait solidement. Tout à côté de l'enfant, quoique un peu plus bas et bien attaché sur la hanche, il y aurait le ballot qui était le sien. Ainsi, elle pourrait marcher sans trop de misère un jour durant.

— Les chiens? demanda-t-elle, qu'en faisons-nous?

Agaguk haussa les épaules, examina les bêtes grasses déjà des festins d'été accomplis à même la faune habitant la toundra.

— Ils trouveront de quoi se nourrir, dit-il. Nous les laisserons derrière. Ne t'inquiète pas, au retour ils seront encore là.

— Ils dévoreront les peaux de la hutte, dit Iriook.

— Nous allons les replier et les rattacher haut sur les montants. Ils ne pourront les atteindre. Ni eux, ni les loups.

Ils firent ainsi. Il ne restait qu'à ranger la lampe, ce qui restait de la viande séchée et les autres objets qu'ils n'apporteraient point, dans le coffre de métal qui était leur possession la plus précieuse.

On ne craignait pas d'intrusion. Si d'aventure quelqu'un venait jusqu'à la hutte pour y prendre quelque chose, c'est que le besoin serait impérieux. Cela se voyait souvent et n'était pas considéré comme un vol. Aucun Inuk ne s'en formalisait.

Ils partirent donc à l'aube, Tayaout en bandoulière.

Agaguk avait observé les étoiles, la mousse de la toundra et les bourrasques de vent, puis il avait dit:

— C'est par là qu'il faut aller.

Iriook lui avait jeté un regard étrange.

— Tu ne passeras pas au village?

— Non.

— Tu le contourneras?

— Oui, et de loin.

— Pourquoi?

Il haussa les épaules.

— Pourquoi? insista Iriook.

— Parce que je le veux ainsi.

Ils marchèrent le jour durant. Non au pas arythmique des Blancs, mais au pas plus court, extrêmement régulier des Esquimaux, qui leur permet de parcourir des distances incroyables en arrêtant très rarement pour reprendre haleine.

Ils allaient donc comme c'est la coutume, sans poser tout le plat du pied par terre, mais seulement la plante et les orteils, utilisant le ressort des muscles pour lancer le corps en avant. Marche épuisante, douloureuse pour un Blanc qui n'a pas la patience de s'y habituer, mais qui facilite à l'Esquimau les longs voyages par-delà l'horizon.

Ainsi ils allèrent, Agaguk, Iriook, et le petit qui riait de se sentir ballotté contre le dos de sa mère.

— Écoute-le, disait Iriook à son homme. Il est content de voyager.

Et Agaguk souriait, ne disait rien, entrant soudain dans un rêve beau et grand où son fils Tayaout devenait le héros de toutes les tribus, l'homme chanté aux soirées d'igloo.

Chasseur légendaire...

Puissant comme les blizzards...

Plus grand que tous les héros de la tradition...

Tayaout, fils d'Agaguk!

C'était un leitmotiv difficile à taire: fils d'Agaguk, engendré de sa semence, son produit à lui, chair de sa chair, issu d'un père que l'on chanterait aussi...

Fils d'Agaguk!

Au soleil bas, ils firent étape. Peut-être à cause de l'exaltation du premier jour, Agaguk n'avait rien tué.

Il avait cheminé fusil en garde. Une fois ils avaient vu un caribou au loin, mais c'était trop de viande pour une première étape. Un lièvre aussi, mais Agaguk perdu dans son rêve n'avait pas été assez prompt. L'animal à peine mis en joue était disparu derrière une éminence de la toundra. Ils s'étaient arrêtés un moment, épiant, mais le lièvre n'avait pas reparu. Il eût fallu bifurquer considérablement pour découvrir son terrier. De plus, comme l'animal avait son pelage d'été, si pareil à la couleur de la toundra, on risquait de ne pouvoir le dépister.

Ils décidèrent de se remettre en marche.

Au haut soleil, Iriook avait soudain senti Tayaout plus pesant, moins arc-bouté contre elle.

— Il s'est endormi, dit Agaguk.

— Laisse, avait-elle dit. Le voyage est plus dur pour lui que pour nous.

Au soir venu, ils avaient à s'en remettre à la viande fumée. Ils en firent le repas et dormirent ensuite, las mais heureux.

L'enfant, lui, s'était à peine éveillé pour se restaurer. Il avait tété le sein de sa mère, plus pauvre ce soir-là à cause de la fatigue, puis il s'était endormi en suçotant un lambeau de viande.

Si pesant fut le sommeil d'Agaguk que deux loups vinrent impunément flairer les ballots pour s'enfuir ensuite avec une lanière de pemmican. Il n'eut qu'un réflexe machinal, suffisant pour mettre les bêtes en fuite. Vint sur le vent une odeur de caribou, et les loups s'élancèrent à la poursuite de la bête pour l'égorger. Ils ne devaient pas revenir au camp de halte.

À l'aube, le cri aigre d'une outarde déchira le ciel et Agaguk bondit sur ses pieds.

Il avait cru pouvoir dormir d'un œil seulement et il n'avait rien vu, rien entendu de toute la nuit. Il flaira l'odeur des loups, vit les ballots éventrés et recompta les lanières de pemmican. Sans rien dire à Iriook, il se promit d'être plus vigilant désormais.

Il y a danger à vivre sur la toundra; il aurait dû être le premier à le savoir. Si l'une des bêtes s'était emparée de Tayaout? Il frissonna.

Quand Iriook eut allaité le petit, qu'elle eut allumé un feu et fait ramollir du pemmican près de la flamme, ils mangèrent.

— Aujourd'hui, dit Agaguk, je tuerai de la viande fraîche.

— Un lièvre, dit Iriook. Il y a longtemps que je n'ai pas mangé de lièvre. Plus tard, ça deviendra plus difficile... Ils seront rares.

Agaguk ne répondit pas. Il envisageait déjà le trajet de la journée. Maintenant, ils étaient à la hauteur du village, à

main gauche. Il fallait décrire un grand demi-cercle et revenir au chemin qui menait droit sur l'étoile d'horizon, toujours là, même au soleil pâle.

En trois jours, ils atteindraient les régions au-delà du
village.

— Combien de temps marcherons-nous encore? demanda Iriook.

Il n'allait pas lui dire les soleils à passer.

— Je ne sais pas. Peu de temps.

— Combien de soleils?

— Je ne sais pas.

Elle s'en remettait à lui. Il connaissait les étoiles, il savait par cœur la configuration de la toundra. Il savait la
place de chaque chose et, l'hiver, il reconnaissait les dunes
de neige deux jours après un blizzard, même quand elles
étaient toutes neuves et qu'il ne les avait observées qu'une
fois.

— Partons!

Ils refirent les ballots. Tayaout reprit son poste avec
joie.

Ce jour-là, dans le haut de la chaleur, Agaguk tua son
premier gibier. Un lièvre — comme l'avait désiré Iriook —
que la charge stoppa à une coudée du sol, alors qu'il allait
détaler.

Agaguk n'avait eu qu'à crier «Ho!». Le lièvre, curieux
du son, avait hésité au moment de bondir et la balle lui
avait fait sauter la tête. Agaguk pendit la carcasse à une
ganse de sa parka et laissa le sang de la bête faire sa trace
sur la mousse derrière eux.

Tête basse, ils foncèrent vers l'horizon.

Tario

LA MER

Maintenant le ciel était blanc et il venait parfois une bourrasque de vent froid.

— Les glaces, dit Agaguk en humant l'air. Tu ne les sens pas?

Iriook opinait gravement. Elle n'avait jamais vu la Grande Eau ni les glaces de printemps. Elle avait entendu les récits de chasse au phoque, mais elle n'avait pas vu chasser cet animal.

On racontait bien des choses, et les hommes, bien sûr, devenaient facilement des héros, mais entre les récits du soir et la réalité dans le soleil, il y avait assez de différence pour qu'elle pût quand même, dans la blancheur crue de l'enivrement d'une vie nouvelle, anticiper les événements et en ressentir un plaisir inaccoutumé.

— Tu es contente?

— Oui, je suis contente.

Ils étaient arrêtés et Tayaout gazouillait.

— Tu entends? dit Agaguk, lui aussi sera content. Il sera un grand chasseur.

Il n'avait pas d'autre beau mot à dire à son fils. Seulement cette phrase constamment répétée, synthèse de toute

131

sa fierté. Que Tayaout devînt un grand chasseur, que demander de plus, en vérité?

— Il sera un grand chasseur. Plus grand que tous les autres avant lui.

— Tu es grand chasseur, toi.

— Oui, il sera plus grand que moi encore.

Pendant qu'ils parlaient, proches l'un de l'autre, l'enfant s'était penché et il avait allongé son bras vers la blessure infligée au lièvre. Puis il avait porté à sa bouche son doigt maculé de sang et le suçait avec satisfaction.

— Tu vois? fit Agaguk.

Il était épanoui, il se rengorgeait comme un pigeon. L'enfant aimait le sang.

— Ce soir, dit Iriook, nous lui donnerons de la chair crue.

À l'étape, Agaguk écorcha le lièvre, après quoi Iriook gratta la peau pour la mettre dans le ballot. Puis ils dévorèrent la viande dégoulinante de sang. Tayaout eut sa part, un lambeau de chair à sucer.

Cette nuit-là, Agaguk n'eut aucune peine à monter la garde. Bien des choses s'étaient passées qui l'avaient mis dans un état de grande exaltation.

Tout d'abord il n'arrivait pas à s'enlever de l'idée l'image de Tayaout, les joues maculées du sang de l'animal, ou suçant la chair crue.

L'apprentissage de l'Inuk.

Une image qui le hantait comme quelque joie profonde et originelle et qui chassait le sommeil. Que de rêves à faire! Tayaout musclé, debout devant le grand ours blanc, fusil en garde, tirant, abattant la bête, ne cédant pas un pouce à la frayeur, bravant et défiant l'animal. Insensible aux grondements, à la gueule monstrueuse!

Tayaout à l'affût du phoque, le lancer du harpon, le combat de la bête, le triomphe du chasseur.

Tayaout devant vingt loups, les défiant autant qu'il défiait l'ours, tirant à coup sûr, abattant les bêtes, les décimant avant même qu'elles trouvent en elles l'élan pour attaquer l'homme.

Triomphant encore, et toujours!

Mais ce n'était pas là l'unique cause d'exaltation.

Ce soir-là, Iriook, en s'étendant sur la peau de caribou, s'était pressée contre son homme. Et elle avait eu un geste subit, impulsif, une caresse intime à laquelle Agaguk n'était pas habitué.

Il y a des initiatives refusées aux femmes esquimaudes. La suprématie de l'homme et sa domination restreignent la femme à un rôle de complète passivité.

Même si Iriook, à l'encontre de toute tradition, prenait de l'homme un plaisir qu'elle ne dissimulait pas, il ne lui était pas vraiment arrivé de céder à des impulsions, normales physiologiquement, mais qui eussent été réprouvées immédiatement par son homme. Elle se rendait bien compte de l'évolution d'Agaguk par rapport à ses congénères. De presser l'avantage pouvait compromettre ce qu'elle obtenait qui était plus encore qu'elle n'avait jamais espéré en observant le comportement des autres couples inuit.

Contre toute raison, elle était tentée d'obéir à l'impulsion, de céder à cette première et brusque réaction de l'homme.

Bouleversé, Agaguk lui murmurait à l'oreille:

— Ne fais pas ça... Les femmes ne font pas ça, Iriook.

Mais bientôt il ne résista plus. Tendu à rompre, il savourait cette expérience étrange pour lui, tandis qu'Iriook, les yeux fermés, s'initiait à ce dont elle avait souvent rêvé:

d'être ainsi maîtresse d'une joie à donner, selon sa passion et son habileté à elle.

Après ce fut une folie magnifique, un paroxysme de désir qui les jetait l'un sur l'autre, également possédés.

Ils furent repus bien plus tard, alors qu'Iriook criait grâce.

Alors il la libéra et elle roula sur le côté, déjà presque endormie d'épuisement.

Malgré sa lassitude, Agaguk ne pouvait dormir. Pour l'en empêcher, il y avait d'une part cette expérience qu'il venait de connaître; d'autre part, l'image de Tayaout, intimement liée, il lui semblait, à ce qui venait de s'accomplir.

Depuis qu'Iriook avait conçu, jamais il ne l'avait possédée qu'il n'eût, en même temps, la pensée de l'enfant. D'abord, l'être inconnu, le mystérieux anonyme qui gîtait dans le flanc de la femme, puis après, Tayaout. Ce Tayaout en qui il mettait toutes ses complaisances.

L'instinct en lui liait les deux choses, se refusait à cloisonner le plaisir du sexe et le plaisir tiré de cet être procréé qui vit près de soi par la suite. Sans le savoir, Agaguk atteignait à la philosophie originelle de l'homme, la pensée première.

Il resta en éveil une grande partie de la nuit. Assis, son fusil sur ses genoux, il épia la toundra. À un moment donné, des loups vinrent tout près derrière lui et il ne les vit pas aussitôt. Un renard se hasarda plus près. Agaguk l'entendit et épaula son fusil. Le renard détala dans la nuit.

Ensuite plus rien ne vint. Ni homme ni bête.

Quand la lune fut tombée à l'horizon, Iriook s'éveilla, prit la relève et Agaguk dormit à son tour. Et parce qu'ils avaient ainsi entamé leur nuit, ils ne repartirent pas à l'aube, mais plus tard, quand le soleil fut assez haut.

Puis vint une autre nuit, un autre bivouac avec les mêmes joies renouvelées, les mêmes veilles. Quand venait son tour, Agaguk mettait du temps à s'endormir, songeant à cette femme qui était sienne et qui n'était pas comme les autres, qui était mieux que toutes les autres et qui lui était précieuse.

C'est à la demie du jour suivant qu'ils aperçurent la Grande Eau, qu'ils la reconnurent plutôt par les brumes montant vers le ciel et par les fortes odeurs de glace qui venaient sur le vent.

Ils y firent halte à la fin de la journée, mais avant le noir, et Iriook passa une heure debout sur le rivage à regarder cette glace des bords, l'eau verte plus loin, les plaques flottantes. Ici et là, le point noir d'un Inuk accroupi près d'un trou ou sur le bord d'un bloc flottant, le harpon prêt, épiant le phoque...

À l'aube, Agaguk planta les deux bâtons courts qu'il avait apportés et érigea un abri en tendant dessus la peau de caribou de son ballot. Il étendit une autre peau par terre et rangea les balles, la peau de lièvre et les fusils. Il prépara son harpon, une longue pièce d'ivoire terminée en crochet semblable à un hameçon. Le harpon était lié à une ficelle, grosse comme le doigt. Un autre harpon plus court fut aussi préparé. Il servirait au cas où le premier, échappé par mégarde, serait englouti par la Grande Eau.

— Et moi, qu'est-ce que je ferai? demanda Iriook.

— Rien. Tu attendras ici.

— Où iras-tu?

Elle indiquait du geste les plaques flottantes.

— Par là?

Elle ne pouvait oublier les récits; c'était de cette façon que disparaissaient les hommes. Les grandes surfaces étaient soudainement emportées par un courant et disparaissaient à l'horizon. En ces parages, peu d'Esquimaux possédaient des *kayaks*. Il fallait aller encore plus haut pour en trouver, là où les villages entiers se déplacent au hasard de la pêche en suivant la migration des phoques.

Ici, seuls venaient chasser des Esquimaux de la toundra, ceux qui, comme Agaguk et Iriook, jouissent de deux saisons distinctes et qui habitent loin des rivages.

Et ainsi étaient morts des hommes que la mer arctique avait, en définitive, ou affamés ou engloutis. Dans cette alternative, il avait suffi d'un soleil assez chaud pour ronger les bords de la banquise jusqu'à ce que devînt trop lourd le poids de l'homme. Noyade ou faim, l'issue était la même.

— Pas là! s'exclama Iriook. Tu seras emporté!

Agaguk hocha la tête.

— La pêche y est meilleure...

— Mais ici, au bord?

— On peut attendre des jours...

— Tu y es déjà venu?

— Autrefois, oui.

— Et tu as pris des phoques?

— Oui.

— Tu peux en prendre encore.

— Ce sera long, Iriook.

— J'attendrai. Rien ne nous empêche de rester ici.

Agaguk paraissait soucieux...

— Il reste peu de temps. Bientôt, ce sera l'été, ici, les phoques se tiendront en eaux plus froides, au fond, et loin sur la Grande Eau.

— J'aimerais mieux que tu n'ailles pas sur les glaces flottantes.

— La pêche y serait meilleure.

Agaguk se hérissa. Il n'était point dans les habitudes qu'une Esquimaude discutât ainsi avec son homme. Lors même qu'il était le maître, n'était-ce pas contre lui-même qu'elle cherchait à le protéger?

— Si tu ne reviens pas, dit-elle brutalement, qui montrera à Tayaout à devenir le plus grand chasseur?

Agaguk hocha la tête. Du coup l'argument l'impressionnait. Certes, on ne devient grand qu'à apprendre d'un maître. Un chasseur enseigne à son fils, et le fils, s'il est de bonne race et, plus encore, s'il a doublement les muscles et l'agilité et l'œil vif de son père, deviendra le plus fier de tous les chasseurs du Sommet de la Terre.

Mais s'il n'y avait personne pour enseigner à Tayaout?

— Moi, dit Iriook, je sais tirer. Mais comment connaîtrais-je tous les secrets?

Elle montra la mer, puis, derrière, la toundra.

— Secrets des glaces, secrets de la toundra, tout ce que tu sais, toi, Agaguk, moi je l'ignore.

— C'est juste.

— Oui.

— Si je n'étais pas là...

Tayaout essayait de se traîner par terre dans la neige mi-fondue. Il riait en rampant, comme s'il découvrait un pays nouveau qui lui plaisait. Agaguk le regarda longuement.

— Je n'irai pas sur les glaces flottantes, dit-il à la fin.

Il chercha un bon fond solide, tout au bord de la glace de terre, celle qui était ancrée au sol bien que s'avançant vers la mer. Mais il examina aussi derrière lui, de la rive aux vagues, s'assurant que le dégel n'avait pas encore affaibli ces surfaces.

Il en fallait peu, une demi-main plus mince, une faille... Il avait appris, autrefois, à distinguer la glace minée par en dessous de l'autre encore à sa pleine épaisseur. Dans le premier cas, des reflets sombres strient la transparence. On voit du noir là où tout devrait être vert pâle ou blanc opaque, tandis que la glace solide est de bonne couleur, à tons fermes, sans ombres.

Il trouva donc un poste d'aguet qui n'offrait aucun danger. Si les Inuit dans les parages le virent faire et rirent de ses craintes, il n'en eut cure et se mit à l'œuvre.

C'était une tâche en apparence toute simple.

Assis au bord de la glace, son harpon en garde, il devait surveiller l'eau, habituer son regard à sonder les profondeurs, à savoir distinguer sans aucune hésitation les moindres mouvements au sein de l'onde.

S'il venait un phoque, il fallait, en un coup d'une incroyable rapidité, un coup sûr, fatal, le harponner. Puis, l'arme fichée dans la tête, noyer celle-ci, la combattre jusqu'au dernier mouvement. Et alors il fallait hisser le mammifère sur la glace.

Immédiatement, on écorchait l'animal, on arrachait l'ivoire. Puis le dépeçage commençait pour mettre de côté la graisse, extraire les réserves huileuses du phoque, tailler la chair qui se mangeait fort bien.

En sa théorie, une chasse assez simple.

La difficulté n'était pas seulement dans les mouvements à faire, ou dans les lancers du harpon. Agaguk, comme tout Esquimau, possédait des muscles admirablement équilibrés, et un œil d'une magique sûreté.

C'était le besoin de patience qui était l'obstacle. La patience qu'il faut avoir dans l'immobilité absolue. Tout mouvement d'ombre sur l'eau risque d'effaroucher le phoque. C'est donc une attente paralytique, figée, pouvant durer des heures, voire un jour entier.

Il ne venait pas de phoque au simple appel. Encore fallait-il se résigner à ce que, dans une journée de guet, il n'en vînt qu'un, parfois deux, et parfois pas du tout.

Un baleineau à deux mètres sous l'eau peut être pris pour un phoque. Sachant que le baleineau ne constitue qu'une piètre chasse et que le lancer du harpon fait souvent fuir les bonnes prises pour des heures durant, on comprend la nécessité de l'immobilité et du coup d'œil sûr afin de reconnaître la proie la meilleure avant de lancer.

Mais là encore, pour facile qu'il pût sembler, ce lancer était le fruit de longues heures de pratique. Agaguk se souvenait d'avoir été mené tout jeune au bord de la Grande Eau par son père. Il avait été astreint pendant des journées entières à la seule pratique des lancers. L'un après l'autre, inlassablement, seul moyen de devenir habile à la tâche.

Pour chaque lancer: touché!

Mais quand donc viendrait le phoque? Ou le loup-marin, moins fréquent que le phoque il est vrai, mais parfois plus intéressant, car avec la peau se fabriquent d'excellentes bottes, les traditionnels mukluks. Agaguk n'était pas difficile. Au point où il en était en cette première fin de journée, il eût accueilli un baleineau avec soulagement.

Utjuk

LE PHOQUE

En son troisième jour de vigie, Agaguk fut tenté de passer outre à sa promesse et d'aller comme les autres se poster sur les glaces flottantes.

Il ne lui servait à rien de demeurer là où il était, à ne rien prendre, alors que l'Inuk là-bas était en train de hisser son troisième phoque sur la banquise. Le risque était grand et la station précaire. Mais là où il était présentement, l'eau était déjà beaucoup moins froide. Elle minerait vite la glace des rives. Combien de temps tiendrait-elle? Une semaine peut-être.

C'est à ce moment qu'il perçut du coin de l'œil un mouvement, comme un éclair dans l'eau. Par une réaction où un réflexe nerveux plus que l'habileté jouait son rôle, il lança son harpon. Le phoque, qui était venu faire une virevolte à deux mètres d'Agaguk, était atteint.

D'un bond, l'Inuk fut debout, les mains agrippées à la corde du harpon.

De loin, il entendait Iriook crier. Elle surveillait son homme depuis tout ce temps qu'il était parti. Elle l'avait vu observer les glaces flottantes depuis la veille et devinait qu'il enviait les prises des Inuit qui s'y trouvaient.

Et voilà qu'au moment même où, connaissant Agaguk, elle craignait de le voir aller sur les banquises, il avait harponné une prise.

Elle criait autant parce qu'elle était heureuse que parce qu'il fallait encourager le chasseur.

Il donna la corde, laissa le phoque se débattre. Mais le harpon avait touché ferme et l'eau rougissait du sang de l'animal. Le phoque ne se débattit pas longtemps. Soudain, Agaguk sentit se relâcher la corde. C'en était fait, il pouvait hisser la tête sur la glace. Il banda ses muscles, s'arc-bouta et, d'un coup, il fit sauter l'animal hors de l'eau et jusqu'à ses pieds.

C'était un magnifique phoque gris de près de quatre mètres de long, une prise rare, car cette espèce de phoque s'accouple à l'automne seulement et, tout au long de l'été arctique, se réfugie plutôt sur les côtes rocheuses, vivant en solitaire.

Par quel hasard celui-là même qu'Agaguk attendait le moins était-il venu en ces eaux?

Ce n'était pas un phoque à crête, animal commun dont la peau est de moindre valeur et qui n'a que de courtes défenses, donc presque pas d'ivoire. Les Inuit qui besognaient dans les parages n'avaient pris que de ces phoques ordinaires, Agaguk l'avait bien vu. Même que, quelques instants auparavant, il s'en serait lui aussi contenté.

Alors que maintenant, récompensé de sa patience, il avait cette prise de choix! Iriook avait bien raison de crier.

Elle accourut, portant Tayaout dans ses bras.

— Agaguk, tu vois? Tu as une belle prise!

L'homme sourit, contempla l'animal étendu sur la glace. C'était une belle prise en effet. Plus belle qu'il n'avait jamais espéré. En un lancer de harpon, il tuait un animal deux fois long comme le phoque à crête. Sa patience l'avait payé au double!

— Je suis content, dit-il.

Puis il eut un cri rauque et se précipita sur le harpon de rechange. Il avait perçu un autre mouvement dans l'eau et, sans s'arrêter à identifier la proie, il lança le harpon avec un grand cri.

Touché!

Puis ce fut le combat. Cette fois, un combat harassant, car l'arme s'était logée près de la queue, loin des organes vitaux, et c'était seulement par la perte de son sang et l'entêtement d'Agaguk que l'animal en viendrait à céder. Encore fallait-il que le harpon tînt ferme jusqu'à ce que la bête fût matée.

Les talons bien ancrés dans la glace, tous les muscles du corps tendus à se rompre, une douleur aux reins et aux épaules, Agaguk tint bon.

Complaisante, Iriook s'approcha, tenta de l'aider, mais il lui jeta un ordre brutal, enragé, et la femme recula. Il mit une demi-heure à vaincre. Et soudain, sans qu'il l'eût prévu, la corde devint lâche. L'instant d'une seconde, une grande angoisse l'assaillit. Le phoque s'était-il libéré du harpon?

Mais non. C'était bien le phoque qui cédait, qui se résignait à son sort. Il n'était pas encore mort, car on lui voyait battre la queue faiblement.

Cette fois, Agaguk appela Iriook pour qu'elle vînt à sa rescousse et l'aidât à tirer le mammifère sur la glace. Soit qu'il fût plus pesant encore que l'autre ou que les forces d'Agaguk fussent réduites par le premier combat, ils durent se mettre à deux et besogner durement pour qu'enfin la nouvelle prise reposât aux côtés de la première.

L'exclamation d'Agaguk n'était plus seulement joyeuse. Il s'y mêlait une sorte d'incrédulité angoissée.

Il montrait le deuxième animal, aussi gros que le premier, mais dissemblable.

— Je n'y comprends rien, disait Agaguk. Je n'y comprends rien. D'où vient-il?

Son étonnement était justifié. Sur la glace reposait, quasi mort maintenant, l'une des espèces les plus rares de phoque en ces parages. Le phoque barbu, dont le cuir, exceptionnellement épais et très recherché des Esquimaux qui en fabriquent de fortes lanières, de la babiche d'une extraordinaire résistance.

— Jamais je n'ai entendu raconter une pareille prise! On m'a dit que d'autres, au Sommet de la Terre, ou dans la Grande Île, en avaient déjà pris. Mais ici, jamais!

— Tu vois, dit Iriook, tu vois? Il suffisait d'attendre.

Ce jour-là et le jour d'ensuite, Agaguk harponna quatre autres phoques, à crête ceux-là, d'espèce ordinaire. Mais avec les deux prises de choix, il avait accompli une grande chasse dont on parlerait longtemps.

D'autres Inuit — mais aucun du village de Ramook et d'Agaguk — vinrent examiner les proies. Et, le soir, on les fêta gaiement.

Agaguk sacrifia le foie de chaque animal. D'abord ils en exprimèrent l'huile qui fut donnée à Iriook. Puis on dévora les organes, crus, sanglants.

Même Tayaout en avait la bouche pleine et, le voyant une fois de plus le visage maculé de sang, Agaguk s'écria:

— C'est un homme! Regardez-le!

On le regardait en effet. On le voyait se tenant déjà assis entre les cuisses de sa mère, solide comme un Inuk de bonne race. On le voyait certes...

Quelqu'un se mit à faire une chanson. Il parlait d'Agaguk, grand chasseur. Et il chantait aussi Tayaout qui serait bien le plus grand chasseur des temps, fils d'un tel père.

La chanson dura longtemps. Agaguk s'en soûlait. Elle agissait sur lui comme une eau-de-vie de Blanc. Il riait béatement tout d'abord, puis soudain il se leva et se mit à courir en rond en criant, comme ils en avaient tous l'habitude, une fois surexcités. *Insumane ayorlugo*, il ne pouvait plus rien contre sa pensée!

Iriook battait des mains, les autres femmes aussi.

Et pendant qu'Agaguk courait ainsi, incontrôlable, les hommes criaient, trépignaient, et l'un d'eux, brandissant un long couteau, hurlait: *«Adlaoyunga!»* Je suis un autre! Je suis un autre!

La fête dura toute la nuit.

À l'aube, ils étaient tous couchés avec une femme qui n'était pas nécessairement la leur. Sauf Agaguk qui, apaisé par Iriook, dormait près d'elle, le corps secoué de longs soubresauts.

Ils dormirent longtemps, en tas, comme les loups. Ils s'éveillèrent au soleil haut et leur pensée était redevenue normale. Alors, chacun de ceux qui étaient venus reprit son épouse légitime et s'en retourna silencieusement vers la glace recommencer la pêche. Il n'y avait plus rien à dire puisque tout avait été dit ou chanté la veille. Lorsqu'ils reparleraient de cette nuit-là, ce serait chacun dans son igloo, les soirs interminables, pour faire une chanson monotone comme le vent des plaines, mais dont les mots vanteraient le grand chasseur Agaguk.

Pour l'heure, ils retournaient pêcher, car le temps s'achevait où compléter les provisions de phoques.

Agaguk, lui, avait estimé la charge que ferait toute cette viande, la graisse, les peaux écorchées. Il n'en prendrait plus car le fardeau était suffisant.

Avec Iriook, il se mit à la tâche de dépecer les carcasses que le soleil aurait tôt fait de gâter. Ce fut une besogne sanglante, visqueuse, une orgie où chacun d'eux apportait sans dégoût son acharnement. Ils raclèrent d'abord la graisse qu'ils découpèrent en blocs pour les mieux transporter. Puis ils taillèrent, dans la chair brunâtre, des morceaux de choix à être fumés. Il n'était pas question qu'ils puissent transporter toute cette viande. Il y en avait trop. Aussi y mirent-ils deux fois plus de temps, afin de bien choisir celle qui serait la meilleure au goût comme la plus nourrissante. Une fois fumée, il fallait envisager de la porter sur leur dos.

— Nous marcherons un jour de plus, deux peut-être, dit Agaguk en regardant le monceau qui croissait sans cesse.

— Tant pis, fit Iriook. Une fois partis, plus rien ne nous appelle.

Et c'était vrai. L'on était à la mi-saison. Aucun changement à prévoir dans le temps des jours. Quant aux retards de chasse, n'en portaient-ils point la pleine compensation?

Il ne restait plus que les peaux à appareiller. D'une façon, c'était bien le plus précieux à tirer de l'aventure. Il fallait les nettoyer. Dans une peau de caribou disposée en grossier bassin, Agaguk mit à évaporer de l'eau puisée à la mer. Après trois jours de soleil, il ne restait que le sel, fortement iodé, jaunâtre, parsemé de débris d'algues. Avec ce produit brut, il traita l'envers des peaux, grattées jusqu'au cuir. Puis il les roula et en fit un ballot. Au cinquième jour, la tâche était finie. Ce qui restait des phoques était entassé, laissé aux loups qui viendraient peut-être, attirés par l'odeur. Ou bien ce seraient les furets, plus hardis ceux-là et aussi voraces que les loups quand ils s'y mettent.

En supputant bien les charges dévolues à chacun, ils nouèrent ensuite les ballots. Ivoire, os plats, et peaux formaient déjà un poids respectable. Ils avaient voulu en jauger la masse avant que de fumer la viande.

Ce serait trop. Et Agaguk ne se sentait pas l'âme à diminuer d'autant de provisions.

— Nous ne fumerons pas la viande, dit-il. Nous la ferons sécher. Ainsi elle réduira à la moitié de son poids, et peut-être plus.

Il installa les peaux de couchage par terre, au soleil, et avec Iriook il découpa la viande en lanières étroites et minces qu'ils étendirent dessus.

Pendant trois jours encore, ils tournèrent et retournèrent les lanières, les surveillant afin qu'elles ne suintent pas. Au bout du troisième jour, la viande avait en effet diminué de moitié en poids et en volume. Elle était bien séchée et gardait encore son goût.

Cette fois ils en firent un colis qu'ils mirent à côté des autres ballots, pour mieux juger. Avec les peaux de couchage à rapporter, leurs quelques ustensiles, les fusils, les balles, les couteaux, cela faisait une charge considérable, une pesanteur qui ralentirait de beaucoup leur marche.

En plus, il y avait Tayaout.

— Je suis forte, dit Iriook, plus forte que tu ne crois. Nous marcherons lentement, mais nous arriverons.

À l'aube, ils étaient debout, la force en éveil, les muscles tendus. Soigneusement, Agaguk arrima des ballots sur le dos d'Iriook. Elle y avait déjà suspendu l'enfant. Puis, quand ce fut terminé, il prit les ballots qui restaient et constitua sa propre charge.

On eût dit quelques monstres nouveaux, sortes de masses ambulantes, bêtes de somme portant gravement le monde sur leurs épaules.

Seul Tayaout montrait maintenant de la joie. Mais il ne savait pas les difficultés de cette tournée entreprise par ses parents.

Péniblement, à pas lents et courts, ils se mirent en marche.

Unu.ak

LA NUIT

Courbés comme des portefaix, ils n'avançaient que très lentement, s'arrêtant souvent pour reprendre souffle.

Il n'était pas un muscle en eux, pas d'énergie qui ne criât grâce. Même Agaguk, dans sa jeunesse et sa force de mâle, s'épuisait vite. Alors ils s'arrêtaient et, sans se défaire de leur charge, ils demeuraient plusieurs minutes immobiles, enracinés dans la mousse, face au vent, pour calmer la respiration sifflante, pour ralentir les battements du cœur. Ils suaient, car le soleil était chaud, et ils avaient soif. Mais l'eau dans les outres commençait à se faire rare.

— Nous aurions pu aller en ligne droite, dit Iriook au bout de quelques jours. Nous aurions pu passer par le village.

La voix d'Agaguk retrouva soudain ses accents brusques.

— Non! Nous n'irons pas au village.

Il n'en ajouta pas plus et son entêtement farouche agaça Iriook. Mais elle ne dit rien et ils reprirent leur marche.

Agaguk mesurait les distances selon la mémoire qu'il avait de la toundra, selon les étoiles le soir venu. Ils abattaient du chemin. Difficilement et lentement, mais peu à peu ils approchaient de la rivière et de la hutte.

Le soir, ils dormaient pesamment, épuisés. S'il vint des loups, ni l'un ni l'autre n'en eut connaissance. La seule protection qu'ils avaient prévue pour les ballots, c'était de les tenir dans leurs bras endormis. Qu'un animal vînt pour s'y attaquer, le geste eût suffi à les éveiller. Ils reposaient ainsi avec Tayaout et le fruit de leur chasse entre eux. Il n'y avait pas d'autre moyen, d'autre guet possible, car la fatigue était trop grande. Ils ne songeaient qu'à une chose, une fois le repas de la halte terminé: dormir, se refaire des énergies afin de reprendre, au bout de quelques heures, le chemin de la hutte.

La veille de leur arrivée, dans le haut du soleil, un caribou surgit non loin d'eux.

Il y eut d'abord le bruit, le claquement caractéristique des sabots de la bête, un son à nul autre pareil, produit par les deux doigts du sabot fourchu se heurtant pendant la course.

Agaguk n'y prit point garde tout de suite. Il marchait comme un automate, sans pensées, les nerfs amorphes. Puis soudain, il sursauta, le bruit était parvenu jusqu'au conscient.

L'urgence déclencha en lui une réserve de prestesse. En un éclair il épaulait son fusil. La bête était là, à trois cents pas, inquiète tout à coup, immobilisée, les naseaux tendus vers cette odeur de danger. Mais Iriook toucha au bras d'Agaguk.

Surpris, Agaguk tourna le regard vers la femme.

— Ne tire pas, dit-elle.

— Qu'est-ce qu'il y a?

— Qu'en ferais-tu?

Le caribou était trapu, gras, large, un mâle de magnifique venue, aux bois intacts, fortement recourbés vers l'avant. Une bête fière, à beau poil. La crinière pendant sous le cou atteignait presque les genoux.

— Qu'en ferais-tu? répétait Iriook.

Le répit avait été suffisant, l'animal fuyait, déjà hors de portée.

— Je l'aurais tué d'un coup, dit Agaguk. Tu l'as vu? Une bête en graisse, propice...

Il était en colère.

— Pourquoi m'empêcher de tirer?

— Tu l'aurais abattu. Qu'en aurais-tu fait?

Agaguk se calmait. C'était vrai ce que disait la femme. Il ne pouvait le transporter tout de suite. Le laisser sur la toundra, les loups l'auraient dévoré avant l'aube...

Il haussa les épaules et désarma son fusil. Ils reprirent leur chemin. Mais le souvenir de l'animal hantait Agaguk. Parfois il soupirait. Quand reverrait-il un tel caribou? Comme si elle répondait à sa pensée intime, Iriook murmura tout à coup:

— Tu retrouveras sa piste. Il va brouter dans les environs quelque temps encore. C'est un mâle et la femelle doit se tenir près de la rivière... Il y a peut-être un faon...

Agaguk regardait sa femme avec surprise. Où avait-elle appris ces choses? Elle disait vrai pourtant. Si le mâle était ici, si peu de temps après la saison du vêlage, la femelle ne pouvait pas être loin. Et en quel endroit plus logique que la rivière?

— Quelqu'un du village le verra avant moi. Nous n'en sommes pas loin. Quand je me mettrai en chasse, il sera trop tard.

— Tu le retrouveras, dit Iriook confiante. J'en suis certaine.

De nouveau le silence, la marche lourde, difficile. Le soleil pesait sur eux comme une charge de plomb. La chaleur miroitait au bas horizon, celui à portée d'un cri. Paresseusement, une outarde planait très haut, obliquant dans son vol vers la rivière là-bas.

— Combien de temps encore? dit Iriook. Le sais-tu?

Ils avaient bifurqué au matin, le demi-cercle complété pour éviter le village. Maintenant, ils marchaient franc sud-est.

Agaguk s'arrêta, examina les bosselures de la toundra, le ciel, il huma le vent, consulta quelque mystérieuse boussole en lui et se frotta lentement les mains.

— Demain, nous arriverons.

— Tôt, demain?

— Non...

Quand ils firent halte, le soir, Iriook roulait de fatigue. Les épaules libres du fardeau, elle avait peine à marcher, les jambes titubantes, un bourdonnement dans la tête.

— Je suis lasse, dit-elle.

Seulement ces mots, rien de plus, mais toute la fatigue du monde dans la voix. Morne, abattu, Agaguk s'était laissé tomber sur la mousse.

— Mangeons, dit-il. Dormons. Dormons tout de suite.

Ils ne mâchèrent point la viande séchée dont ils avaient de si amples provisions. Plutôt, ils découpèrent de larges morceaux de graisse de phoque qu'ils mangèrent froide, sachant y trouver des énergies que d'autres aliments ne leur auraient pas procurées.

Pour Tayaout, la nouveauté d'être porté au dos de sa mère s'était vite émoussée. La marche plus lente, l'encombrement des ballots surtout, la chaleur accrue du soleil le rendaient irritable.

Souvent, durant les derniers jours, il pleurait sans trop savoir pourquoi, peut-être parce qu'il était las de se sentir retenu prisonnier. Mais, le soir, après la tétée, il sombrait dans le sommeil.

Des loups vinrent, la dernière nuit.

Des loups moins peureux, plus affamés. Il en vint un, le vieux mâle du pack, qui fut rejoint bientôt par une femelle. D'autres mâles, plus jeunes, vinrent aussi. En quelques minutes le pack entourait le campement où dormaient Agaguk, Iriook et Tayaout.

Une assemblée silencieuse, s'approchant à pas feutrés, le nez flairant. Il y avait de la viande dans les ballots, de la graisse, toutes sortes de nouvelles et succulentes nourritures. Le vieux mâle vint près de toucher du museau l'un des ballots. Les autres loups restaient à distance, observant son manège. Il huma l'odeur, puisa du courage. Il essaya d'une mordée timide, pour éprouver la solidité du colis.

Agaguk, dans son sommeil, perçut le mouvement, serra le ballot plus fort dans ses bras et geignit.

Le loup se figea sur place. Longtemps il resta immobile, observant l'homme. Puis il se risqua de nouveau. Un geste hésitant encore, mais d'une mordée un peu plus ferme. Cette fois, il fit bouger le ballot et Agaguk se retrouva sur pied. Arrachant le ballot de la gueule du loup, il se mit à crier comme un démon, courant vers le pack. Interdites, les bêtes rompirent les rangs et s'enfuirent.

Iriook, éveillée en sursaut, morte de peur, hurlait en serrant contre elle Tayaout qui criait. En un instant tout était fini. Les loups détalaient sur la toundra.

— Je vais rester éveillé, dit Agaguk. Dormez tous les deux, je suis aux aguets.

Il resta assis, un bras autour du ballot, le fusil dans l'autre main.

— S'ils reviennent, j'en tuerai un ou deux.

Puis lorsque le souffle renâclant d'Iriook indiqua qu'elle s'était endormie, le sommeil le gagna de nouveau. Il résista tant qu'il put. Mais vint un moment où sans même s'en rendre compte, il sombra à son tour dans un lourd sommeil.

Les loups, eux, ne revinrent pas.

Tiriganiak

LE RENARD

Ils arrivèrent à la hutte à la fin du jour suivant. Il restait encore deux heures de clarté. À peine plus.

Déjà, ils voyaient la hutte depuis longtemps. Comme un point à l'horizon, d'abord, à mesure qu'ils avançaient, l'habitation semblait grandir, grossir.

Lorsqu'ils furent rendus, ils n'eurent aucun mot, ni même un soupir. Lentement, gravement, ils posèrent les ballots, se libérèrent de la pesanteur. Puis, d'un commun accord et sans se consulter, ils marchèrent vers la rivière.

Là, se mettant à nu, lui, elle et l'enfant, ils se plongèrent dans l'eau tiède et rapide.

Ils y restèrent longtemps, savourant la fraîcheur, redonnant à leurs muscles la souplesse perdue, vidant les pores de la peau de tout le sel et de la sueur.

Le soleil cascadait vite à l'horizon quand ils retournèrent à la hutte, plus légers sur leurs pieds, déjà presque reposés du voyage.

— J'ai faim, dit Agaguk.

— J'allumerai le poêle. Je ferai bouillir de la viande de phoque dans l'eau.

Agaguk opinait de la tête.

155

— Ce sera plus long, dit-elle, mais ce sera meilleur.

L'homme rêvait d'une bête fraîchement tuée, un lièvre, ou même un caribou, la chair encore chaude, pleine de son sang, pour y mordre, pour en arracher des lambeaux à mâcher durant de longues minutes, en savourant le goût.

Mais il eût fallu qu'il se levât, qu'il parcourût la toundra à la recherche de quelque piste, d'un jappement, d'une odeur sur le vent. Il ne s'en sentait plus la force.

— Fais à ton goût, dit-il à Iriook.

Il s'étendit sur le dos, les mains sous la nuque, les yeux fermés.

Il dormait quand Iriook annonça que le repas était prêt. Il mangea goulûment, sans arrêter, vidant la marmite, et parce qu'il avait encore faim il dévora des lanières de viande de phoque, puis il mordit à belles dents dans un bloc de graisse tiré d'un des ballots.

Repu, les muscles détendus par le bain à la rivière, il ne se leva même pas, se laissa tomber sur le côté, roula jusqu'au banc de mousse et s'y étendit.

En quelques secondes, il s'était endormi.

Iriook éteignit le réchaud, rentra les ballots sous la hutte, fit retomber les peaux roulées jusqu'au faîte et les assujettit aux montants. Elle attacha solidement le panneau servant de porte, puis se coucha. Elle était bien tranquille, aucune bête ne viendrait à l'intérieur.

Au matin, quand elle examina mieux la peau du phoque barbu, qu'elle se rendit compte quel bien précieux c'était là, elle songea à tout ce qu'elle pourrait en tirer et sourit plaisamment à Agaguk.

— Chaque année, dit-elle, nous retournerons à la chasse au phoque.

— Il est long d'en revenir, dit Agaguk, et les charges sont lourdes.

Elle étala la peau, la souleva pour qu'il la vît bien, la plaça sur ses genoux et la caressa longuement.

— Pour rapporter une peau comme celle-là, dit-elle, une seule, le voyage en vaut la peine. Nous irons chaque année, si tu veux.

Agaguk nettoyait son fusil.

— Iras-tu à la recherche de ce caribou? demanda-t-elle.

— Non.

— Pourquoi?

— Il y avait aussi des loups dans les parages. Le caribou est mort.

— Comment le sais-tu?

— Je le sais, voilà tout.

Elle n'insista pas. Agaguk savait ce qu'il devait faire. L'hiver venu, il aurait tué la quantité nécessaire de caribous, elle en était sûre. Et n'avaient-ils pas, pour constituer une bonne partie des provisions, toute cette viande de phoque, la graisse, le fardeau porté depuis tant de jours jusqu'ici?

Un jappement bref, aigre, retentit sur la toundra. Agaguk bondit hors de la hutte. Il criait en même temps:

— *Tiriganiak!*

En effet, un renard rouge courait en rond sur la toundra. Il semblait affolé.

Agaguk resta près de la hutte, regardant curieusement la bête. Iriook, tenant Tayaout contre elle, était venue le rejoindre. Soudain Agaguk éclata de rire.

— Tu voulais une preuve de la mort du caribou, dit-il.

— Le renard?

— Oui, regarde.

Le renard courait toujours et n'arrêtait que pour se rouler sur la mousse. Il jappait, gémissait.

— Il est fou! s'exclama Iriook.

Agaguk épaula calmement son fusil, mit le renard en joue, puis tira. La bête fit un bond énorme et retomba, inerte.

— Qu'est-ce qu'il avait? demanda Iriook.

Agaguk lui fit signe d'approcher. Arrivés tous deux près de l'animal abattu, Agaguk se pencha, lui tourna la tête, montra du doigt des filets verts coulant de la gueule entrouverte.

— Vois-tu ceci? C'est le fiel du caribou. Il n'y a que le renard d'assez stupide pour crever le sac de fiel. C'est pourtant une bête rusée. Mais elle est la seule à faire cela.

— Ce fiel l'empoisonne?

— Non. Mais le goût est âcre, le renard devient comme fou. Tu l'as vu courir?

— Ainsi, le caribou est mort?

— J'en ai maintenant la preuve.

Le ciel était radieux, la brise douce, caressante comme une main de Bon Esprit.

— Tu es vraiment un grand chasseur, dit Iriook. De plus grand, il n'y en a pas dans toutes les tribus.

C'était le plus beau compliment qu'elle pût faire, l'aveu le plus profond de son amour. Ainsi elle se livrait entièrement, en des mots qui signifiaient tout autre chose et qui pourtant voulaient dire aussi l'amour d'une femme et sa liberté d'être aux côtés d'un homme aussi grand, aussi habile.

— De plus grand que toi, il n'y en a pas, répéta-t-elle en un murmure.

Ils retournèrent à la hutte en silence et là Iriook n'eut besoin d'aucun signal pour tomber sur la couche. Agaguk, les yeux brillants, la suivait à deux pas.

Kapvik

LE CARCAJOU

L'igloo du chef était au centre du village.

Comme tous les gens de la tribu étaient à reconstruire pour l'été, Henderson vit que, d'accord entre eux, ils n'avaient pas déplacé le centre de l'agglomération, ne l'avaient pas porté environ cent pieds plus loin, comme c'était une pratique courante.

On songeait ordinairement aux fosses d'immondices. Le gel perpétuel, le *permafrost* qui est à trois mètres sous la mousse d'été — et moins encore au tôt printemps de ces jours-là —, empêche de creuser très profondément. L'égout se fait mal.

Ils ne pouvaient creuser? Qu'à cela ne tienne. Inutile de croire qu'ils imaginaient de tailler des galeries à large étendue pour pallier le peu de profondeur. Ils savaient une technique et n'en pouvaient concevoir d'autre.

Le plus simple était donc de déplacer un peu le village chaque année.

Et, sur cette toundra immense, sans borne, sans zone, sans cadastre, peut-être était-ce vraiment la solution la plus intelligente.

159

Henderson ayant scruté la mousse, il lui parut bizarre que la tribu choisisse d'ériger les huttes au même emplacement que celui de l'année précédente. Les monticules, les affaissements vis-à-vis les fosses d'aisance, les détritus, rien ne pouvait être plus clair. On reconstruisait au même endroit.

— Pourquoi? demanda-t-il à Ramook.

Il y avait eu des conciliabules, les habituelles palabres. Henderson en avait été exclu. Les deux ou trois fois où il s'était approché et avait tenté de se mêler à la discussion, il n'avait réussi qu'à disperser l'assemblée.

Il eût donné gros pour entendre, mais comme l'on discutait en plein air et à voix presque basse, il ne pouvait les surprendre, les épier en cachette.

Il en fit la remarque à Ramook.

— Tu oublies qui je suis, dit-il. J'ai le devoir d'entendre tout ce que vous allez dire!

— Tu crois? ricana Ramook. Alors va coucher dans toutes les huttes, va manger dans toutes les huttes, va épier dans toutes les huttes! Nous discutions des affaires du village, c'est notre droit.

— Et si je désire entendre ce que vous dites?

— Pourquoi?

— Je te dis que c'est mon devoir.

— Nous discutons de ce qui nous regarde.

Henderson était seul dans ce village. Seul contre la ruse et la tranquille astuce d'une centaine d'Esquimaux. La prudence lui conseillait de ne pas insister. Mais les palabres eurent soudain leur explication.

La reconstruction du village de huttes, après la démolition des igloos, observe un rituel immuable dans tous les villages de l'Arctique. Chacun des hommes installe sa hutte dans la même position qu'occupait l'igloo précédent par rapport à l'habitation du chef et cela, même si l'on déplace le village. C'est un peu de cette façon que s'établit la hiérarchie tribale.

Or, Henderson remarqua que Ghorok, qui avait semblé manifester beaucoup d'indignation durant les palabres, ne reconstruisait pas sa hutte à côté de celle de Ramook, mais plus loin, presque à l'orée du village.

Pour tout homme inexpérimenté en traditions esquimaudes, le fait eût passé inaperçu, mais pour Henderson, cela était bizarre. Il connaissait trop bien son monde pour ne point se rendre compte de l'anomalie.

Il choisit d'en parler à Ramook.

— Ghorok préfère l'orée, dit Ramook sans perdre son calme.

— Il n'a pas déménagé de bon gré, déclara tout aussi placidement le constable.

— Qui t'a dit cela?

— Je ne suis pas aveugle. Je l'ai vu protester.

Ramook fit la moue.

— Te voilà qui prétends en savoir plus long que nous?

— Ghorok était mécontent de déménager.

— La volonté de tous, c'est la volonté de Ghorok. Il n'a pas à être mécontent. Il obéit.

— Vous l'avez envoyé vivre là-bas?

— Peut-être...

— Pourquoi? Il est en défaveur?

Ramook hésita l'instant d'une respiration.

— Oui, dit-il finalement.

Il eût répondu tout autre chose qu'Henderson n'eût pas classé ses paroles comme premier élément de preuve. Mais quand il vit la tribu se réunir en conseil dès le lendemain soir, afin de répartir les territoires de chasse, et que Ghorok prit place à droite de Ramook, Henderson comprit qu'on lui avait menti.

Ghorok occupait donc son nouvel emplacement pour des raisons tout autres. Le constable laissa courir plusieurs semaines. Une partie de juin, presque tout juillet. Il n'était pas pressé. Un soir, à nuit tombée, il prétexta d'aller se soulager derrière les huttes et s'en fut trouver Ayallik.

Il avait décidé de sacrifier sa lampe de poche en acier nickelé pour aider l'Esquimau à retrouver la parole.

Ayallik, seul dans sa hutte, écouta Henderson lui parler à voix basse. L'Inuk, l'homme, oubliait soudain qu'il était un membre de la tribu.

Il y avait la lampe!

Il y avait aussi la possibilité de largesses futures. Qui sait jusqu'où irait la générosité du constable, si les renseignements s'avéraient exacts?

Cela d'une part, mais autre chose aussi.

Là-bas, Agaguk et la fille, la fille qu'il avait emmenée et que lui, Ayallik, avait voulu prendre dans sa hutte, autrefois...

La belle fille aux cuisses larges, au corps épais, au visage rond, à la peau lisse... Une fois, Ayallik l'avait surprise nue dans l'igloo. Il avait tendu les mains et empoigné les seins durs au tétin long d'une jointure de doigt. Il avait dû sortir, parce que Iriook lui donnait des coups de pied. Mais il n'avait jamais oublié.

Agaguk, le traître qui avait quitté le village! Lui, un des meilleurs chasseurs, de qui le village dépendait pour la viande d'hiver, il avait abandonné les siens et s'était enfui avec la fille convoitée!...

Il serait doux de le savoir pris dans les filets du constable, emmené, pendu probablement puisque les Blancs maintenant pendaient les Esquimaux coupables de meurtre.

— Tu as une pelle pour fouiller! dit simplement Ayallik.

— Oui, évidemment.

— Il faudrait t'en servir.

C'était en biais, dit sans être dit, une façon bien esquimaude. Ayallik cracha sur le sol.

— Donne-moi la lampe, continua-t-il. Si tu as plus que ça à me donner, je t'en dirai plus.

Mais quand Henderson sortit de sa poche un canif à quatre lames, Ayallik secoua la tête.

— Non.

— Tu viens de me dire que tu parlerais!

— Non.

Henderson montra le canif. C'était un premier appât. La lampe viendrait ensuite, si les révélations en valaient la peine.

— Prends... Tu me l'as promis.

— Pas aujourd'hui.

— Pourquoi?

— Demain. Reviens demain.

— Mais pourquoi demain?

Ayallik n'aurait su dire pourquoi. Il avait la sensation confuse que sa dénonciation ne devait pas se faire tout d'une traite, qu'il valait mieux doser les révélations, y aller petit à petit, comme à tâtons.

Il avait surtout peur d'une chose: d'en savoir si long ne le rendrait-il pas suspect, lui aussi? Si le constable se mettait en tête de l'arrêter plutôt qu'Agaguk?... Depuis la visite du constable, Ayallik avait eu le temps de peser le pour et le contre de la dénonciation. Bien qu'il fût encore indécis, il repoussa l'offre.

— Viens demain, dit-il, les yeux rusés. Si j'en apprends plus long, je te le dirai.

— Mais pour l'instant, que sais-tu?

— Tu as une pelle, alors va creuser! Va fouiller!

Il y avait là un sous-entendu que le policier saisit fort bien. Silencieusement, il quitta Ayallik pour retourner à la hutte de Ramook.

Le chef semblait dormir, sa Montagnaise aussi. Henderson s'étendit sur le lit de mousse séchée qui était le sien et dormit à son tour. Un sommeil lourd, satisfait, comme il n'en avait pas connu depuis son arrivée au village.

S'il avait su que Ramook, méfiant et retors, l'avait épié, puis suivi jusqu'à la hutte où il avait questionné Ayallik, qu'il avait entendu leur conversation, aurait-il dormi aussi paisiblement?

Inu-oyok

IL EST UN HOMME

Plus vite encore que l'enfant blanc dorloté, l'enfant des villes à qui l'on enlève la moindre initiative animale, Tayaout croissait. Il rampait presque facilement. Ses mains étaient agiles et pouvaient saisir les objets. Son visage était éveillé, ses yeux brillaient.

Aux sons qu'il faisait, grognements et gloussements, il ajoutait parfois des exclamations quasi articulées. Il parlerait tôt, mais il n'était pas en cela différent des autres petits Esquimaux. Laissé à lui-même, habitué dès les premiers temps à pourvoir à ses envies et à ses besoins, il avait tôt appris à se rouler, à s'aider de ses jambes pour ramper de-ci de-là. Il y avait un monde neuf sur la mousse, un pays qui lui appartenait et avec lequel il communiait intimement. Les insectes, les rares plantes crevant le tapis frais, l'eau bruissante du ruisseau, les miroitements et les reflets, tout ceci était à son niveau.

Déjà il savait se garer d'un coup, ou rouler à quatre pattes en criant de frayeur quand un vison bondissait hors des buissons sur la toundra.

Un enfant blanc eût mis bien des mois à atteindre à cette habileté. Deux fois plus de temps que Tayaout qui, à six mois, alors que le soleil d'été était chaud et que le vent tiède enfonçait plus creux encore le *permafrost* sous la mousse, alors que, bien nourries, les plantes surgissaient plus haut et que les fleurs égayaient la toundra, se tint debout pour une première fois.

Agaguk avait été béat de vénération devant l'enfant nouveau-né, petite masse animale à peu près informe, sans voix définie, sans sourire, à la merci de tout et de tous. Il en avait suivi l'évolution, il s'était pâmé devant le bambin qui avait appris à ramper, à courir à quatre pattes comme un renardeau.

Mais quand Tayaout se tint debout, quand Agaguk l'aperçut ainsi, agrippé à l'un des montants de la hutte et criant de joie, il devint comme fou.

Il bondit vers l'enfant, l'empoigna, l'éleva jusqu'à sa poitrine et se mit à courir en hurlant, cette façon bien esquimaude d'extérioriser les sentiments qui se pressent dans la gorge. Il courait en rond, par seule joie animale, il criait sans mots, un son de bête joyeuse et reconnaissante. On eût dit un chien que la caresse du maître rend fou.

Iriook, debout devant la hutte, criait à son tour, avec la même impulsion d'instinct. Elle criait de voir la joie d'Agaguk, elle criait de savoir que l'enfant marcherait dans peu de temps. Elle criait sans bien savoir pourquoi: parce qu'elle était vivante, parce que le soleil était chaud et parce que son mâle criait.

Agaguk mit de longs instants à se calmer. Quand il vint finalement se jeter sur la mousse devant la hutte, il haletait comme un chien vanné.

— C'est un homme, gémissait-il. Regarde, Iriook, c'est un homme.

Il remettait l'enfant sur pied, lui tenait les mains, et Tayaout debout riait de sa nouvelle prouesse. Il le fit avancer. Un pas, puis deux, l'enfant trébucha, se retint, en un tour de rein se remit debout.

— Il marche, s'exclamait Agaguk. Il marche!

Iriook vint s'accroupir près du petit. Elle roucoulait des mots doux au fond de la gorge. Elle touchait à l'épaule nue du bout de ses doigts.

L'enfant, extasié, buvait du soleil à grands rires, la tête renvoyée en arrière, la gorge palpitante. Son torse ferme et déjà trapu se bombait sous l'effort. Ses deux jambes arquées, mais dures et rondes, se tendaient, les muscles saillaient sous la peau. Il esquissait des pas maladroits, il ne savait comment poser le pied par terre, mais il avançait peu à la fois, ses doigts serrés autour des doigts d'Agaguk.

Un oiseau plongea du ciel, vint raser la hutte, obliqua vers l'enfant, l'effleura de son aile.

Tayaout eut un cri, sa main s'élança dans le vide, l'autre main aussi lâcha les doigts d'Agaguk, et il se trouva soudain sans soutien, oscillant en un équilibre instable, le visage tourné vers cet oiseau qui s'envolait et vers lequel il avait tendu les bras.

Pendant le temps d'une vie, sembla-t-il, l'enfant resta ainsi, petit d'Inuk tout fier sur la toundra sans fin.

Agaguk et Iriook avaient été pris par surprise et maintenant ils ne soufflaient plus, ils avaient comme cessé de vivre; tout en eux s'était enfui, habitait le corps de l'enfant. Ils devenaient sa volonté, son équilibre, la durée et la complaisance de sa réussite.

Puis l'enfant tomba.

Bien assis — un ploc sourd sur le sol — mais la joie qu'il avait était grande, et Agaguk vit perler deux larmes sur les joues d'Iriook.

— Il s'est tenu debout, dit-elle. Tout seul! Il était debout... Il aurait pu marcher. Personne ne l'aidait!

Agaguk ne trouva qu'un mot, le seul.
— Inuk!
C'était un homme, enfin.

Nigak

LE FILET

Henderson n'alla pas tout de suite creuser là où ses soupçons le menaient. La dénonciation d'Ayallik était claire, mais il lui répugnait de courir sur-le-champ vérifier l'insinuation.

Il était plus urgent d'endormir les soupçons des hommes du village. Il voulait surtout que Ramook se crût en sûreté. Pour que son enquête progressât vraiment, il fallait que le vieux eût bonne confiance en sa propre astuce. Ainsi serait-il exposé à un faux pas. Henderson était sûr que ce faux pas, Ramook l'accomplirait.

Il attendit une semaine. Et comme rien ne s'était produit, il décida d'attendre encore. Tout ce temps, l'on éprouvait moins de méfiance, les défenses tombaient petit à petit.

Ghorok pouvait fumer paisiblement sa pipe, assis à la porte de sa hutte.

Ramook pouvait se promener en fredonnant quelque bizarre mélopée entre les dents.

Vie de légume, vie enracinée, immobilité. Henderson avait appris ce secret qui consiste à ne résister à aucun instinct de paresse, à céder plutôt, à se vider l'esprit, à ne plus penser, à ne plus raisonner. L'immobilité ainsi acquise valait toutes les cures. La vie végétative ralentissait le cours du sang, reposait les facultés. Sans toutefois que s'endormît le subconscient.

Et voilà bien ce qui restait en éveil chez Henderson. Assis, les yeux dans le vague, se laissant réchauffer par le soleil d'été sur la toundra, il ne comptait pas moins sur ce sixième sens qui le projetterait en plein éveil, toute faculté hypersensible, dès que se produirait l'événement révélateur.

Puis vint l'alerte.

Il avait stoïquement évité Ayallik qui pourtant, de son côté, l'observait d'un œil parfois inquiet, parfois angoissé.

Que l'homme eût à trahir intéressait fort le policier chez Henderson. Mais il lui semblait préférable de découvrir par lui-même le secret de la mort de Brown. Il craignait justement que la dénonciation d'Ayallik fût le résultat d'un coup monté par cet ambitieux et que, la preuve semblant formelle, il lui faille ramener au poste un homme en vérité non coupable.

Ce risque, Henderson n'estimait pas devoir le prendre.

Il pouvait établir une preuve, mais sans qu'il lui soit possible — étranger ici et suspect aux Esquimaux qui se révoltent contre la loi des Blancs — d'établir une contre-preuve, cette preuve de la preuve qui évite de condamner un innocent.

Il était certain maintenant qu'il y avait connivence entre Ghorok et Ramook. Certain aussi que si toutefois Ramook n'était pas le meurtrier de Brown, il en savait assez long pour qu'il fût profitable de l'observer. Au surplus, il y avait depuis quelques jours grande animation autour de la hutte de Ramook.

Kanguak avait fait le voyage jusqu'au poste, pour y échanger des peaux. Il avait apporté deux fusils. L'un pour son usage personnel, et l'autre qu'il offrait en échange. Il désirait fort deux peaux d'ours blancs que Kolrona, l'un des vieux de la tribu, avait tués l'année d'auparavant.

Kolrona avait fait le voyage jusqu'à la mer qui était à ce moment-là prise dans les glaces. Il avait traversé l'eau gelée, s'était rendu jusqu'à Frobisher Bay, bien loin au nord. Un voyage de deux mois qu'il avait fait seul avec ses chiens. Là-bas, il avait tué les quatre ours polaires, les avait écorchés et en avait rapporté les peaux. Il en avait troqué deux à Brown, pour de l'eau-de-vie, du sel, du sucre — nouveau délice chez ce peuple primitif — et des balles pour son fusil. Et c'étaient les peaux restantes que convoitait Kanguak.

— Ce fusil automatique contre les deux peaux d'ours que tu as!

Kolrona refusa le marché.

Dès lors, la discussion s'étendit, s'envenima. Bientôt, une douzaine d'hommes du village y prirent part. L'on palabrait à journée pleine, pour dormir ensuite et recommencer le lendemain.

Henderson écoutait d'une oreille distraite. Les pires insultes étaient échangées entre Kolrona et Kanguak car pour ce qui était de l'entêtement, l'un ne le cédait en rien à l'autre.

En fait, Henderson s'amusait car, de ces insultes, on passait aux compliments les plus abjects, des plus sales calomnies aux épopées les mieux chantées. Kanguak voulait ces peaux. Kolrona voulait le fusil, mais il ne voulait donner en échange qu'une seule peau d'ours. Le problème eût été simple: une peau d'ours valant au moins trois fusils. Mais Kanguak ne voulait pas démordre, Kolrona non plus.

Henderson devinait bien la cupidité esquimaude qui poussait Kanguak à tant résister. Les peaux d'ours polaire sont une marchandise rare. Au poste de traite, il y a tou-

171

jours des gens qui offrent de troquer hors les édits de la loi. On donnera deux cruches pleines d'eau-de-vie, même trois pour une pelleterie de ce genre. Voilà qui attirait Kanguak, et voilà pourquoi il lui était nécessaire d'avoir les deux peaux.

Quant à Kolrona, en grosse logique esquimaude, il tenait à un prix favorable, estimant que son désir du fusil était téméraire et irrationnel s'il devait, pour l'obtenir, donner ce trésor de deux peaux d'ours blancs. Ils savaient aussi bien l'un que l'autre le marchandage qu'on en pouvait tirer. D'où la palabre.

Maintes fois, l'on vint proche des coups. Dans tout le village, on n'entendait que cette discussion, allant de la place au centre jusqu'aux huttes, Kanguak ne lâchant pas Kolrona d'une semelle.

Ramook avait enduré le vacarme en patience.

Les deux premiers jours, il s'était contenté de fumer sa pipe, assis devant sa hutte. Il observait le litige, écoutant silencieusement les participants discuter du mérite de leurs arguments. Quelquefois il hochait la tête, semblant approuver ce qui se disait. Mais c'était surtout lorsque Kolrona parlait. Finalement, il se lassa et appela Kanguak à sa hutte. Henderson se promit de ne rien perdre de ce qui allait se dire.

— Toutes ces discussions m'agacent! dit Ramook. Tu ne gagneras pas.

— Je gagnerai! Kolrona est un vieux fou!

— Tu ne gagneras pas!

— Pourquoi?

— Il n'est pas aussi fou que tu le crois. Le Blanc donnait trois cruches d'eau-de-vie contre une peau d'ours. Pourquoi Kolrona te donnerait-il deux peaux pour un fusil qui vaut à peine plus qu'une cruche d'eau-de-vie?

— Je sais, mais je gagnerai quand même.

— Tu ne gagneras pas.

Quand Kanguak fut parti, Henderson s'approcha de Ramook.

Plus de somnolence, plus de vie végétative. Il était en complète alerte. Un premier pas venait d'être accompli.

— Ce Blanc qui donnait trois cruches d'eau-de-vie contre une peau d'ours polaire, dit le policier, est-ce qu'il se nommait Brown?

Ramook redevint impassible.

Plus rien, aucun sentiment, nulle émotion n'apparut sur son visage bouffi, aux yeux bridés. Le regard s'estompa, les yeux laqués devinrent absolument vides de tout embarras.

— Je ne sais pas ce que tu veux dire, murmura-t-il.

En vain Henderson tenta-t-il, capable lui aussi de ruse, de tirer quelque chose de l'homme. Ramook, conscient de l'erreur qu'il avait commise, se réfugia dans le silence. Henderson en fut pour ses frais. Mais maintenant il était sûr de ne pas se tromper. Ce Blanc était venu ici. C'était le premier fait à établir.

Brown avait trafiqué dans ce village.

Le Montagnais n'avait donc pas menti. Quelqu'un ici avait fait brûler le trafiquant d'eau-de-vie.

— Demain, dit Henderson, sais-tu ce que je vais faire?

Ramook tourna son regard vide vers Henderson.

— Demain, j'irai creuser sous la nouvelle hutte de Ghorok, et nous verrons bien ce que j'y trouverai…

Agiortok

LE MAUVAIS ESPRIT

Agaguk releva les pistes du loup tôt un matin de cet été-là. Il était sorti à l'aube, parce qu'il voulait pêcher quelques poissons dans le ruisseau.

Tayaout dormait encore près de sa mère.

Rien ne bougeait sur la toundra, c'était le silence et la paix.

Devant l'entrée de la hutte, il vit sur la mousse sèche deux empreintes bien nettes, celles des pattes d'avant d'un loup. La bête était de toute évidence allée près du ruisseau, là où la mousse était trempée. Les empreintes étaient sombres, encore humides. Agaguk s'accroupit pour les étudier.

Ce loup devait être remarquablement grand et long. L'empreinte était large, la patte saine, chaque orteil bien découpé, la peau des éminences précisément reproduites dans la mousse fine était lisse, ce qui indiquait que l'animal était jeune.

Mais qu'il semblait gros, et comme son pas était long!

Pourtant il ne courait pas au moment où il avait fait ces empreintes. Il semblait plutôt marcher lentement, avec précaution. L'intensité de l'empreinte vers l'arrière et le peu de profondeur vis-à-vis le gros orteil en étaient une preuve formelle.

Qu'était-il venu faire si près de la hutte?

Un vieux loup, un solitaire, cela s'expliquait. Mais ce jeune animal?

Un jeune loup chasserait avec une meute, même ici sur la toundra. Et si Agaguk ne se trompait point, si ce loup était aussi gros qu'il paraissait à son pas, il devrait normalement être le chef d'une meute, roi incontesté du pack!

Alors que faisait-il, seul, et si près d'une hutte? Il n'est point dans les habitudes d'un loup de s'approcher ainsi d'une habitation permanente. Un ours viendra flairer à deux pas des hommes endormis. Un renard prendra de tels risques s'il a une proie à surprendre. Mais un loup, jamais! Il s'attaquera à une tente, à un abri d'un soir, mais il restera à prudente distance d'une hutte de sédentaires dont les alentours sont baignés de l'odeur de l'homme. Et, au surplus, il ne viendra jamais au temps de l'été, alors que la chasse est abondante et qu'il n'a pas faim.

Ainsi se disait Agaguk en examinant les empreintes. Puis, à quatre pattes comme une bête lui-même, il se mit à suivre la piste. Là où la mousse était plus humide il eut du mal à ne pas perdre la trace du loup. Mais il avait l'œil exercé et ses doigts tâtaient le terrain, cherchant la dépression produite par le poids de l'animal. Et ainsi il put suivre pendant dix minutes la marche du loup. Un peu plus loin, la bête avait couru. Les traces étaient longues.

Le loup était venu devant la hutte, puis il avait décrit un long cercle pour revenir au ruisseau. Là, il avait bu, puis il était reparti vers le nord. Il n'y avait pas d'autres pistes que la sienne.

Il était seul, Agaguk en aurait juré.

Seul, jeune, à portée de bras d'humains endormis?

Une grande inquiétude envahit l'Esquimau, car dans les broussailles près de la rivière, là où le loup s'était frayé un chemin pour aller boire, Agaguk trouva du poil blanc accroché aux épines. Mais d'un blanc très pur, sans effiloches de gris.

Cela ne pouvait appartenir qu'à cet animal, car un loup battra traces et n'utilisera pas les sentiers faits par d'autres animaux.

Un grand loup blanc...

Agaguk était maintenant sûr de sa taille. Trop de pistes l'indiquaient clairement pour qu'il risquât de se tromper. Un grand loup blanc, un loup jeune et assez hardi pour venir flairer une hutte habitée.

Que signifiait ce mystère?

Agaguk vint éveiller Iriook, lui raconta ce qu'il venait de découvrir. Elle convint que l'événement était, sinon mystérieux, du moins peu commun.

Que feras-tu? demanda-t-elle.

— Je mettrai des pièges.

Iriook protesta.

— Ce loup est jeune! Il est hardi. À sa démarche, au soin qu'il met à faire de grands cercles avant d'aller boire, il est rusé.

Agaguk secouait la tête, répétant:

— Je mettrai des pièges. Cela ne servira probablement à rien.

Tayaout sortit à quatre pattes de la hutte. Les sourcils froncés, Agaguk l'observait. Il avait ouï des chants, les aînés de la tribu racontaient des aventures anciennes...

— Le petit..., dit Iriook.

— Qu'est-ce qu'il a, le petit?

Il feignait l'innocence. Mais il comprenait et il avait détourné le regard. Au loin, très loin sur la toundra, un cari-

bou courait. Puis brusquement Agaguk le vit tomber. Et là
où il était tombé, un point blanc — mais rien, une impres-
sion, l'instant d'un battement de paupière — sembla se
mouvoir.

Agaguk criait:

— Là-bas, le loup blanc! Il vient de tuer un caribou!

C'était à l'horizon, à longtemps de marche. Mais sur
la toundra immensément uniforme, sans bosselures, ou si
peu, on distinguait encore un mouvement. Pour peu qu'on
eût l'œil exercé comme Agaguk, on pouvait faire la différence entre l'immobilité d'un nuage bas, la démarche d'un
homme, la course d'un caribou... et ce point blanc.

— Le loup, murmurait Agaguk sidéré. Il se tient proche.

— C'est au petit qu'il en veut. C'est à lui, je le sens,
fit Iriook.

Elle se touchait la poitrine.

— Je le sens ici... Souviens-toi des récits, Agaguk...

On racontait que des loups solitaires épiaient ainsi autour des enfants, qu'ils s'en emparaient.

— Non, Iriook, ce n'est pas possible. Il ne l'a pas vu.
Il ne sait pas qu'il est ici.

— Comment peux-tu dire? Il pouvait guetter de loin.
Surveillais-tu la toundra hier, les autres jours?

— Non.

— Il l'a senti. Il est venu ici par hasard...

— Par hasard, si près de la hutte? coupa Agaguk.

— Tu vois? Cela prouve que je disais vrai. Il l'a senti.
De loin mais il l'a senti.

— Non.

— Il l'a vu. Il a guetté le moment. Il guette encore!

Les Blancs disent que l'odeur rance des Esquimaux
chasse les loups. Mais un petit d'homme, un petit d'Inuk
n'a pas encore d'odeur sauf celle de la chair tendre....

Agaguk n'était pas plus rassuré que sa femme et s'il niait si fermement, c'est qu'il voulait la tranquilliser. Il rentra donc dans la hutte et prit son fusil. Il vérifia le chargement de six balles puis la mire qu'il fixa sur une branche près du ruisseau. Le coup partit et la branche vola, coupée en deux par la balle. Il mania plusieurs fois l'arme en armant le chien, puis, satisfait, il l'appuya contre la hutte.

— J'attends ce loup, dit-il.

— Alors tu ne mets pas de pièges?

— J'ai réfléchi. J'y perdrais mon temps.

Toute la journée, ils se relayèrent. Tantôt c'était Iriook qui surveillait le petit jouant sur la mousse et, quand elle avait une besogne au-dedans de sa hutte, la tâche revenait à Agaguk.

Aux instants libres, il explorait ses pièges à vison le long du ruisseau, à une hélée tout au plus de la hutte. Mais il gardait un œil sur la toundra.

Quelle était cette bête?

Et toujours la même question: où était le pack?

Pourquoi la solitude? Loup chef, errant seul? Il n'était pourtant pas blessé, ses pistes le prouvaient. Autant de questions sans réponses et la journée passa sans que le loup revînt.

La nuit venue, Agaguk monta la garde. Une vigie patiente, éveillée, tendue.

Il demeura dans la hutte, mais il releva bien haut la peau qui fermait d'ordinaire l'entrée pour surprendre à temps, s'il y avait lieu, la venue du loup.

La nuit était étoilée et la lune décrivait un arc bas à l'horizon. Aucun loup ne hurlait sur la toundra, et cela en soi était étrange car la lune d'ordinaire excite leur appel.

Était-ce la présence de ce loup blanc qui intimidait ainsi les meutes?

Inquiet, Agaguk veillait. Puis la lune se coucha; il était minuit. Maintenant ne restait plus que la faible lueur des étoiles. Lentement les heures filèrent.

Quand l'aube apparut, Agaguk n'avait pas failli un seul instant. La lumière blafarde devint rose, et jaune, et le soleil bondit d'un seul coup hors de l'horizon.

Le jour était venu, le guet d'Agaguk avait été vain. Du moins c'est ainsi qu'il pensait en sortant pour se dégourdir les jambes dans le clair matin.

Mais quand Iriook vint le rejoindre, il fit avec elle le tour de la hutte et c'est là, derrière l'habitation, qu'ils virent les pistes encore fraîches. Le loup avait même soulevé un peu du museau les peaux tendues sur les montants, du côté de la hutte où dormait Tayaout.

Angatk'o

LE SORCIER

Sur la toundra, les huttes du village sont des cônes bizarres qui ont l'air de fourmilières disposées en cercle avec, derrière chacune, la fosse à immondices, un trou où suspendu en un équilibre difficile on va se soulager, tandis que les chiens, jamais attachés, vous courent entre les jambes.

Dans le cercle, dans cette enceinte de huttes, les enfants jouant à chasser le phoque, à culbuter un loup blessé, à écorcher un caribou. Jeux parallèles à la vie future, anticipations de la maturité, exercices pour la vie de misère qui les attend.

Cris, brouhaha, courses.

Les femmes assises au pas des portes, mâchant le cuir, cousant les parkas à la grande aiguille d'ivoire, broyant le poisson séché, fumant ou séchant la viande pour en faire le pemmican.

Ici, ou là, une marmite sur un feu où bout la graisse. Ce sera là le combustible d'hiver qui brûlera dans la lampe de pierre, une nécessité absolue dans l'igloo, ce pont étroit et essentiel entre la vie ou la mort. Éclairage, cuisine, tout vient de cette lampe, de ce feu de graisse clarifiée, réduite en huile qui ne figera que l'hiver venu et que l'on conservera haut perchée, en blocs solides, bien à l'abri des maraudes. Avec le pemmican, avec les peaux des caribou assemblées en parkas, les trois besoins satisfaits: aliment, chaleur, lumière.

Kanguak semblait s'être résignée et Kolrona gardait encore ses peaux d'ours polaire. Le calme paraissait revenu dans le village. Mais depuis que Ramook avait fait courir le bruit que le policier se doutait de quelque chose, qu'il possédait même un indice sûr, l'on se tenait coi, dans l'expectative.

Ghorok avait été averti.

Il refusa d'abord de laisser entrer Henderson. Il se tint là, masse de roc, obstacle inexpugnable comme quelque forteresse. Il barrait l'entrée de sa hutte, la nouvelle, sise loin des autres, à un endroit que la tradition eût supposé ailleurs.

Henderson insistait. Il ordonnait plutôt.

— Laisse-moi entrer.

Ghorok ne bougea pas. Aucune expression sur son visage. Un rictus au coin de la lèvre, peut-être, mais si imperceptible que le Blanc n'en eût pu s'offusquer. L'Esquimau voyait converger les hommes.

Venus des huttes, ils avançaient, entourant Henderson par derrière, en demi-cercle silencieux.

Igutak, Siksik, le vieux Nadloariuk, Hala, Tugugak, Kanguak, Ayallik, Huilak et Hayuluk, presque toute la tribu; les hommes valides.

Henderson pressentit ce qui se passait.

Ils s'étaient approchés silencieusement, mais quelque chose, peut-être l'odeur rance, l'avertit de la présence des hommes derrière lui.

Il se retourna.

Le demi-cercle se referma un peu plus.

Là-dessus, un soleil pesant, sans vent, sans répit, et l'humidité de la toundra montant du sol comme un miasme.

Un horizon chevrotant, oscillant, imprécis, la plaine fondue dans un voile de brouillard là-bas, refermant le cercle du monde comme se refermait celui des hommes.

Henderson supputa le coup.

Il était ici seul, bien loin de son poste. Bien que nanti de son autorité, il était à leur merci.

— Que voulez-vous?

Il bomba le torse dans l'uniforme bleu collant.

Les Inuit s'immobilisèrent, mais ne bougèrent pas de leur position.

— C'est avec Ghorok que je palabre.

— Et avec nous, dit Hala.

Celui-là seul souriait, mais mal, en rictus, méchamment. Il cracha dans la mousse. Il tenait un couteau de Blanc à la main, longue lame de bon acier, bleue, aiguisée comme un rasoir.

Le policier hésitait. Il pouvait probablement leur tenir tête. Mais son but serait-il vraiment atteint? De trouver, disons, les ossements sous la hutte de Ghorok ne prouvait pas grand-chose. La mort de Brown? Sans en posséder la preuve, il en avait la certitude. Mais le fait de découvrir les restes calcinés de Brown sous la hutte de Ghorok n'incriminait pas l'Esquimau. Henderson savait que cette hutte avait été construite après l'attentat, et que Ghorok n'habitait là que sur les ordres de Ramook.

Non plus qu'il en pouvait rejeter la responsabilité sur Ramook. L'Esquimau n'avait fait qu'user de ses prérogatives de chef et pouvait toujours plaider ignorance.

Mais Henderson savait fort bien que la seule découverte d'une preuve formelle de la mort de Brown, preuve même du meurtre, ne lui fournissait pas un assassin. La fin du chemin à parcourir, le but, la dernière étape, c'était de découvrir le coupable. Or, s'il tenait tête aux Esquimaux rassemblés devant lui, il les indisposait. Il risquait aussi d'indisposer Ayallik par la même occasion. Impossible de jouer au plus fort? Il restait donc à jouer au plus rusé.

Et puis, à savoir s'il aurait gagné à tenir tête à ces hommes. Plus d'un monceau d'ossements sur les toundras et les plaines de neige de l'Arctique sont les seuls restes de *mounties* imprudents. La fuite en certains cas est parfois l'intelligence du plus courageux.

Il relâcha donc les muscles, appuya sa pelle contre la hutte et passa les pouces dans la ceinture.

— Je resterai, dit-il, un an, s'il le faut, dans votre village. Ce que je veux savoir, je l'apprendrai.

La tension diminua dans le demi-cercle menaçant.

Imperceptiblement, un sourire gagnait leur visage. L'attitude du Blanc leur plaisait. Il voulait ruser? C'était un jeu qu'ils connaissaient bien. Ils défirent les rangs un peu. Hala remit son couteau dans la gaine taillée à la jambe du pantalon.

Henderson sourit.

— Tu pensais à me tuer?

— Oui, répondit calmement Hala. J'y pensais.

— Mais si vous l'aviez fait, expliqua le policier, *tig-mierpak,* le Grand Oiseau serait venu. Il se serait posé près du village. Des hommes en seraient descendus, portant des fusils. Ils seraient entrés dans vos huttes. Ils auraient pris le pemmican, l'huile, la graisse, les poissons. Ils auraient porté tout ça dans le Grand Oiseau. Puis, ils auraient attendu que vous parliez. Si, au bout de trois jours, personne d'entre vous n'avait avoué le crime, alors ils seraient partis, emportant vos provisions.

— Et si nous avions parlé, dit Hala d'une voix un peu inquiète.

— Ils vous auraient remis les provisions, mais ils auraient emmené le coupable.

— Où?

— À la ville des Blancs. Ils l'auraient jugé, puis on lui aurait attaché une corde au cou, et on l'aurait pendu.

Hala ricana.

— Moi, j'aurais sauté du Grand Oiseau.

— Il vole très haut. Tu en serais mort.

— Mais on m'aurait chanté dans toutes les tribus. Même chez celles du dos de la terre.

Contre un tel raisonnement, Henderson ne savait quoi dire. Il retourna à la hutte de Ramook.

Le chef avait observé la scène de loin. Quand Henderson le rejoignit, l'Esquimau le regardait d'un air moqueur.

— Tu as vu ce qu'ils ont fait? dit Henderson.

Ramook hocha la tête.

— Je ne suis plus jeune. Autrefois, je voyais très loin. Maintenant, ce n'est plus comme autrefois.

Il tendit la main et la tint vis-à-vis ses yeux.

— Je vois à peine ma propre main. Je suis vieux.

Henderson avait du mal à réprimer sa colère.

— Tu n'es pas plus vieux que je le suis! Et si j'avais ta vision, j'en serais fort heureux. Tu es un renard.

Ramook acquiesça de la tête, non sans fierté.

— C'est juste.

— Les gens de ta tribu sont téméraires. Ils menacent un policier. Je ne l'oublierai pas. Prends bien garde que le Grand Chef blanc n'envoie ici une troupe pour vous punir, tous. Je t'avertis que ma patience est à bout!

Ramook haussa les épaules.

— Personne ne t'empêche de partir. C'est toi qui veux rester.

— Oui, fit Henderson exaspéré, et s'il faut que je reste ici un an, je resterai.

D'une voix douce, Ramook murmura:

— Quand l'hiver sera venu, nous te bâtirons un igloo et Hala te prêtera sa fille. Elle dit aimer coucher avec les Blancs. Elle l'a fait quelques fois, au poste de traite. Tu lui plairas beaucoup. Et tu passeras un bel hiver.

À la pointe d'une colère qu'il ne pouvait malheureusement pas exprimer, Henderson était rouge et congestionné.

— Je t'aurai, dit-il, perdant toute mesure. Je t'aurai, Ramook! Je ne sais pas encore qui a tué Brown. Mais je sais que c'est quelqu'un d'ici. Et je le découvrirai, celui-là. Toute la tribu paiera pour ce crime!

Ramook resta calme.

— Je connais mal la loi des Blancs, dit-il. Le peu que j'en sais, elle n'est pas telle que tu le dis. S'il y a un coupable, il sera le seul puni. Ma tribu, tu ne peux l'accuser de rien.

— Je puis l'accuser de cacher un criminel!

Ramook n'avait pas pensé à cette alternative. Il bafouilla:

— Vas-tu punir la mère qui veut protéger son enfant? Le père qui défend son fils?

Puis, se reprenant vivement: «Le chef qui défend sa tribu?»

Le ton qu'avait pris Ramook était nouveau. Henderson crut y déceler une sorte de passion où se mêlait l'angoisse.

Dans la hutte, la Montagnaise eut une exclamation sourde. Mais le mot était dit. Et Henderson l'avait fort bien entendu.

Il décida du coup de pousser Ayallik à trahir, de profiter de l'homme et de sa vénalité. L'attente était exaspérante, la ruse tranquille des Inuit trop efficace. Pour obtenir des résultats rapides, autant compter sur Ayallik.

Qui sait, l'homme dénoncerait peut-être le coupable.

Amarsiokgok

LA CHASSE AUX LOUPS

À la quiétude des rives du ruisseau avaient succédé, pour Agaguk et Iriook, la pleine angoisse, le mal de peur, la bête au ventre.

Le loup blanc.

Quand Agaguk songeait que pendant cette nuit-là, alors qu'il croyait accomplir son entier devoir, monter une garde vigilante, l'animal était venu bien près de saisir Tayaout...

Mais pourquoi Tayaout? Pourquoi le petit?

Iriook passa la journée avec son fusil à la main, ou posé sur ses cuisses pendant qu'elle travaillait. Elle ne laissa pas l'enfant jouer là où elle ne pouvait le surveiller lui, et surveiller en même temps la toundra.

Le loup pouvait bondir de toutes parts.

Agaguk, de son côté, s'appliqua à pêcher le poisson du ruisseau, à visiter ses pièges.

Il besognait avec une sorte d'acharnement rageur. Il remontait la rive du ruisseau, dégageait une prise, puis revenait aux lignes dormantes, retirait un poisson.

Et toujours ses gestes étaient saccadés, brutaux. Il éprouvait une rage immense, la rage qui le possédait chaque fois que devant lui se dressait une puissance invincible.

Ce loup, une puissance invincible?

Un seul loup?

Pourtant, d'une balle on abat la bête!

Agaguk, pour la première fois de sa vie de chasseur, se sentait dérouté. Quelque chose de mystérieux se passait sur la toundra et les lois de la nature étaient transgressées. Un jeune loup n'est jamais solitaire. Le loup blanc l'était. Un loup ne vient pas flairer les humains sédentaires. Ce loup blanc le faisait.

Et alors qu'Agaguk avait usé de tous ses sens: son ouïe extraordinaire, sa vue de chat, et son odorat même qui savait distinguer à trois cents pas le renard du loup, et le vison du rat musqué; alors qu'en complet éveil il avait monté sa garde nocturne, le loup était venu à portée de bras, et pour un peu il aurait réussi à s'emparer du petit!

Irrémédiablement! Car contre la fuite d'un loup, que pouvait la course humaine d'Agaguk, bipède trop lent pour l'animal agile?

Vers quel destin sanglant le loup blanc aurait-il mené Tayaout?

Tayaout, joie, richesse, la seule joie, la plus grande richesse. Tayaout, pour qui Agaguk eût donné la peau de son corps, le sang de ses veines, sa force et sa survie.

Le loup blanc n'était pas un animal de la toundra. Il n'était pas une bête de la nature. Il était quelque Mauvais Esprit, un *agiortok,* venu harceler Agaguk.

Pour quelque mal qu'aurait commis l'Inuk?

Mais quel mal?

Il n'avait commis qu'un acte douteux et encore ne le considérait-il pas vraiment comme un mauvais acte. La mort de Brown? Mais l'homme avait tenté de voler Agaguk. Il n'y avait là que la vengeance normale, une revanche que sa conscience d'Esquimau approuvait pleinement.

Pourquoi les Mauvais Esprits s'acharnaient-ils contre lui pour avoir, en somme, débarrassé le monde d'un trafiquant malhonnête? Personne n'était venu lui reprocher son geste. Alors — et combien de milliers de fois encore se poserait-il la question — pourquoi la présence de ce Mauvais Esprit sur la plaine?

Et pourquoi, surtout et avant tout, semblait-il vouloir s'en prendre au petit?

Cela ne faisait plus aucun doute dans l'idée d'Agaguk : le loup blanc rôdait autour de Tayaout. C'était à l'enfant qu'il en voulait. Et une prescience étrange au cœur de l'Esquimau ne cessait de prédire qu'un jour le loup réussirait et que Tayaout périrait.

C'était cela, la puissance contre laquelle Agaguk redoutait de ne jamais prévaloir.

Le Mauvais Esprit, l'*agiortok,* ayant pris forme de loup, serait plus fort que lui.

À la tombée du jour, il en bavait de rage. À Iriook, en mangeant, il dit :

— Cette nuit, je l'aurai ce loup.

S'il y croyait vraiment, il n'en dit pas plus long. Et la femme vit bien qu'il y avait de l'indécision dans le regard d'Agaguk.

Il parlait ferme, il affichait la bravoure, mais le doute en lui grandissait et, avec le doute, la rage. Une rage inutile, nuisible même en temps de combat.

La nuit était venue.

À l'horizon, le soleil s'était immobilisé, une large bande lumineuse qui ne disparaîtrait pas de toutes les nuits d'été. Ce soleil de minuit découpait les silhouettes sur la plaine, il éclairait aussi, laissant une molle pénombre sur la toundra. Au ciel opposé, à l'horizon d'est, les étoiles étaient brillantes dans le noir.

Agaguk supputa ses chances. Il restait assis près du feu, réfléchissant.

— Comment l'auras-tu, ce loup? demanda à la fin Iriook.

— Il n'est pas comme les autres. Je prendrai les moyens.

Il se leva. Dans un tas, par terre, il prit une peau de caribou. Non loin de la hutte, il y avait un monceau de bois de caribou, sorte de cimetière où prendre la corne utile au temps venu.

Il s'y rendit et prit un panache quasi intact.

Iriook l'observait, debout devant la hutte.

— Vois au petit! cria Agaguk.

Elle rentra, docile.

Il endossa la peau, s'allongeant de son long par terre. Puis il se coiffa du panache, le fixant soliment à l'aide d'une babiche solide.

Ainsi accoutré, il simulait à s'y méprendre un caribou couché pour la nuit. Sous la peau, cependant, il épaulait le fusil dont le canon était à peine visible.

— Iriook!

'Déjà l'ombre se faisait plus épaisse au ras de terre. De la hutte venait la lueur fumeuse de la lampe.

— Porte le petit avec toi, dit Agaguk. Ne le laisse pas derrière.

La femme se jeta Tayaout sur la hanche et vint près de la masse sombre aux bois dressés qui cachait son mari.

— D'ici, dit-il, je ne puis tout voir. La hutte me cache assez d'espace pour que vienne le loup sans que je l'entende. Tu monteras la garde toi aussi à l'intérieur. Couche le petit près de l'entrée. Puis ouvre un peu les peaux, une fente... Observe la toundra là où je ne puis le faire. Tu as ton fusil, tire si le loup apparaît.

— Toute la nuit?

— Oui. Et toutes les nuits s'il le faut.

C'était insensé. Ils ne pouvaient veiller ainsi, jour après jour et nuit après nuit. Mais elle inclina la tête sans répondre et retourna à la hutte. Quelques instants plus tard la lumière s'éteignit. Ne restaient plus que les silences de la toundra, le guet immobile d'Agaguk, la vigie d'Iriook au-dedans.

Et sur le lit de mousse, le sommeil du petit, calme et souriant dans sa bienheureuse ignorance.

Pilayi

LES BOUCHERS

L'essentiel en ce pays étrange était la ruse.

Condition de vie, condition de survie. À la ruse des bêtes dont on tire tout, opposer sa ruse à soi, humaine, mais délibérément ravalée au niveau animal.

Pour Ramook, comme pour Agaguk à l'affût du loup blanc là-bas, aucune autre issue que la ruse. Il l'emploierait à jour complet, un mois suivant l'autre, par-devers le policier trop curieux, les gens de sa tribu ou les aînés.

Au village, tout dormait. Sauf le policier Henderson.

Il avait feint le sommeil, il avait même ronflé. Il fallait que Ramook se sentît en confiance. Pelotonné sur le lit de mousse, le visage tourné vers l'embrasure de la hutte, Henderson attendait.

Point n'était besoin de combattre le sommeil. Les sens en alerte, il épiait. Même un mouvement de la Montagnaise lui tendait les nerfs.

La nuit était assez avancée quand Ramook bougea. Imperceptiblement, à peine un froissement dans la hutte. Henderson ne respirait plus.

Du dehors se fit un autre mouvement, correspondant on eût dit à celui de Ramook. Les soupçons du policier se confirmaient. Durant l'après-midi, Ramook avait conféré à voix basse avec Ghorok. L'homme de la Gendarmerie n'avait pu saisir ce qui s'était dit, mais la façon pressante qu'avait Ramook d'expliquer quelque chose à cet instant-là, l'air contracté de Ghorok, tout indiquait un complot possible. C'est par intuition qu'il avait décidé de ne pas dormir. En attendant de revoir Ayallik, il était à même de surveiller de plus près Ramook, puisqu'il vivait et dormait sous son toit.

Ramook, lui, avait bien compris ce que sa phrase malheureuse avait éveillé de soupçons chez Henderson. C'était peu, c'était pourtant trop.

À la Gendarmerie, le Montagnais, de son côté, avait parlé de la visite de cet Agaguk qui habitait apparemment hors de la tribu. Il n'avait pas donné plus de précisions, ignorant lui-même qui était Agaguk et où il vivait.

D'autre part, Henderson, depuis son arrivée au village, n'avait pas appris grand-chose sur Agaguk, sinon qu'il était le fils de Ramook et qu'il vivait quelque part sur la toundra. Il se promettait de l'aller questionner, mais encore fallait-il prouver qu'il était mêlé à l'affaire.

Le mot malheureux échappé à Ramook prenait cependant un sens et Henderson comprit dès lors qu'il était sur une bonne piste. Que Ramook pût envisager de protéger son fils éclaircissait des points nébuleux dans l'esprit du constable. Ainsi Ramook pouvait espérer qu'en retour la tribu le protégerait, lui. Mais, connaissant l'Esquimau, Henderson savait qu'il n'y avait pas nécessairement, à la base de ce sentiment de solidarité tribale, une admission de culpabilité. L'Inuk est rarement capable d'un tel raisonnement. Il tue comme il aime, comme il mange, comme il se débarrasse d'une puce au poil. Il était possible qu'un instinct de protection guidât les actes de Ramook. Et plus précisément, de protection contre les malices du Blanc.

L'Inuk admet la force, la sait reconnaître, et se résigne à ce que le Blanc le domine. Puisque le Blanc est le plus fort.

Mais le jeu, c'est de vivre sa vie ancestrale, en défi constant aux Blancs. Céder aux instincts : voler, rapiner, violer, tuer, et pourtant rester libre dans la tribu. Sport de tous les jours, habitudes, mode de vie...

Mais déjouer un Blanc, policier de surcroît, pour agréable qu'en soit le sport, comporte des risques. Cette nuit-là, Ramook en allait éliminer quelques-uns. À sa façon à lui.

D'abord, les restes de Brown, enfouis sous l'emplacement de la hutte de Ghorok. Disparus de là, possiblement enterrés ailleurs, loin sur la toundra, et quelle preuve formelle aurait le policier qu'un trafiquant d'eau-de-vie était passé par là?

Puis Ayallik.

Car Ramook avait compris son manège quand il l'avait surpris avec Henderson. Il devinait l'ambition de l'homme. Son astuce l'avertissait qu'il valait mieux obtenir le silence d'Ayallik.

Projets de nuit. Pendant le sommeil du policier, tout serait accompli. Il fallait jouer prestement le jeu dangereux.

Les pupilles écarquillées, Henderson tentait, mais en vain, de distinguer quelque chose dans cette sombre hutte. Il entendait respirer la Montagnaise. Il avait perçu un mouvement de Ramook, mais rien de plus. Il aurait donné fortune et avenir pour que la peau servant de porte à la hutte fût soulevée. Ainsi, la demi-lumière du soleil de minuit, la bande d'or à l'horizon eût peut-être découpé des silhouettes, trahi des gestes... Qu'allait-il faire? Se lever? Il était sûr que Ramook ne dormait pas.

Il tergiversa des heures durant, n'osant aucun geste susceptible d'éventer la mèche. Il n'y avait pas là un abus de précautions. Il s'agissait tout autant de prudence. Ramook démasqué trop tôt, cela signifiait en outre une ruée collective du village au point d'alarme. Or, les Esquimaux sont des êtres imprévisibles, capables de rages incontrôlées, particulièrement lorsque groupés. Tels ces animaux qui, normalement peureux ou inoffensifs, deviennent dangereux sous l'effet de la surprise.

Dans le village, le jappement distrait d'un chien et, parfois, au-dessus, le cri des engoulevents. Très loin, le hurlement en dialogue de deux loups.

Un insecte, dehors près de la hutte, et creux dans la mousse, crissait inlassablement.

«Il ne se fatigue donc pas?» s'exaspéra Henderson.

Le son de l'insecte lui emplissait les oreilles, grandissait, devenait hantise. Il couvrait tout. À cause de lui, le policier n'entendait plus rien. Était-ce la monotonie du son? Ou encore le poids de la fatigue? Henderson sursauta tout à coup et se rendit compte qu'il avait probablement dormi. Il avait trop hésité à se lever, à sortir de la hutte. La prudence inculquée avait peut-être compromis son plan.

L'aube revenait, plutôt une moindre pénombre que le noir de toute la nuit et, quand le policier put enfin distinguer l'intérieur de la hutte, il vit que Ramook dormait.

Lorsque le jour parut, que le soleil jaillit de nouveau dans le ciel, Henderson sortit. Ce fut lui qui découvrit le cadavre d'Ayallik, poignardé, au centre même de la place.

Et s'il avait fait irruption dans la hutte de Ghorok, il aurait aperçu le sol fraîchement remué, le patient creusage de toute une nuit, la disparition des dernières preuves tangibles qu'un jour un trafiquant blanc avait été assassiné dans ce village.

La question restait la même, la seule importante. Elle retentit toute la journée dans le village des huttes:

— Qui a tué Ayallik? Toi? Ou alors toi?

Sans jamais de cesse, du tôt soleil à la fin du jour, d'une hutte à l'autre. Chaque homme fut questionné, aucun ne put aller en chasse. Les femmes y passèrent aussi, et même les enfants.

Assis à l'indienne, jambes repliées sous lui, le sol de mousse pour fauteuil, Henderson les interrogea tous.

En vain.

Contre cette impassibilité où parfois se lisait, se devinait plutôt un méprisant sarcasme, contre ces visages orientaux, impénétrables, ces yeux de laque, cette immobilité du corps — autant de rocs sur lesquels il se heurtait —, contre la tribu entière, de nouveau solidaire, brusquement conglomérée, soudée par les loyautés millénaires, contre tout cela que faire?

Henderson sentait la partie perdue.

Par un mouvement de stupide orgueil, il avait tardé à accepter les accusations d'Ayallik, la traîtrise de ce seul homme, peut-être parce qu'il lui déplaisait de profiter d'une délation.

Et maintenant qu'il avait préféré la gloriole d'une enquête patiente à la trahison pure, il faisait face à un échec. Un homme, un Blanc avec des moyens limités par l'éloignement, par la solitude, par l'hostilité dangereuse de la tribu, un seul homme ne pouvait pas renverser l'obstacle formé par le mutisme concerté des Esquimaux.

Il interrogea deux jours durant, espérant toujours l'hésitation dans la réponse, le mot de trop, la fuite d'un regard...

Il interrogea surtout Ramook.

Le couteau qui avait égorgé Ayallik personne n'en revendiquait la possession, personne ne pouvait l'identifier.

Personne n'avait vu Ayallik, ne l'avait entendu.

197

Ignorance totale.

Mais dans chaque regard, cette pointe d'ironie, sur chaque visage et dans chaque attitude, un sentiment de supériorité à peine voilé.

La tribu groupée, devant lui...

La menace sourde, constante, le point de tension à son extrême. Henderson jouait sa vie. Il le savait. On pouvait le tuer. Et même si d'autres policiers venaient, se heurtant au même mutisme tribal, que pourraient-ils prouver?

Qui serait puni?

Brusquement, la décision apparut logique à Henderson. Il partirait sur un échec, mais tant pis!

Pourquoi habiterait-il cette agglomération de huttes pendant six mois de plus? Pour revenir bredouille quand même au poste de la Gendarmerie? À sa ruse à lui s'opposait une ruse plus habile, celle de chaque Inuk, appuyé par la tribu entière.

La mort de Brown — sale personnage de toute façon — soudain n'intéressait plus Henderson. Il se leva et fit face aux Esquimaux rassemblés.

— Je pars. Mais d'autres viendront.

Ramook souriait.

— Et si tu ne pars pas?

Le bluff, maintenant. Combat presque corps à corps. Lui contre Ramook devant la tribu. Lâcher pied, si peu, l'instant d'une faiblesse, une phrase mal réfléchie, et il ne retournerait pas vivant parmi les siens.

— Si je ne pars pas, ils viendront quand même.

Ramook ricana.

Henderson se recueillit. Il fit le tri des mots, assembla les phrases dans sa tête, en pesa le sens et la force.

— D'autres viendront. Plein un Grand Oiseau du ciel. Dix, douze hommes. Et sais-tu ce qu'ils feront?

Ramook était redevenu grave. Ses yeux fixaient ceux d'Henderson.

— La loi des Blancs dit ceci: «Quiconque cache un criminel est aussi coupable que lui.» Vous êtes donc tous coupables. L'on fera venir un Grand Oiseau capable de vous embarquer tous. Vous serez menés à la ville des Blancs. En prison.

— Tous?

— Les hommes, les femmes, les enfants.

— Les vieux aussi?

— Les vieux aussi.

Ramook réfléchissait.

— Et si tu pars?

Henderson haussa les épaules. Il n'osait dire que la loi suivrait quand même son cours. Hausser les épaules, geste sans grande signification, ne l'engageait à rien.

Ramook parut satisfait.

— Tu peux partir.

— Quelqu'un m'accompagnera? Je paierai le prix d'un guide.

— Tu ne connais pas ton chemin?

— La charge est trop lourde. J'ai deux ballots. Je suis venu avec des chiens. Je ne puis les faire tirer sur la mousse.

Ramook étendit la main. Un geste d'autorité.

— N'emporte que le nécessaire. Laisse le reste ici.

— Pourquoi?

— Parce que je le veux.

Très soudainement, Ramook était devenu le plus fort, et il le sentait bien.

Henderson n'avait plus qu'une idée en tête. Il lui fallait partir. Fuir. Il avait hésité à admettre le mot, mais voilà qu'il ne pouvait plus faire autrement: il fuyait. Il protégeait sa peau. Il n'était plus maître des événements ici. Ramook affirmait sa puissance.

— Bien… Je vais préparer mon ballot.

Quelques minutes plus tard il partit, seul, à pied, sur la toundra. Vers le sud, où se trouvait le poste de la Gendarmerie dont il dépendait.

Franc sud, avec le trajet du soleil comme guide.

Le soir, il y aurait les étoiles.

Il avait des provisions pour six jours, son fusil et des balles. Il s'éloignait de la toundra, il laissait derrière lui le village, la tribu rassemblée pour le voir partir; Ramook debout devant ses gens, la carabine à la main.

Quand il eut marché deux cents mètres. Ramook épaula son fusil. Le coup partit, visé d'œil vif et sûr. Henderson s'abattit.

Ramook eut un geste.

— Venez! cria-t-il.

Toute la tribu courut, une bande désordonnée qui poussait des cris rauques en se dirigeant vers l'homme tombé. Henderson n'était pas mort quand les premiers Inuit, Ramook parmi eux, le rejoignirent.

Il était étendu sur le dos et geignait.

Ramook riait de toutes ses dents jaunes, il courait autour du policier étendu. Il sortit un couteau, trancha les vêtements d'Henderson, mit son torse à nu jusqu'au sexe.

— L'homme, disait-il, l'homme est le plus fort…

Il disait Inuk en parlant de l'homme, il parlait seulement de l'Esquimau. Il ne parlait pas du Blanc.

— L'homme est le plus fort.

D'un revers du couteau il trancha le sexe et Henderson poussa un cri horrible.

Avec un rugissement joyeux, Ramook jeta l'organe derrière lui, aux femmes qui accouraient et qui mordaient à belles dents dans la chair encore tiède et palpitante.

Henderson hurlait toujours, tentait de se relever, battait des jambes.

Ghorok eut son tour.

Il se pencha, lui aussi le couteau à la main. Il fendit la peau du flanc, sous les côtes, atteignit le foie pendant qu'Henderson éveillait tous les échos de ses cris terribles.

Avec ses doigts, Ghorok, le sorcier, arracha le foie du Blanc et le mangea cru, accroupi près de sa victime.

À l'aube, les hommes de la tribu portèrent le corps beaucoup plus loin, hors des chemins d'habitude que pouvaient prendre les venants.

Ils enterrèrent Henderson bien creux dans la mousse.

Si creux que pas un loup — et pas un homme — ne le puisse jamais déterrer.

Amargok

LE LOUP BLANC

L'été n'allait pas durer bien des semaines encore.

À peine venu que déjà il céderait au froid du nord. Viendrait le court automne.

Puis l'hiver.

Au soleil de minuit ferait place la quasi-pénombre du jour mat, grisâtre, rarement brillant, toujours froid, et parfois sauvage comme une horde de carnassiers affamés.

Déjà la lumière des jours et des nuits n'était plus la même. La bande d'or à l'horizon perdait de son éclat et n'était plus qu'un trait terne, à peine lumineux.

Et dans la brise du jour venait du froid; des sautes glaciales, sortes de poussées, de rafales qui inquiétaient les bêtes et jaunissaient les mousses.

Le sol n'avait plus son élasticité des couches humides et tièdes. Et le gel de surface rejoindrait bientôt la glace de fond, et se souderait au *permafrost* pour de longs mois à venir.

La nuit, surtout, il n'était plus aussi bon de s'étendre par terre, de dormir là marié au sol, vautré dans la mousse.

Le caribou se faisait plus rare et le pelage des visons commençait à s'enrichir, à devenir plus soyeux. La veille,

Agaguk avait vu un lièvre. Il avait déjà les flancs tout blancs. C'était la mue et le signal certain des froids proches.

Le temps de la bonne vie s'achevait.

Pointait à l'horizon le temps de la misère.

Et ainsi dans un vent froid, Agaguk chemina. Parti de la hutte sans suivre une piste précise, il allait un peu au hasard, décrivant un grand cercle. Il comptait entièrement sur ses yeux, sur l'instinct qu'il avait d'une présence vivante sur la toundra.

Il pouvait s'arrêter et, sans se retourner, sans y apporter le moindre effort, sentir au loin derrière lui la présence de la hutte, des deux êtres qui l'habitaient. Même dans le noir, alors que la nuit tombait sur la plaine en écrasant le reste du jour, en le comprimant pour ne laisser autour qu'un faible ruban lumineux, quelque chose, une alerte intérieure, un rythme nouveau dans le sang, un rien l'avertissait de la présence.

Ce serait, cette nuit-là, son arme la plus efficace. Il saurait, en même temps que le loup, la proximité du danger. Autant la bête le devinait à distance, autant lui percevrait la présence de la bête.

C'était simple, cela découlait d'une faculté physique venue de générations multiples. Mais Agaguk n'aurait pas su expliquer comment fonctionnait le mécanisme, ni où se situait en lui ce sens qui donnait l'alerte. Maintes fois déjà il s'était arrêté sur la toundra, conscient tout à coup de la présence d'un animal. Il n'avait pas besoin de le voir pour posséder en lui la certitude qu'il était là, non loin.

Et le guet d'ensuite, la patience. Surgissait l'animal et Agaguk mangeait pendant quelques jours de plus, ou se vêtait, ou augmentait encore le ballot de peaux brutes à troquer au poste de traite.

Il chemina.

Combien de temps, il n'aurait pu le dire. Il connaissait seulement sa direction et savait qu'à cause du chemin pris en partant de la hutte, ce ne serait pas droit par derrière qu'il retournerait à Iriook et au petit, mais bien plutôt à bras gauche, ainsi étendu, tout droit, vers la grosse étoile qui se balançait dans le ciel.

Mais point de loup blanc.

De fait, aucun loup.

Si une meute avait hurlé plus tôt, puis jappé, voici qu'elle était désormais silencieuse. Elle avait sans doute traqué un caribou, l'avait abattu. Maintenant elle se repaissait et ne recommencerait la chasse silencieusement que plus tard, une fois la lune couchée.

Mais le loup blanc?

Hurlait-il celui-là? Chassait-il avec le pack?

S'il errait en solitaire sur la toundra, où le découvrir? Tache blanche contre le noir? Silhouette peut-être? S'il était tapi quelque part, attendant, ce serait facile. Agaguk saurait sa présence, se dirigerait droit sur lui.

Il avait armé son fusil.

Le couteau à la lame fine lui pendait le long de la jambe. Un autre couteau, à lame large et courte et terriblement épaisse, était glissé dans la ceinture. Que ce soit avec cette arme ou les autres, le loup blanc périrait.

Une heure durant, puis deux. La lune disparut, et la toundra s'assombrit encore. Debout, immobile, Agaguk scrutait le vaste tombeau. Rien ne bougeait. Il n'y avait même pas le bruit d'un insecte.

Un serrement au ventre l'alerta. Il sentait la présence d'un animal non loin. Il n'aurait pu dire encore dans quelle direction, ni à quelle distance, mais une bête, une bête assez grosse, sûrement pas un blaireau ou un vison, l'observait.

Il glissa lentement à terre, s'accroupit, le fusil armé, presque en joue. Il lui fallait du temps. Ce serait simple d'identifier les directions et la longueur du saut vers l'animal, mais il avait besoin d'être tout contre terre, de se laisser porter le vent aux narines, d'attendre et d'écouter.

Une rafale vint, bruissa contre la mousse, s'enfuit et ce fut l'accalmie. Les yeux au ras du sol, Agaguk regarda lentement autour de lui.

En direction de la hutte, à cet endroit où la bande d'horizon achevait, il vit une ombre par-dessus l'ombre. Il n'y avait qu'un reflet de lumière, à peine de quoi découper une silhouette.

Il fixa le point d'ombre qui lui parut comme une proéminence sur le plateau de mousse. Il vit aussi que l'ombre bougeait. Comme en rampant. Vers lui.

Il attendit.

Quelques minutes plus tard, il était fixé.

L'odeur sur le vent, c'était celle du loup. Et la tache n'était plus sombre, mais grisâtre.

Or, il n'y avait qu'un seul animal capable de créer ce tableau. Le Grand Loup Blanc? Le seul qui pouvait faire tache pâle sur l'ombre.

Agaguk, rivé au sol, complètement immobile, mais le fusil bien en joue, attendit que l'animal vînt encore plus près. Bientôt l'odeur en fut si forte qu'il en ressentit la nausée. Et ce n'était plus une tache, mais la forme bien identifiée d'un loup rampant sur le ventre. Lui aussi à l'affût de sa proie, cherchant à retrouver la silhouette d'Agaguk maintenant écrasée sur le sol, comme fondue dans la nuit.

L'homme en face de la bête: deux ruses s'affrontant.

Si le loup venait assez proche, Agaguk lâcherait le coup, la balle tuerait l'animal.

Et s'il le manquait?

Une hélée de distance. Puis la distance d'un lancer, et finalement cent pas, cinquante... Le loup était presque à portée de la main. Seulement, il se dirigeait droit sur Agaguk, une cible étroite, difficile à déterminer dans le noir.

Agaguk colla l'œil sur la mire, la bête bien en joue contre le soleil de minuit à l'horizon.

Dix pas. C'était alors le temps ou jamais. Tout dépendait d'un geste, la pression rapide sur la gâchette, le coup, la balle... L'instant d'une seconde, et moins encore. Un destin fixé. La mort du loup? La mort de l'homme?

Agaguk pressa la détente.

La balle fut un ouragan qui jaillit du canon. Mais elle ne tua pas le loup. Elle ne fit que l'égratigner au passage. Il roula par terre et se retrouva dix pas plus loin. Il fut aussitôt sur ses pattes.

Agaguk était debout aussi, son couteau au poing.

Le loup bondit.

Une masse fantomatique, sorte de bolide lancé des airs, s'abattait sur Agaguk. L'homme et la bête basculaient dans le noir. La gueule du loup s'ouvrait, baveuse de rage, et mordait avec un grondement diabolique l'être qui se débattait furieusement entre ses pattes.

C'était entre les deux une lutte horrible, une gymnastique macabre. À chaque gueulée de la bête, le cri de l'homme s'enflait en vrille et crevait la nuit. Le loup en furie l'agrippait, le labourant à grands coup de griffes, puis l'homme saisissant la seconde propice — celle où l'animal s'arc-boutait pour foncer à nouveau — repliait son bras pour plonger le couteau dans le cuir de la bête. Alors celle-ci s'esquivait, mais pour bondir de nouveau sur l'homme qui se raidissait contre la torture.

De grands lambeaux de chair pendaient entre les dents de l'animal.

Un combat terrible, mêlé de cris et de rugissements où, tour à tour, l'homme et la bête, égaux en puissance ou en fureur, dominaient. Soudain la lame du couteau brilla. Le poing partit comme une flèche, s'abattit. Une fois, une autre et une autre fois encore.

Agaguk avait, dans la bouche, un goût sucré de sang qui lui redonnait des nerfs et de la poigne. Maintenant, à cheval sur le loup qui se démenait en hurlant, il frappait à tour de bras, toute vigueur retrouvée, toute douleur assoupie.

Puis il se releva, passa le bras sur sa figure ensanglantée et mesura en lui les forces restantes.

Le loup blanc, éventré, gisait à ses pieds.

Agaguk défit la corde qui lui servait de ceinture, en noua une extrémité autour des pattes d'arrière du loup, s'attela au fardeau et le traîna sur la toundra.

Quand il arriva devant la hutte, Iriook qui n'avait pas dormi se tenait là, frémissante. Sa voix ne fut qu'une plainte légère, à peine un murmure.

— Agaguk?...

L'homme redressa l'échine.

— Tayaout?... demanda-t-il.

— Il est sauf. Le loup n'est pas venu ici.

Agaguk montra la dépouille.

— Je l'ai tué.

Iriook pleurait silencieusement.

— Je vais allumer la lampe, dit-elle, panser tes plaies.

D'où elle était, elle voyait le sang d'Agaguk faire une tache noire qui s'agrandissait sur la mousse. Sa parka était en lambeaux. Le loup avait arraché de larges plaques de chair sur les cuisses, dans le dos, aux épaules. Mais il y avait plus encore qu'Iriook aperçut lorsque, dans la hutte, la lueur de la lampe éclaira pleinement son homme.

Alors elle se remit à pleurer, un geignement en long, triste comme la mort, et se laissa tomber sur le sol.

— Qu'est-ce qu'il y a? demandait Agaguk. Qu'est-ce qu'il y a?

Elle ne pouvait que relever la tête, montrer du doigt le visage de l'homme. Un geste que lui cherchait à comprendre. Il porta la main à son visage.

À la place du nez, il n'y avait plus qu'un immense trou.

D'une gueulée le loup avait arraché du visage d'Agaguk le nez et une partie des joues. Il se pencha, comme s'il allait toucher doucement Iriook à l'épaule, mais au lieu de cette caresse elle sentit le corps de son homme tomber comme une masse sur le sol à ses côtés. Vaincu par la fatigue et la souffrance, Agaguk s'écrasait, inconscient.

Dehors, la patte d'arrière du loup tremblait encore, spasmodiquement, malgré la langue qui pendait de la gueule et malgré les yeux vitreux.

Un oiseau — un engoulevent et son cri lugubre — passa dans le ciel. À l'horizon, une meute recommença à hurler.

Tayaout s'éveillait en pleurnichant dans la lumière de la hutte.

— Le chef est mort, murmura Iriook.

Soudain elle se sentit fière.

— Le chef de tous les loups, continua-t-elle, de tous les loups de la terre et du dos de la terre, et c'est mon homme, le père de Tayaout, qui l'a tué.

Iki

LA BLESSURE

Accroupie par terre dans la hutte, Iriook prenait soin de son homme.

Comme le temps était devenu plus froid, elle avait fourré Tayaout sous sa parka, le long de son dos. Retenu par une lanière qui lui passait sous les fesses, et il était bien ainsi. Quand il avait besoin d'air, il se hissait jusqu'au col de la parka, sortait la tête. S'il avait faim, il n'avait qu'à se glisser sous le bras d'Iriook, contre la hanche, puis à chercher la mamelle généreuse. Si l'allaitement ne suffisait pas à sa faim, il criait, alors Iriook lui mettait des morceaux de poisson cru dans la bouche et l'enfant mâchait longuement, en bavant dans le cou de sa mère.

Étendu depuis trois jours sur une peau, Agaguk souffrait en silence. Sur les plaies violacées, Iriook posait chaque matin une épaisse couche de graisse d'ours donnée autrefois par les vieilles du village et conservée pour cet usage.

Chaque jour, elle allait sur le pas de la porte, là où reposait encore la carcasse du loup, pour prendre dans la gueule béante un peu de bave visqueuse, puis elle traçait sur la graisse des signes étranges. En même temps, elle murmurait des mots qu'Agaguk ne comprenait pas.

211

Des mots bizarres, au rythme nouveau.

Et cela lui rappelait, à lui qui était des lignées de la toundra, qu'Iriook, elle, descendait par ceux venus avant elle, des peuples du dos de la terre, bien qu'elle n'en connût rien sauf ce que lui racontait sa mère quand elle était enfant.

Rentrée auprès d'Agaguk, la femme enduisait les plaies de cette graisse maintenant cabalistique. Elle se servait d'une lame d'ivoire, taillée à même une défense de phoque. Avec cette spatule, elle pressait le corps gras et ductile creux au fond du mal, dans les moindres replis des chairs tuméfiées et meurtries.

Agaguk ne disait rien. Il la regardait.

Rien dans les yeux, sauf l'impassibilité. Sa seule admission de la douleur, un tressaillement des muscles, une fois, quand la lame d'ivoire heurta les os des joues mis à nu, le débris de cartilage là où le nez aurait dû être.

Toutes les plaies, toutes les écorchures avaient été ainsi ointes, celles du visage, les plus graves, et les autres, celles des épaules, des bras, des cuisses...

Après, Iriook et l'enfant dormaient étendus près du malade. Momentanément soulagé, Agaguk fermait lui aussi les yeux.

Il repassait sa vie en mémoire, il en refaisait le parcours, vivant à nouveau les années.

Il allait mourir, mais il voulait vivre. Il bandait ses muscles, il s'arc-boutait contre ses souvenirs pour repousser la mort. Il se rappelait le jour où il avait offert à Iriook de l'emmener pour recommencer ailleurs, à deux.

Il n'avait pas été précis. Il avait parlé d'un ailleurs sans le nommer. Mais il avait montré la plaine, en direction sud. Un geste au-delà du regard, plus loin que l'horizon. Là, disait-il, la vie commencerait. Il construirait une hutte et, l'hiver venu, un igloo large et confortable. À deux, ils y seraient bien. De la viande en réserve, des peaux pour se vêtir, d'autres pour troquer. Ils seraient hors d'atteinte.

Quand il parlait de l'éloignement, il montrait souvent le village autour d'eux, les gens. Iriook en était heureuse. Elle aussi voulait partir, quitter ces gens. Elle n'avait jamais connu de vraie joie dans cette tribu.

— Je te suivrai, avait-elle dit.

Cela valait bien tous les engagements.

Il s'était mis à la tâche. Il avait assemblé ses possessions, les avait dénombrées. Les armes d'abord, et les munitions. Puis les parkas, les peaux qu'il avait en réserve. Quelques outils. Ce qui manquait, Iriook se chargerait de le fabriquer.

Il tuerait des bêtes, prélèverait les os qu'il fallait. C'était le matériau des outils de chaque jour, des ustensiles. En y ajoutant deux ou trois couteaux de Blanc, en métal, un crochet de fer, des harpons troqués au poste de traite contre des pelleteries, des hameçons (un sac plein), la moitié faits d'ossements longuement repolis puis durcis au feu, l'autre moitié de métal, provenant eux aussi des Blancs et de leur troc.

Cela pouvait sembler une mince richesse, mais pour lui, c'était plus qu'il n'en fallait. Et puis, au lieu de la lampe de pierre qui est le poêle à cuire, le réchaud des igloos froids et le seul éclairage pendant de longs mois, au lieu de cette lampe aux formes transmises depuis des millénaires, n'avait-il pas un poêle de métal, acheté d'un Blanc, qu'il pouvait alimenter de graisse ou d'huile, et si l'année avait été prospère, de kérosène? Un poêle à mèche, noir et luisant, jetant tant de chaleur qu'il s'y pouvait brûler les mains...

Oui, c'était plus qu'il n'en fallait. Plus encore, tant de fois plus encore, que n'importe quel Inuk du village. Fierté d'homme, orgueil des possessions que l'on étale, sa richesse à lui, avec laquelle conquérir Iriook.

— Regarde, disait-il en lui montrant le poêle et la lampe, tu n'auras jamais froid, et toujours tu y verras clair pour les travaux de la Grande Nuit.

Six mois de cette pénombre où le soleil est aux aguets derrière l'horizon. Un levant pâle et presque doré, un zénith bleu et sans vie et, au nord, la nuit sombre, criblée d'étoiles. Et toujours, là-bas, l'étoile-guide...

Toujours plus loin, l'étoile... Insaisissable... Brouillée, indistincte dans les vapeurs lointaines... Qu'il était dur de se souvenir avec ce pouls lancinant, trop fort, qui lui battait les tempes!

Toutes les plaies vibraient maintenant, lui emplissaient le corps d'une douleur qu'il n'avait jamais connue, persistante, aiguë...

Il ouvrait les yeux. Des monstres grimaçants défilaient sur les peaux de la hutte. Il entendait leurs cris sauvages rythmés sur une musique infernale. Il sentait des bêtes le flairer, des armes pénétrer en lui, des balles lui érafler la peau.

Il faisait horriblement chaud en ce nouveau pays de cauchemar. Il n'était plus qu'un grain de sable que le vent charriait sur une plaine immense. Sans défense, il voyait des loups hauts comme des huttes de chef s'acharner sur lui. Puis un phoque aussi gros qu'une baleine frappait les plaies de son corps à grands coups de nageoire, ravivant le mal, faisant gicler le sang. Dans son délire, il hurlait maintenant comme une bête.

Mais l'horrible cri qu'il sentait monter des profondeurs de son être expirait en plainte faible sur ses lèvres et Iriook qui dormait s'éveilla en entendant geindre Agaguk. Il semblait dormir d'un sommeil très agité, mais elle ne le dérangea point. Elle regardait le nouveau visage de son homme, cette plaie monstrueuse...

Plus jamais ne serait-il beau comme auparavant, peau lisse, ce visage qu'elle avait tôt aimé, dès les premiers instants où, femme enfin, elle s'était senti de la faim d'homme.

Elle avait onze ans cette fois-là, elle était dodue, et chaque soir elle surveillait le gonflement de sa poitrine, ronde et ferme, dure comme la pierre des lampes.

Quand le flot s'était produit, une première fois, elle avait couru chez l'Esquimaude de la hutte voisine. Mais ce qu'on lui dit là, elle le savait déjà.

C'est en ces temps-là qu'elle avait revu le fils du chef Ramook. Mais il lui semblait qu'elle le voyait avec des yeux neufs.

Agaguk lui avait souri, et elle avait senti subitement toute sa chair remuer, une sensation imprévue qui faisait plaisir. C'est au bout de trois ans qu'il l'avait invitée à le suivre.

Quand elle accepta, une joie jusqu'alors inconnue entra en elle. Rien comme autrefois, quelque chose d'inégalé encore, une mystérieuse attirance qui tiédissait sa chair et troublait son âme, qui la faisait rêver des heures durant, inactive dans l'igloo l'hiver et, l'été, assise de longues heures devant la hutte à contempler la toundra, ce plateau immense où elle imaginait sa vie, la hutte neuve, l'igloo, son homme vaillant et brave, et les petits qu'elle aurait de lui.

C'était un mirage bien simple et maintes fois répété. Elle ne pensait à rien d'autre qu'à ce labeur à accomplir, mais à l'accomplir pour l'homme qu'elle aimait et qui l'avait choisie, à l'accomplir aussi pour les enfants dont elle accoucherait. La suite des jours... Aucune merveille, sinon la présence d'Agaguk, en soi toutes les merveilles, et l'assouvissement de toutes les faims.

Quand il la mena vers la hutte, elle n'eut pas de mots, seulement le sourire qui parut sur son visage lorsqu'il la prit par le bras, seulement ce sourire, puis ensuite les gémissements de sa chair offerte autant que prise.

Pas un rêve qui n'ait été accompli! Des merveilles lui avaient été promises qu'elle avait possédées.

Agaguk n'arrivait pas les mains vides. Il avait songé à l'avenir, s'était bâti une vie future. Il avait troqué des peaux contre des objets utiles. Il possédait un coffre plein d'armes et de munitions. Advenant un pire hiver, il pourrait quand même chasser, quand même subvenir aux besoins. Des balles, les fusils, les couteaux, les pièges... Il faudrait que soit bien déserte la toundra, bien dispersées les bêtes pour qu'en l'igloo d'Agaguk l'on manquât du nécessaire!

Mais voici qu'elle se sentait tout à coup dépossédée.

Au lieu d'Agaguk qui avait été à la fois son rêve et sa merveille, elle voyait cet être nouveau, mutilé, qu'elle ne reconnaissait plus. Accroupie tout près de lui, elle étendit la main, toucha légèrement à la plaie vive. Dans son sommeil, Agaguk gémit de nouveau.

— Il est encore là, murmura-t-elle.

Lentement la compréhension venait en elle. Le mystère allait se résoudre. Il lui était encore difficile de retrouver Agaguk, car ce n'était plus lui. Ce visage... Mais qui était-ce, un homme? Un demi-cadavre, une apparition...

Agaguk gémit encore une fois, et quelque chose tordit les entrailles d'Iriook. Une main, une puissance.

— Il est encore là, répéta-t-elle.

Il lui fallait ce miracle: reconnaître l'homme, le retrouver. Réentendre sa voix, ce qu'il disait — et, s'il survivait, ce qu'il dirait encore —, se ressouvenir des gestes... Reconnaître Agaguk, malgré l'horreur du visage défait, le retrouver toujours pareil à ce qu'il avait été, malgré le masque hideux.

Le retrouver...

Elle se hasarda à le toucher de nouveau, se pencha sur lui et s'obligea à l'embrasser à la racine même de la plaie qu'il avait aux joues, là où la chair avait été arrachée.

Agaguk geignit encore et ouvrit les yeux qu'il avait maintenant creux dans les orbites.

— Iriook?...

Alors elle sut qu'elle pourrait oublier les traits défigurés et ne se souvenir que de l'homme. Elle eut un cri rauque, se jeta sur sa poitrine, l'étreignit de ses bras, cherchant là refuge à sa douleur.

— Agaguk... Agaguk, c'est toi!...

Idlu

L'IGLOO

La neige arriva, rapide amoncellement sur la terre, emprise immédiate de l'hiver. Il n'était venu que de courtes rafales, une neige qui courait sur le *permafrost* maintenant remonté en surface. Puis, un matin, le jour gris, presque devenu la nuit d'hiver, amena du nord des flocons qui tourbillonnaient nombreux, de plus en plus pressés. Vers le milieu du jour, c'était le blizzard.

Le vent hurlait sur la plaine et au flanc des moindres vallonnements la neige s'entassait. Dès ce soir-là, la toundra serait redevenue la plaine arctique, immobile et blanche.

Dans la hutte, Iriook avait remplacé la graisse du poêle par du kérosène afin que le feu soit plus vif. Elle avait calfeutré les orifices, assujetti le bas des peaux avec des pierres choisies au ruisseau. Elle attendait avec résignation la fin de la tempête. Accroupie près du banc où reposait Agaguk, elle n'avait de gestes que les tétées données à l'enfant fourré dans la parka et le réglage occasionnel du poêle.

Une bonne chaleur régnait dans l'habitation. Une douce somnolence les gagnait, les rendant insensibles à la grande rage dehors, au rugissement du vent, à la rafale de la neige contre les poteaux de la hutte.

Le lendemain matin, la toundra n'existait plus. Ce jour-là, Iriook construisit de ses mains l'igloo qui devait remplacer la hutte.

À un moment donné elle vit apparaître Agaguk dans l'embrasure de la porte de la hutte. Bien vite elle alla le reconduire au-dedans.

— C'est pour toi que je construis l'igloo, dit-elle, et pour moi. C'est pour le petit. Va, nous ne manquerons de rien. Guéris de ton mal, je n'en demande pas plus.

Trop faible pour résister, Agaguk se laissa emmener: Iriook lui tendit un fort morceau de viande.

— Tiens, dit-elle, mange. Refais le sang que tu as perdu.

Puis elle retourna à sa besogne.

Au soir, l'édifice était prêt. Iriook l'avait construit plus haut, plus large que d'accoutumée. «Un igloo de chef, murmura-t-elle joyeusement. Un igloo de Bon Esprit. Pour Agaguk...»

Au-dedans, on y eût vécu à six et encore y eût-on trouvé l'espace pour bouger à l'aise. Le banc de glace avait été soigneusement formé, durci. Il était large et de juste hauteur.

Elle mit une heure à polir les parois, à les lisser jusqu'à leur donner l'aspect d'un miroir. Elle façonna le trou d'aération, lui donnant comme il se devait une forme légèrement conique et très régulière. Près du tunnel d'accès, et au-dessus, elle établit dans la paroi une niche assez longue, profonde de deux mains et plus, haute de quatre. Elle avait placé dans la glace, à cet endroit même et lorsqu'elle avait érigé l'igloo, deux os longs, fins, et solides. Maintenant, les os émergeaient aux coins supérieurs de la niche. Elle y tendit une peau de loup taillée en rectangle, bien grattée côté chair, et débarrassée de son poil. Ainsi elle aurait un garde-manger où placer la viande fraîche. Le pemmican, lui, serait pendu au sommet de l'igloo, là où elle avait disposé dans la glace de nombreux crochets d'ivoire, côtes de phoque patiemment formées.

Au centre de l'igloo, elle aménagea une sorte de vasque peu profonde, mais unie et dure. Elle y plaça l'une des rares pièces de métal qu'Agaguk possédât, une plaque de fer doux échangée autrefois au poste de traite.

Ce serait là-dessus qu'elle poserait ensuite le poêle, source de chaleur et ustensile nécessaire à leur vie. La graisse pour ce poêle, l'huile et le kérosène pour les grandes urgences seraient eux aussi suspendus au sommet de l'igloo, comme le pemmican, et dans des récipients de peau ou de métal.

Au début même de son labeur, dans deux boîtes de bois qui étaient au-dedans de la hutte, elle avait tassé la neige, l'avait tapée de ses mains jusqu'à ce qu'elle fondît à demi. Puis elle avait porté les moules dehors, au grand froid. Ces blocs de glace ainsi obtenus à la fin du jour étaient solides, réguliers de forme, et justement aux mesures désirées. Elle les plaça sur le banc de glace, formant une sorte de bras de fauteuil. C'est là-dessus qu'elle s'appuierait pour les longues besognes d'hiver: le mâchage des peaux, la patiente couture, l'épilage en certains cas. En d'autres cas, la préparation du poil: nettoyage, cardage de la fourrure, brossage, dressage...

Elle plaça deux peaux de caribou sur le banc de glace, à l'opposé de l'endroit de travail. Ce serait le lit d'Agaguk.

Puis elle fut chercher son homme, le porta presque, le glissa dans le tunnel d'accès; un labeur rapide, puissant, accompli au son des plaintes de l'homme. Sous la parka,

Tayaout criait, apeuré par ces efforts soudains qui le ballottaient et le secouaient.

Quand Agaguk fut dans l'igloo, Iriook l'étendit sur les peaux de caribou. Puis elle alluma le poêle au centre et, très vite, la chaleur envahit l'habitation.

Elle n'avait eu que des grognements, des murmures, encourageant son homme, le consolant, s'excusant de devoir exercer sa force contre lui. Maintenant elle se penchait, tôute douce.

— Tu resteras seul ici, dit-elle. Il faut que je démolisse la hutte.

Elle y mit deux heures. Quand la besogne fut terminée, l'indispensable était rentré dans l'igloo, les peaux de revêtement étaient venues s'ajouter aux autres qui enveloppaient Agaguk, et le banc de glace était devenu un endroit chaud et plaisant, confortable aussi, chaque peau remontée contre la paroi, accrochée là pour servir de dossier.

L'eau suintait déjà sur les parois et la chaleur rance, à forte odeur, qui était le signe de la bonne vie se répandait dans l'igloo.

Iriook lia les perches de la hutte en un faisceau qu'elle posa sur la neige. Au printemps, lors de la fonte, elle les retrouverait là. Dans l'igloo, elle pendit les armes, et là où le banc de glace rejoignait le tunnel d'entrée, elle plaça les boîtes qui contenaient les balles.

La niche servait de réserve à la viande fraîche et, du sommet de l'igloo, pendaient les lanières de pemmican. Il n'y aurait sûrement pas assez de provisions pour l'hiver, l'on pourrait manquer de viande autant que de graisse, mais Iriook s'était dit que, le cas échéant, elle y pourvoirait.

Certes, la chasse au phoque avait été fructueuse. Mais, tout compte fait, graisse et pemmican de ces animaux ne constituaient pas un approvisionnement suffisant pour un long hiver. D'autre part, la saison chaude avait été remarquablement courte. Le voyage vers la Grande Eau, le temps qu'avait perdu Agaguk à chasser le loup blanc — et auparavant que d'heures perdues dans la seule contemplation de son fils, heures douces et belles mais qui n'emplissaient pas le garde-manger —, tout cela faisait que la disette menaçait. Plus encore si cet hiver-là était aussi rude que le précédent, empêchant toute chasse, tout espoir de viande fraîche si mince soit-il.

Dès le lendemain, décida soudain Iriook, elle irait chasser. Sur la neige neuve, les animaux seraient affolés. Les migrants seraient presque tous partis, mais il en resterait, moins doués d'instinct que les autres, qui seraient faciles à tuer. Elle profiterait de leur désarroi. Déjà, la veille, elle avait aperçu des caribous courant de-ci de-là dans la tempête. D'en tuer deux ou trois garantirait les provisions. Le suif de caribou ne vaut pas la graisse de phoque et Iriook rêvait aux baleines qui assurent la chaleur et la lumière pour un long hiver. Mais, à défaut de bonne graisse ou d'huile les derniers mois de l'hiver venus, mieux vaudrait du suif que rien du tout.

Quand elle se coucha ce soir-là, elle était lasse. Mais ses yeux brillaient, et elle avait une chaleur dans le ventre qu'elle n'avait de longtemps connue. Dans le ventre et aux joues: une joie impulsive. Car, avant de s'endormir, Agaguk s'était soutenu sur un coude. Longuement il avait examiné l'igloo construit par Iriook. Puis il s'était laissé retomber et il avait dit, bien doucement:

— Tu es une bonne femme, Iriook.

Tut.u

LE CARIBOU

Donc pendant les trois jours qui suivirent la construction de l'igloo neuf, la femme ne resta pas oisive. Contre toute tradition, mais parce que c'était la nécessité et qu'elle n'aurait su comment réussir autrement le projet qu'elle faisait, elle confia Tayaout à son père et les laissa seuls à l'igloo.

Fusil en main, elle courut la viande fraîche, dernière chance de longtemps pour la survie d'hiver. Bientôt il ne resterait que des bêtes éparses sur la plaine de neige, un caribou égaré, demi-gelé, des loups, quelques renards peut-être, un vison cherchant un trou dans la glace du ruisseau, ou encore un blaireau. Mais rien des chasses fructueuses d'été, rien de cette faune à portée de balle.

La misère, le long temps des vents cruels, la plaine déserte...

Elle découvrit une piste de caribou dès la première heure.

Le froid était une masse appuyée à ras de terre, pressurant toute vie hors des êtres. Une lumière blafarde venait du sud, mais le nord était sombre. C'était là-bas la nuit de six mois, la terrible nuit sans fin de l'Arctique. Aucun vent, seulement le froid, présence puissante, un froid aux couleurs bleuâtres, paralysant toute énergie, invitant au fatal sommeil.

La tête pleine de mirages, de couleurs merveilleuses et de chants dont elle ignorait jusque-là la beauté, Iriook errait sur la plaine. Elle combattait ce froid, mais une voix d'alarme, dans son subconscient, l'avertissait qu'il faudrait bientôt courir, bientôt battre des bras, bientôt fuir vers l'igloo, vers le salut de l'habitation chaude.

Et pourtant, la viande?...

Allait-elle, elle qui venait de tenir tête à la mort menaçant Agaguk, qui venait de construire un igloo comme peu d'hommes eussent pu le faire, céder devant le froid?

Elle chassa les mirages.

Elle battit des bras, mais c'était en toute lucidité, et en jetant un regard circulaire sur cette plaine où quelque animal errait sûrement. Ce fut alors qu'elle aperçut, non loin d'où elle se tenait, les pistes d'un caribou.

Accroupie, examinant les empreintes, elle tenta de se souvenir de tous les dires d'homme, la science des traces de la chasse habile, des habitudes animales. Les pistes zigzaguaient, celles des pattes d'avant se croisaient sur elles-mêmes. À un endroit, la bête paraissait s'être jetée sur les genoux puis s'était relevée. L'image bien nette, un animal demi-mort, affolé par le froid qui le gagnait, prêt à céder devant la puissance supérieure.

Elle ne s'était pas trompée. À une portée de fusil, elle vit un mamelon de neige amoncelée par le vent. Les pistes allaient jusqu'à cette éminence.

Elle savait que, derrière, elle trouverait le caribou.

Elle courut alors, ses larges mukluks bien d'aplomb sur la neige. Quand elle contourna la dune, elle vit qu'il y avait derrière non pas un seul caribou, mais une énorme femelle terrassée par le froid et, tournant autour d'elle, inquiet, un mâle renâclant.

Immobile, elle observa le manège, un moment. Puis elle épaula la carabine et d'une balle entre les deux yeux, elle abattit le mâle. Ensuite, elle acheva la femelle à demi gelée. Puis, heureuse comme jamais encore de sa vie, elle revint en hâte à l'igloo y chercher les chiens et des traits de cuir pour tirer les carcasses.

Elle avait sauvé Agaguk. En moins de deux heures, elle assurait, de sa force à elle, de son habileté propre, la viande d'hiver. Avec ce qui pendait dans l'igloo, les deux caribous fourniraient amplement la survie. Elle se hâta.

Des loups pouvaient surgir, se mettre à dévorer les cadavres encore chauds. Elle courait maintenant, fouettant les chiens, les poussant à la limite de l'endurance. Les loups n'étaient pas venus. Elle lia les carcasses d'abord l'une à l'autre, bien solidement, puis aux harnais des chiens. Elle disposa les *malemutes* en éventail, pour distribuer l'effort, et s'attela elle-même à la pointe, la longue lanière passée en harnais sous les aisselles. Et ainsi, en tirant et en ahanant, la femme et les chiens halèrent les deux carcasses de caribou jusqu'à l'igloo.

Iriook se sentait défaillir de fatigue et pourtant la tâche n'était pas terminée. Le tunnel d'accès étant trop étroit, elle ne pouvait envisager de s'y glisser avec les bêtes, vers la chaleur du dedans, pour travailler en paix et à loisir au dépeçage. Elle ne pouvait pas non plus attendre que le froid glaçât les cadavres au point qu'il serait impossible de les écorcher et de les dépecer. Il ne restait qu'à rallier ses énergies. Puisqu'elle ne pouvait compter sur l'aide d'Agaguk, il lui revenait d'accomplir elle-même la tâche pressante.

Elle entra dans l'igloo. Agaguk dormait avec le petit tout contre lui. Le poêle brûlait bien, la chaleur était bonne.

Iriook mâcha rapidement quelques morceaux de graisse pris dans la réseve, but une lampée de l'eau qui bouillait sur le poêle bas. Un peu réconfortée, elle trouva les couteaux d'ivoire, et l'un des deux couteaux de métal.

Dehors, elle se mit à l'écorchage des deux bêtes. Les peaux en étaient précieuses. Il n'y en aurait jamais trop en réserve. Celle de la femelle surtout, au poil plus fin, lui était désirable.

Lentement, le froid gelait les carcasses, et Iriook redoubla d'effort. Rien d'autre dans la tête que cette application. Elle tranchait, arrachait, libérant la peau à un rythme dont elle-même ne se serait pas crue capable.

Une demi-heure plus tard, la femelle était écorchée au complet et le mâle l'était à moitié. Quand Iriook trancha à la hauteur du cou la dernière surface de peau utile, les cadavres étaient déjà presque rigides. Elle n'avait pas un moment à perdre.

À l'aide d'une hache, cette fois, et du plus grand des couteaux de métal, elle dépeça les deux carcasses en quatre quartiers. D'abord par la moitié, à la hauteur de la dernière côte. À grands coups circulaires de la lame, elle arracha les entrailles qu'elle jeta aux chiens et mit de côté le foie, les reins et le cœur. Ainsi pour l'autre carcasse. Ensuite, elle sépara le train d'arrière en deux en fendant la colonne vertébrale et l'os du bassin à coups de hache. Quatre quartiers de chair où le sang figeait s'entassaient maintenant près des peaux écorchées.

Toujours avec la hache, elle sépara les deux têtes des troncs, puis ouvrit la cage thoracique par le haut et fit du train d'avant, comme pour le train d'arrière, deux quartiers séparés pour chaque bête.

Maintenant, elle pouvait glisser les restes de caribou à l'intérieur du tunnel. Dans l'igloo, elle terminerait la besogne.

Il était temps, car déjà la chair était presque congelée et les peaux étaient figées en un tas informe, déjà durcies de part en part. Patiemment, Iriook poussa au-dedans de l'igloo chaque quartier de viande et les empila sur le banc de glace près du tunnel.

Une tâche de plusieurs jours l'attendait à laquelle elle s'appliqua dès que tout fut entré. Dehors, les chiens se disputaient en grondant les entrailles encore fumantes.

Agaguk s'était éveillé. Immobile, il regardait la chasse miraculeuse. Iriook vit les yeux de son homme agrandis par l'admiration.

— Quel que soit l'hiver, nous survivrons, dit-elle. Nous avons de la viande et du gras.

Puis elle se mit à la tâche.

Ce qu'elle avait accompli jusque-là n'était que la besogne préliminaire dévolue habituellement aux hommes. Maintenant, c'était du travail de femme, celui qu'elle connaissait et que toute son enfance elle avait accompli.

Elle prit chaque quartier et, avec le couteau à lame acérée, elle découpa la viande en lanières et en détacha le suif. Les os larges et solides furent mis en réserve afin d'être plus tard façonnés en objets de commodité.

Elle n'arrêta qu'au temps du repas, vers le soir, alors qu'elle fit griller de la viande fraîche sur la flamme du poêle pour la donner au petit. Pendant le dépeçage, elle et Agaguk avaient mangé la viande crue, admirable tonique, qui annulait la fatigue, qui redonnait du sang à Agaguk et reposait l'estomac de la viande fumée.

Iriook besogna fort tard. Agaguk dormait depuis longtemps, et toujours les doigts habiles de la femme taillaient les lanières, les empilaient sur le bac de glace.

L'igloo, pourtant grand, était encombré par les quartiers non encore dépecés, par les os entassés en deux monceaux, dont l'un irait aux chiens et l'autre serait conservé, par les lamelles de viande, par les peaux qui dégelaient rapidement et dont l'odeur envahissait l'habitation.

Quand ses doigts furent trop gourds pour continuer, que ses muscles aux épaules devinrent trop douloureux, elle se leva, essuya ses mains sur la parka et s'alla coucher, prenant Tayaout à ses côtés pour dormir au chaud de son corps.

Umayok

REVIVRE

Un mois s'était écoulé depuis l'accident, mais le rythme ordinaire de l'igloo n'avait vraiment repris que dix jours après la chasse heureuse de la femme.

Maintenant, Agaguk se levait, marchait d'un pas hésitant autour du feu, et allait bientôt se recoucher, déjà las.

Tout ce temps qu'elle l'avait entouré de soins patients, Iriook s'était petit à petit habituée au nouveau visage d'Agaguk et, maintenant qu'il guérissait, la peur qu'elle avait eue de le perdre n'existait plus.

Il vivrait et serait de nouveau son maître...

Mais un doute venait au cœur de l'Esquimaude. L'homme si fier qui l'avait battue autrefois parce qu'elle avait pleuré et qu'il n'avait pas su la consoler, cet homme-là s'accommoderait-il de sa déchéance? Que pouvait-elle faire qui redonnât à l'homme qu'elle aimait la volonté de vivre en maître absolu de la hutte, de l'igloo et de la toundra? Un instinct s'éveillait en elle, lui dictait les gestes à faire, les mots à dire qui convaincraient Agaguk de sa puissance perpétuée.

Un soir, elle vint tout près de lui.

— Tu es plus fort, dit-elle.

Un éclair aux yeux, le sourire qu'elle avait, et Agaguk devina. Il secoua la tête tristement.

— Je voudrais…, dit-il.

Il faisait un geste d'impuissance. Il souffrait même, elle le sentait. Comment fallait-il agir à partir de là? Iriook connaissait mieux les gestes de soumission que les autres. Mais Agaguk étendait la main, la glissait sous la parka jusqu'au ventre d'Iriook. Elle avait envie de pleurer parce que, sans rien dire, ils s'étaient si bien compris tous les deux.

— Il n'y a rien là? dit-il.

— Non… Tant que le petit se nourrira à moi… C'est ainsi.

Agaguk soupira, tourna la tête.

— Tu pourrais…, murmura Iriook d'un ton timide.

Tayaout babillait et le poêle susurrait doucement. Dehors, la nuit était immobile, sans vent. Même les chiens se taisaient, sans doute endormis dans leurs trous de neige.

— Tu pourrais…, murmura Iriook d'un ton timide.

Agaguk ne comprenait point.

Avec des gestes tendres, Iriook retira la peau de caribou qui l'enveloppait. Elle vit alors combien l'homme avait maigri. Elle se mit à nu elle aussi, puis elle enfourcha Agaguk et, lentement, pieusement presque, avec des soupirs et des gémissements qui étaient presque des pleurs, elle tira de son homme d'abord l'avant-joie et ensuite l'accomplissement. Mais d'avoir été si tendre et de s'être ainsi appliquée, d'avoir œuvré en rythmes patients et doux, l'avait fait elle-même sombrer dans un monde rempli de souvenances où désirs et privations, de date récente encore, se bousculaient en elle si bien qu'elle fut étonnée d'atteindre sa joie en même temps que lui la sienne. Elle retomba frémissante contre lui, pour écouter longtemps la respiration sifflante de l'homme, le son de l'épuisement quasi total et ce qu'il disait, haletant:

— Je serai debout bientôt. Je sortirai. J'irai chasser. Il faut des pelleteries pour le troc.

C'était la première fois depuis l'accident qu'il exprimait un espoir.

Profondément rassurée, Iriook avait de nouveau envie de pleurer. Elle n'aurait su dire pourquoi, car le visage méconnaissable d'Agaguk, avec ce trou béant où la peau renaissait, toute ravinée et rougeâtre, ne lui répugnait point. Dans sa résignation, dans cette peur qu'elle avait combattue au long des jours et sans se l'avouer se glissait désormais une joie tranquille, comme un besoin de donner qui l'avait toujours animée sans qu'elle ait jusque-là trouvé moyen de s'en servir. Elle regardait Agaguk endormi et pouvait sans frémir concevoir avec lui la continuation des jours.

Rien n'importait plus, ni les dents à découvert, ni l'oreille gauche mutilée, ni le trou qui se creusait à la place du nez. Cette horreur qui serait une continuelle présence, jusqu'à ce que la mort vînt l'en délivrer, serait supportable parce qu'elle avait enfin retrouvé l'homme plus tendre encore au cœur de la souffrance.

Il restait sa possession la plus précieuse. Plus précieuse même que ce Tayaout qu'il lui avait fait. Cela cependant resterait son secret car, pour Agaguk, l'enfant était plus précieux que toute femme, elle ne devait jamais l'oublier.

Tigmierpak

L'AVION

Quand la neige disparut et que la toundra redevint une autre fois verdâtre et fleurie ici et là, quand les huttes eurent remplacé les igloos, le Grand Oiseau des Blancs se posa sur la surface unie, près du village.

Ramook avait entendu le vrombissement des deux moteurs.

Il avait alerté les homme et, quand l'avion se posa et roula jusqu'à l'agglomération des huttes, il était déjà là, à la tête de sa tribu, attendant, le visage impassible comme à l'accoutumée.

Quatre policiers descendirent de l'avion. Et, avec eux, deux autres hommes que Ramook ne put identifier. Ils portaient des vêtements de Blancs, mais ils avaient un air qu'il n'arrivait pas à reconnaître. Étaient-ils donc, à en juger par leur mine, de plus grands chefs encore que les policiers?

Six hommes.

Stoïquement, Ramook les regarda venir.

Henderson avait été enterré loin. On ne s'aviserait certes pas d'aller fouiller toute la toundra. Et autrement, comment découvrir ce qu'il était devenu?

Le seul traître dangereux, Ayallik, n'était plus de ce monde. Ramook était sauf, il le sentait bien.

L'un des policiers portait au bras deux galons de plus. Ramook savait ce que cela voulait dire: celui-là parlerait pour les autres. Il donnerait des ordres.

— Ramook?

Ainsi, on le connaissait de si loin? Un grand sourire enfantin détendit le visage de l'Esquimau. Il lança aux siens un coup d'œil; il vit qu'ils l'observaient avec grand respect.

Même Ghorok, le sorcier.

— On connaît le nom de Ramook, chez vous? demanda ce dernier.

Le policier était devant eux. Ses hommes se tenaient derrière et, à côté, mais à l'écart, les deux Blancs vêtus de parkas luisantes.

— On connaît le nom de Ramook, répondit le policier.

Il claqua les talons, regarda Ramook de haut.

— Je suis Scott, dit-il. Nous voulons te parler.

— Tu es chef? demanda Ramook.

— Je suis chef de ces gens ici, oui.

Il montrait ses hommes, les Blancs là-bas.

Ramook se frottait le menton de sa main. Il semblait soucieux. Ainsi, les Blancs n'étaient pas de grands chefs. Qui étaient-ils donc, alors?

— Puisque tu es chef, dit Ramook à la fin, tu peux venir parler au chef. Mais les autres restent là.

Il précisa.

— Mes gens à moi autant que les tiens.

Le policier Scott était grand, plus grand encore que ne l'était Henderson. Plus grand même que ses compagnons. Il était jeune, ses yeux étaient perçants. Des yeux sombres, une bouche mince. Il parlait l'esquimau fort bien, il semblait connaître les coutumes et il avait su se présenter tel qu'il le fallait. Ramook se sentit troublé. Il avait peur, mais prit bien garde que l'on s'en aperçût. Il s'inclina, mais pas tant que l'on pût le qualifier de servile. Il invita le policier du geste.

— Dans ma hutte, fit-il.

Scott le suivit, et les deux hommes s'en furent, seuls, jusqu'à l'habitation du chef.

Au-dedans, l'Esquimau prit place sur une peau de caribou et attendit. Scott s'était assis devant, mais il n'en restait pas moins grand, pas moins dominateur. Ses yeux soutenaient le regard de Ramook qui, finalement, détourna la tête.

— L'an dernier, dit le constable, nous avons envoyé ici un policier du nom d'Henderson. Nous savons qu'il s'est rendu ici car un avion l'a aperçu en passant au-dessus de votre village. Nous savons qu'il n'est pas revenu au sud. Où est-il?

Ramook plissa les yeux.

— Comment le saurais-je?

Scott se raidit.

— Sache ceci, Ramook, chef de la tribu. Henderson est venu ici enquêter sur la mort d'un trafiquant blanc. Nous sommes à peu près certains que le Blanc a été tué ici et que, de surcroît, vous avez tué Henderson. Je donne jusqu'à demain à ta tribu pour nous livrer le coupable.

Ramook sentait la rage le secouer. Une rage froide, une rage de chef offensé.

— Je suis dans mon pays, dit-il.

— Et puis? Qui en fait la loi?

— Toi.

— Donc tu obéis à ma loi.

— J'obéis à ce que je veux.

Ramook souriait méchamment.

— Écoute, ajouta-t-il d'une voix sèche. Combien êtes-vous? Six?... Et nous sommes cinquante.

Scott se leva. Il souriait à son tour. Il regardait Ramook de sa hauteur.

— Tu crois que tu gagnerais? D'autres avions viendraient, l'un suivant l'autre. S'il fallait cent hommes, il en viendrait cent, et vous seriez exterminés. Mais advenant que vous ne le soyez pas, advenant que vous vainquiez, où iriez-vous échanger les peaux, où prendriez-vous des balles, des fusils neufs, de l'huile pour les lampes? Et la corde de vos filets? Dis-le, maintenant que vous ne savez plus tisser les filets de babiche, où prendriez-vous la corde goudronnée?

Ramook, tête basse, ne disait rien.

— Et s'il ne se livre pas?

— J'ai six hommes, des balles, et le temps devant moi... Sais-tu qui sont les deux autres Blancs? Ceux qui ne sont pas des policiers?

— Non.

— Ce sont des savants. De grands sorciers. Ils ont apporté des boîtes magiques, des lunettes pour lire le passé, pour en faire apparaître l'invisible, ils chercheront partout dans le village. S'il a coulé du sang d'homme quelque part, ils le sauront aussitôt. Ils pourront même dire à qui était ce sang, dans quelles veines il coulait. Ils trouveront les restes d'un homme brûlé, et ils diront s'il était un Blanc ou un Inuk. Ils fouilleront la toundra, aidés de mes policiers, ils trouveront soudain la trace invisible d'un cadavre. Ils creuseront la mousse. Ils pourront même dire de quel fusil est venue la balle qui a tué Henderson et dire même le jour et l'heure où cette balle fut tirée. Je n'ai pas besoin des aveux du criminel. Quand mes deux magiciens auront teminé, j'en saurai assez pour ramener le coupable avec nous...

238

Il se pencha un peu, paternel.

— Tu le sais, Ramook. Les Blancs sont puissants et habiles. Ils ont de grandes magies. Ils parlent à distance, ils volent dans les airs, ils fixent vos visages sur le papier, ils savent tout et devinent tout. Ce qu'ils ne devinent pas, leurs sorciers le devinent pour eux. Crois-tu vraiment que tu peux gagner contre nous?

Ce soir-là, après que les Blancs eurent mangé et qu'ils se furent retirés dans le Grand Oiseau pour y dormir, Ramook convoqua les Anciens à sa hutte.

Il raconta ce qu'avait dit Scott. Quand le récit fut terminé Ramook murmura, la voix angoissée:

— Il ne reste qu'une chose à faire.

Personne ne disait mot. La lueur fumeuse de la lampe éclairait les visages huileux, impassibles, aux yeux perdus dans l'orbite étroite, embroussaillée.

— Il faut livrer Agaguk, dit Ramook.

— Ton fils? fit Ghorok.

— Oui.

— Le livrer aux Blancs?

— Oui. C'est lui ou moi. Je suis chef, j'ai le droit de sauver ma tête.

Quand ils se retirèrent, Ghorok resta.

— Pars tout de suite, dit Ramook, apporte tes provisions. Porte, de ma part, ce fusil à Agaguk. Je crois qu'il aimera ce présent. Quand tu reviendras, je le dénoncerai à la police.

Il tendait à Ghorok l'arme qui avait servi à abattre Henderson.

— C'est demain que tu dois livrer un coupable?

— Je les ferai attendre ton retour. Je prendrai des prétextes. Pars sans bruit, fais le grand détour, et reviens de même. Je ne veux pas qu'ils sachent que tu es allé là.

Quand Ghorok partit, personne, pas même les policiers qui dormaient dans l'avion, ne s'aperçut de sa disparition.

Après avoir marché le reste de la nuit, il était arrivé à la hutte d'Agaguk à la fin du jour suivant. Il avait peine à se tenir debout, tellement il avait couru, avec le deuxième fusil sur son épaule, celui que Ramook envoyait en cadeau à Agaguk, un fardeau dont il se serait bien passé.

C'est Iriook qui l'accueillit.

Elle était seule. La veille, Agaguk était parti vers le sud, disant avoir vu de grands oiseaux venir de là. Il devait être absent deux jours.

Iriook ne dit rien de tout cela à Ghorok. Elle regardait l'homme froidement, debout devant la hutte, en barrant l'entrée.

— Je viens porter un cadeau, dit Ghorok.

Iriook ne parlait point. Non plus qu'elle ne bougeait. Ghorok tendit le fusil.

— Qu'est-ce que c'est? demanda Iriook. Qui envoie ce fusil?

— Ramook.

— Pourquoi?

— Il dit qu'il a bien peu fait pour Agaguk. Qu'il n'est jamais venu ici voir comment vous vivez. Il veut se faire pardonner. Bientôt, il viendra, mais en attendant prends ce cadeau pour Agaguk…

— C'est un vieux fusil.

— Oui. Ramook y tenait beaucoup. Voilà pourquoi il le donne à son fils.

Iriook se méfiait. Elle n'aimait pas Ghorok. Elle n'aimait pas non plus Ramook. Elle devinait ce qu'il y avait de fourbe chez ces deux hommes. Elle repoussa le fusil.

— Agaguk n'est pas ici.

— Il reviendra?

Elle hésita un moment, puis elle crut bon d'ajouter:

— Peut-être plus tard... Je ne sais pas.

Les yeux de Ghorok s'allumèrent, mais Iriook ricana.

— Je sais tuer, moi aussi, dit-elle.

Elle tendit la main derrière elle, fouilla dans la hutte, en sortit son fusil.

— Je suis armée, déclara-t-elle. Comme un homme.

Ghorok haussa les épaules. Une femme ne valait pas le risque. Une peau d'ours blanc, trois phoques fraîchement tués, peut-être, mais une femme?...

Il jeta le fusil de Ramook par terre.

— J'ai porté le cadeau. Je n'ai plus rien à faire ici, dit-il.

— Je ne puis l'accepter.

— Il le faudra bien.

Il tourna le dos à la femme, s'en fut vivement vers le ruisseau. Iriook le vit entrer dans l'eau, patauger en cherchant à empoigner le poisson. Puis il ressortit, triomphant. Il tenait une truite aux flancs gras et rebondis qu'il avait réussi à saisir.

— Tu vois, cria-t-il, je n'ai même pas à te demander de me nourrir !

Assis sur la berge boueuse, il dévorait le poisson cru, essuyant du dos de la main le sang et les coulées d'entrailles qui lui souillaient le menton. Quand il se fut repu, il se leva, vint sur la mousse plus sèche, s'y étendit.

— Je dormirai ici, dit-il. Quand je serai reposé, je retournerai au village.

Iriook l'observa longuement, puis elle rentra dans la hutte.

Quand elle eut mangé et que le petit se fut rassasié à son tour, elle sortit et vit que Ghorok était toujours étendu à la même place. Il était immobile, il semblait dormir.

Elle se laissa tomber sur le banc de mousse, mais resta assise, appuyée à l'un des montants de la hutte. Elle gardait sa carabine en travers des genoux.

Tayaout maintenant endormi, le silence se fit dans la hutte et sur la toundra. La lune monta, vint osciller au zénith, puis redescendit lentement. Quand elle fut couchée, les étoiles brillèrent

Alors Iriook se leva et alla voir dehors. Ghorok n'y était plus. Beaucoup plus tard, quand elle fut sûre que Ghorok était retourné vers le village, elle dormit à son tour, mais toujours assise avec le fusil.

À l'aube, elle s'éveilla. Aucune trace de Ghorok ne restait, sauf cette arme qu'il avait laissée derrière et qu'elle regardait d'un air inquiet.

Elle ne croyait pas à cette histoire de Ramook. Il n'était pas dans son caractère d'envoyer ainsi des émissaires porteurs de dons. Si Ramook avait vraiment délégué Ghorok, quelque autre mobile l'animait. Mais lequel?

Toute la journée, Iriook réfléchit à cette visite, à ce fusil si bizarrement envoyé à Agaguk. Il lui tardait de revoir son homme, de le laisser porter son propre jugement, prendre toute décision qu'il lui plairait. Aussi se tint-elle de longues heures à épier la toundra, guettant l'apparition de la silhouette trapue, là-bas, à l'horizon du sud.

Aitusiak

LE PRÉSENT REÇU

Ghorok était revenu au village sans être vu des policiers.

Il se glissa de nuit derrière les huttes et se faufila chez lui comme un voleur. Là-bas, dans l'avion, les Blancs dormaient.

Le délai ne s'était pas obtenu facilement. Il avait fallu que Ramook insistât, promît. Il s'était fortement engagé.

— Tu veux le coupable, avait-il dit à Scott, tu l'auras. Mais la tâche n'est pas facile.

— Pourquoi? Puisque tu le connais. Tu n'as qu'à pointer le doigt.

Ramook grimaçait. Il se tordait les mains. Il avait un rôle à jouer, le plus dangereux de sa vie de chef. Si rien ne convainquait Scott, il était perdu. Il fallait surtout empêcher que ces sorciers blancs fouillent les abords du village. Ce n'était plus la découverte du corps d'Henderson qui présentait un grand danger, maintenant que Ghorok avait porté le fusil à Agaguk. Soit, le corps avait été mutilé. Scott devait connaître les coutumes esquimaudes, suffisamment pour deviner la scène... Il accuserait Ramook, Ghorok et tout le village d'avoir dévoré le foie de cet homme, de l'avoir châtré...

Il fallait d'abord attendre le retour de Ghorok.

Ensuite, Ramook le supposait, les policiers porteraient leur attention là-bas, près de la rivière où habitait Agaguk...

— Pourquoi ne pas me livrer le criminel tout de suite? insistait Scott.

— Je ne peux pas. Donne-moi une journée de plus, deux jours. Je te jure qu'il te sera dénoncé. Je suis le chef ici, je ne mens pas.

Scott ne paraissait pas impressionné.

— Deux jours, et trois, et tu peux faire durer le jeu un an. Donne-moi une raison!...

— Tu verras, quand je te dirai qui a tué, tu verras bien.

Maintenant, Ramook retombait dans le silence. Il se butait, et les objurgations, les menaces de Scott ne servaient à rien.

De retour à l'avion, il ne put que répéter les paroles de Ramook à ses hommes, et conclure:

— Il m'a promis de le livrer. À moins que d'employer des méthodes qui me répugnent pour l'instant, je ne puis rien faire.

Et l'on attendit.

Au matin du quatrième jour, Scott se rendit de nouveau à la hutte de Ramook.

— Maintenant, parle, dit-il.

Ghorok, revenu à marche forcée, dormait dans sa hutte.

— Je suis prêt, acquiesça Ramook. Il m'a fallu bien y penser. Et si je te le dis, c'est que je veux respecter tes lois. Je veux vivre en paix avec les Blancs.

— Qui a tué Brown? Qui a tué Henderson?

— Je sais qui a tué Brown.

— Et Henderson?

— Je ne sais pas.

— Tu mens.

— Celui qui a tué Brown, fit Ramook précipitamment, c'est Agaguk.

— Où est sa hutte?

— Attends, dit Ramook, laisse-moi t'expliquer. Tu comprendras. Agaguk n'habite pas ici.

Il montra vers le sud.

— Là-bas... à une journée de marche... et un peu plus, il y a une rivière. Agaguk habite là, seul avec sa femme.

— Nous irons.

— J'ai réfléchi, j'ai attendu. Je ne savais pas comment te le dire.

— Pourquoi?

— Agaguk est mon fils.

Il y eut un long silence dans la hutte. Scott, les yeux écarquillés, observait fixement Ramook. Il n'avait pas vraiment cru que Ramook dénoncerait un coupable. De toute son expérience de l'Arctique, il voyait pour la première fois un Esquimau trahir l'un des siens d'une manière aussi grossière. Ce qui était plus inconcevable encore, son propre fils!

— Je veux la paix des Blancs, murmurait Ramook, tête basse, le respect de leurs lois. J'avais de bonnes raisons pour te demander un délai...

— Je vois.

— Quand Henderson est parti pour aller chez Agaguk...

— Tu avais dit à Henderson que ton fils avait tué Brown?

— Oui. Il est parti pour aller l'arrêter. Nous ne l'avons pas revu.

— Continue.

— Après le départ d'Henderson, Agaguk est venu ici. Il a laissé un fusil dans ma hutte. Quand tu as parlé de tes sorciers qui pouvaient dire de quel fusil une balle a été tirée, j'ai mieux compris... Agaguk est jeune et beau. Il a aussi plus de science que moi. Il connaît les habitudes des Blancs, et beaucoup de leurs secrets. Il a laissé le fusil ici pour qu'on le trouve dans ma hutte, que l'on m'accuse, moi. Il voulait me sacrifier pour se sauver! Alors j'ai envoyé Ghorok reporter le fusil chez Agaguk. Il n'est plus mon fils.

— Tu dis qu'il avait aussi tué Brown?

— Oui. Je puis t'amener des témoins, si tu le veux. Toute la tribu te dira qu'Agaguk a fait brûler Brown dans sa hutte.

Dans l'avion, Scott rapportait ce qu'il venait d'entendre.

— C'est une histoire trop bien fignolée pour qu'il soit aisé d'y croire sans réserve, fit-il en guise de conclusion. D'un autre côté...

À moins d'aller à la recherche d'Agaguk, comment être sûr que Ramook disait la vérité? Avec ces Esquimaux, on n'était jamais au bout des surprises. Depuis qu'il avait assumé la police de ces territoires, Scott avait appris que ces êtres primitifs jouissaient d'une morale saugrenue pour justifier des actes qui eussent été sinon criminels du moins condamnables chez des peuples plus civilisés. Ramook, en dénonçant son fils, ne disait peut-être pas la vérité, et pour des raisons qu'il était, pour l'instant, seul à connaître. Mais si, d'autre part, il disait vrai?

Ils iraient donc à la recherche d'Agaguk...

Tuni'yut

LE PRÉSENT RENDU

Agaguk était revenu du sud rapportant huit visons, trois renards, et la peau écorchée d'un loup, plus deux de ces grands oiseaux qui l'avaient attiré en ces parages.

Il avait vu plus loin le commencement des savanes couvertes de buissons, les collines basses, rocailleuses. S'il avait marché deux jours encore, affirmait-il, il aurait vu des arbres.

— Nous sommes donc si près du pays des Blancs? demanda Iriook.

— Oui. Nous pourrions y aller, une fois, voir comment est ce pays...

— Pour y vivre?

— Jamais.

La femme parut rassérénée.

— J'aime bien cette contrée que nous habitons, dit-elle simplement. Elle me suffit.

Lorsqu'elle eut parlé de la visite de Ghorok, qu'elle eut montré le cadeau envoyé par Ramook, Agaguk devint songeur. Et inquiet. Cela se voyait à la façon dont il examinait le fusil. Il n'avait jamais eu confiance en son père. Il le savait cupide et rusé. S'il avait quitté le village, c'est qu'il n'en pouvait plus d'accepter cet homme comme chef. Ramook était son père, soit, et il lui devait — du moins la tradition l'exigeait-elle — respect et obéissance. Mais s'il était parti, c'est qu'il craignait justement d'avoir à obéir à des ordres dangereux, de servir les intérêts personnels de Ramook.

Tout cela n'était pas bien raisonné en son âme de primitif. Quand il était parti du village, il avait cédé à un instinct de protection plus qu'à un sentiment réfléchi. Et quand il avait lui-même fait brûler Brown, c'était qu'on l'avait trompé, c'était pour que justice soit faite et non par ambition personnelle qu'il avait agi.

Il lui était apparu souhaitable d'aller ailleurs recommencer une vie et ce, bien avant sa rencontre avec Brown. Il voulait être loin de Ramook, dont il craignait l'esprit rusé; de Ghorok et de ses sorcelleries souvent enfantines; d'Ayallik et de bien d'autres.

Il voulait être seul, et en sécurité.

Et voilà qu'aujourd'hui Ramook lui envoyait ce fusil.

Les raisons données par Ghorok à Iriook ne lui suffisaient pas. Pourquoi Ramook aurait-il pris la peine de lui envoyer cette arme? À moins qu'il ne s'agît là de quelque machination dangereuse du chef de la tribu...

Agaguk examina longuement la carabine.

Cachait-elle quelque traîtrise? Ce fut la première idée qui lui vint, que Ramook cherchait à se débarrasser de lui pour une raison obscure. Il comptait qu'Agaguk n'aurait rien de plus pressé à faire que d'essayer le fusil, qui exploserait probablement. Agaguk colla l'œil au canon, scruta l'âme. Puis il fit jouer le chien, ouvrit la culasse, dégagea le chargeur. Il pressa la détente et actionna le mécanisme de rejet, mais ne découvrit rien d'inquiétant. Savait-on toutefois l'astuce de Ramook? L'étendue de ses audaces?

248

Un moment Agaguk songea vraiment à essayer l'arme, mais se ravisa. Si c'était là ce que voulait Ramook, pourquoi se laisserait-il prendre au piège?

— Que feras-tu? demanda Iriook, assise par terre devant la hutte.

Agaguk soupesa le fusil, plissa le front. Qu'allait-il faire en effet? Il avait songé à jeter l'arme à la rivière, mais cela lui apparut trop simpliste.

— Je crois, dit-il lentement, que je vais aller remettre le fusil à Ramook.

Mais Iriook cria:

— Non! Non, n'y va pas! C'est le piège qu'il te tend. Il veut que tu y ailles!

Mais la décision d'Agaguk était prise. Il lui fallait savoir. À tout le moins voulait-il éloigner cet objet dont il ne savait s'il était un cadeau ou quelque maléfice inventé par Ramook et le sorcier Ghorok.

— Je vais au village. J'y vais tout de suite.

— Tu verras Ramook?

Agaguk hésita un moment.

— Non... je crois que je ne le verrai pas. Je cacherai l'arme dans sa hutte et je partirai...

— On te verra.

— J'arriverai de nuit. Personne ne s'apercevra de ma visite.

Il partit donc quelques minutes plus tard, n'emportant que son fusil en plus de l'arme à remettre à Ramook, du pemmican et une petite outre d'eau. Il mangerait frugalement et marcherait sans arrêt et rapidement.

— Garde-toi de Ghorok, dit la femme. Il est parti depuis peu. Il va devant toi.

— Je surveillerai, dit Agaguk. S'il le faut, j'obliquerai et alors si j'arrive avant lui ce sera encore mieux.

Mais il savait que Ghorok était un marcheur rapide. Ne se disait-il pas que parfois le sorcier obtenait le secours des Esprits qui le transportaient à de grandes distances en un clin d'œil?

Agaguk partit donc en direction du village, ne craignant soudainement ni Ghorok, ni les Esprits, ni ce qui se trouvait là-bas, tant il avait hâte de se débarrasser du mystérieux fusil.

Une fois arrivé, il vit le Grand Oiseau des Blancs posé sur la toundra non loin des huttes, et il comprit que quelque chose de grave se passait, mais il put s'introduire chez Ramook sans éveiller l'attention et y cacher le fusil.

Quand il revint à sa hutte, le voyage accompli, il était certain aussi que cette présence des Blancs, alliée au don du fusil par Ramook, n'augurait rien de bon.

Pokiaktalik

LE POLICIER

Le lendemain de son retour, l'avion se posa, sur la toundra, près de sa hutte, et les passagers en descendirent. Scott d'abord, suivi de deux autres policiers, de Ramook, de Ghorok et de Tugugak.

Agaguk vit ces hommes s'avancer vers lui et soudain s'arrêter, comme indécis. Ramook, lui, fit deux pas de plus, sembla scruter Agaguk. Il ne dit rien, mais eut comme un grognement dans le fond de la gorge, une sorte d'interrogation. Puis il se tourna vers Ghorok qui lui semblait tout aussi stupéfait.

Le policier, celui qui semblait à Agaguk être le chef, plus grand, plus hautain que les autres, attendait patiemment, l'œil scrutateur.

Agaguk ne comprenait pas. Sans miroir dans la hutte, comment savoir que son visage mutilé non seulement horrifiait les visiteurs, mais aussi compliquait grandement les choses pour eux?

Iriook, debout non loin, fixait l'étrange cortège. Et ce fut en apercevant l'indécision évidente de Ramook que soudain elle comprit. Ces hommes ne reconnaissaient pas Agaguk.

Elle ne savait pas pourquoi ils venaient, mais elle savait d'autre part que la présence de Ramook et de Ghorok parmi eux était une menace. Elle se souvint tout à coup du voyage entrepris pour aller chasser le phoque. Malgré qu'ils aient eu Tayaout avec eux, une fierté pour Agaguk, ce dernier n'avait pas voulu passer par le village. Bien plus, il avait décrit un grand cercle pour l'éviter.

Iriook n'avait attaché à l'époque aucune importance à ce geste, et ne s'en était guère inquiétée. Mais la présence ici des policiers, celle aussi des Inuit du village avec leur chef en tête, préludait à quelque drame. Par une sorte d'instinct, elle rattacha l'un à l'autre les deux événements.

De plus, elle se souvenait d'un autre voyage d'Agaguk à son village, celui-là accompli aux premiers temps de leur installation près de la rivière. N'était-il pas revenu avec le ballot de peaux qu'il était parti troquer à un trafiquant blanc? Revenu maussade, bougon, mal endurant? Pourquoi?

Que s'était-il passé?

La marche des événements est lente dans l'Arctique. Les cycles mettent parfois plusieurs saisons à se compléter. Il n'était pas impossible que la visite des policiers fût la conséquence du séjour d'Agaguk dans son village, tant de mois auparavant.

Immédiatement elle se redressa, décidée à tout. Ce ne pouvait être qu'une ruse de Ramook, quelque malfaisant complot qu'il avait ourdi. Ah! que n'eût-elle donné pour une confidence d'Agaguk, le récit de ce voyage… Combien mieux elle pourrait combattre aujourd'hui!

Le groupe était toujours là, devant eux, personne n'osant parler. Le chef des policiers esquissa un geste, mais ce fut Ramook qui pencha la tête par en avant, fixa Agaguk.

— Où est... Agaguk? demanda-t-il. C'est toi?

Lentement, Agaguk se passa la main sur le visage. Il réalisa soudain qu'il était méconnaissable. Du coup il se sentit rassuré. La peur qui l'avait envahi en voyant les policiers descendre de l'avion le libéra un peu, cessa de lui enserrer la poitrine. Il respirait mieux. Mais, avant qu'il ne pût répondre, Iriook s'était avancée.

— Agaguk..., dit-elle aux hommes, que lui voulez-vous?

Scott regardait curieusement la scène. On ne l'avait pas préparé à la vision de ce demi-monstre. Ramook lui-même n'avait-il pas spontanément déclaré qu'Agaguk était jeune et beau?

— Un trafiquant blanc du nom de Brown a été tué, dit lentement Scott à Iriook. De même qu'un de nos constables, Henderson. Nous croyons que le coupable est Agaguk. Nous sommes à sa recherche. On nous a dit qu'il habitait ici.

Un grand soulagement envahit Iriook. Brusquement, tout devenait plus facile. Esquimaude elle-même, les ruses ne lui étaient pas étrangères, lors même qu'elle répugnait le plus souvent à leur usage.

Le visage irrésolu de Ramook, celui tout aussi perplexe de Ghorok et de Tugugak l'inspiraient. Elle vint près d'Agaguk, lui prit le bras. Ses doigts l'enserraient à rompre.

— Nous avons connu un Agaguk, dit-elle calmement à Scott.

— Nous en avons connu un, répéta Agaguk derrière elle.

Même sa voix était changée, assourdie; les mots sortaient à peine articulés à travers les chairs mutilées.

Scott hésitait. Que se passait-il? Sûrement rien de ce qu'il avait prévu. Et l'attitude de Ramook ne l'aidait pas.

253

Le vieux chef fixait l'homme devant lui, il semblait l'examiner attentivement, chercher quelque chose sur le visage, dans les gestes.

— Où est l'Agaguk que vous avez connu? demanda Scott.

Iriook haussa les épaules.

— Je ne sais pas.

Et, se tournant vers son homme, elle ajouta:

— Toi, tu le sais?

Ce fut au tour d'Agaguk d'avoir un geste de complète indifférence.

— Non.

Les policiers que Scott d'un geste avait envoyés fouiller la hutte en revenaient portant trois fusils. Scott les prit, en tendit un à Ramook qui l'examina. Il y eut un peu d'hésitation chez Ramook, comme s'il réfléchissait. Puis il secoua la tête en rendant l'arme.

— Non, ce n'est pas le fusil.

Scott tendait l'autre, puis la troisième.

— Et ceci?

Mais Ramook ne les examinait même pas. La dernière arme montrée était presque neuve, de plus fort calibre, et de fabrication moderne.

— Non.

La panique s'empara du vieux chef. Aucun des fusils n'était le sien. Il regarda autour de lui, comme s'il avait cherché autre chose.

— Eh bien! dit Scott.

— Mon fusil... où est-il?

— Ce n'est pas un de ceux-là?

Ramook fit un signe que non.

— Tes hommes n'ont pas fouillé la hutte! dit-il, rageur.

Mais il sentait que c'était inutile. Ghorok ne l'avait pas trompé. Iriook n'avait pas voulu garder le cadeau, ou bien c'était Agaguk qui s'y était refusé... D'une façon ou d'une autre, le résultat était le même, puisque Scott revenait avec des armes différentes.

— Tes hommes n'ont pas bien fouillé la hutte! répéta-t-il. Mon fusil n'est pas là!

— Ton fusil?

— Je veux dire... celui que j'ai renvoyé à Agaguk.

Scott s'impatientait. Il demandait aux policiers:

— Vous avez fouillé partout?

Sa question était inutile. Les hommes étaient experts en ce métier. Et la toundra offrait bien peu de cachettes, hors la hutte. Un homme battait déjà les maigres buissons près de la rivière.

— Il n'y a rien ici, cria-t-il.

Restait l'identification...

Scott s'avança, vint près d'Agaguk, l'examina.

— Ce sont des blessures relativement fraîches, dit-il.

L'Esquimau ne broncha pas. Iriook resta elle aussi bien calme. Ce que le policier disait n'était pas dangereux maintenant qu'elle avait entendu Ramook parler de «son» fusil qu'il avait renvoyé à Agaguk. Elle connaissait la cruauté cependant et l'épisode du fusil lui prouvait qu'il avait tout machiné, probablement de concert avec Ghorok. Que tenterait-il, maintenant?

Scott décida soudain qu'il avait trop perdu de temps. Autant abattre les cartes. Il dit à Agaguk:

— Ramook, il se dit le père d'Agaguk. Il nous a menés jusqu'à ta hutte. Il prétend qu'Agaguk a tué les deux Blancs. Il est corroboré par Ghorok et l'autre, Tugugak. Je veux savoir où est Agaguk.

Puis se tournant vers Ramook, il lui demanda:

— Peux-tu identifier cet homme? Est-ce lui, Agaguk?

Le chef de la tribu s'était retiré un peu à l'écart, il discutait à voix basse avec Ghorok et Tugugak. Voyaient-ils tous les trois un moyen de renvoyer Scott et ses hommes bredouilles, sans conséquences fâcheuses pour les gens de la tribu, ou pour Agaguk?

L'homme n'avait certes pas l'intention de sacrifier sa peau pour son fils, et n'aurait pas hésité à rejeter sur lui la responsabilité des deux crimes. Mais si tout pouvait s'arranger autrement? Le fusil incriminant n'était plus là. Bien plus, l'identification positive d'Agaguk devenait impossible. Du moins à la satisfaction de la loi des Blancs. Ramook devinait bien que l'Esquimau devant lui était son fils, mais puisque personne, pas même Ghorok, ne l'aurait pu jurer?

Il revint vers Scott.

— Eh bien, dit celui-ci, cet homme est-il Agaguk?

— Agaguk n'existe plus, fit Iriook d'une voix sourde. Je ne sais ce qu'il est devenu, mais je sais qu'il n'existe plus. Il est parti de son village, et cela suffit pour qu'il ait cessé d'exister. Peux-tu comprendre une chose comme celle-là, toi ?

Elle fixait Scott d'un regard calme mais plein de défi.

Dès l'instant où Scott avait aperçu le visage mutilé de cet homme, son assurance calme, cette façon qu'il avait de se tenir tête droite devant lui, il avait deviné que la partie serait dure. Et cette femme? Calme elle aussi, et habile. Elle le défiait, mais à sa manière qui n'était pas déplaisante au policier.

Scott était surpris, toutefois, qu'elle pût s'exprimer ainsi, parler haut, comme disent les Inuit, sans que son homme la fît taire. Ce n'est point l'habitude des Esquimaux. La femme n'a aucun droit aux palabres. Encore moins peut-elle répondre à la place de son homme. Et celle-ci le faisait. Ni l'homme, ni même Ramook ne protestaient?

— Je voudrais, dit Scott à la femme, que tu saches bien ceci. Agaguk est allé à son village. Il y a bien des lunes de cela. Il cherchait à échanger des pelleteries avec un trafiquant blanc. L'homme a voulu tromper Agaguk. Alors il l'a tué. C'est le Montagnais accompagnant le trafiquant qui a dénoncé Agaguk.

— Tu crois un Montagnais? dit Iriook en crachant par terre. Un couvert de poux?

— Je ne crois rien ni personne, je fais enquête, rétorqua Scott. Écoute bien le reste. Cette nuit-là, Agaguk a mis le feu à Brown, le trafiquant, et l'homme est mort. Plus tard, un policier du nom d'Henderson est allé à ce même village, et Agaguk a tué celui-là aussi.

Se tournant brusquement vers Ramook, il lui demanda d'un ton péremptoire:

— Cet homme est-il Agaguk?

Ramook leva les yeux vers son fils.

— Es-tu Agaguk? demanda-t-il.

Scott leva les bras au ciel.

— Tu ne le sais donc pas? fit le constable.

— Je ne le sais pas.

À Ghorok, Scott répéta la même question, ainsi qu'à Tugugak. Il reçut d'eux une réponse identique.

— Ainsi, conclut le policier, vous ne pouvez identifier l'homme devant vous?

— Il me semble, dit Ramook en hésitant, que mon fils Agaguk était plus grand, plus gros... Non, je crois bien que celui-ci n'est pas mon fils.

— Une dernière fois, la femme, dit-il, vas-tu me dire où est Agaguk?

Elle plissa les lèvres et secoua lentement la tête.

— Tu as avoué tout à l'heure, continua le policier, que tu avais connu Agaguk, mais que tu ne savais pas où il était. Est-ce possible?

— Oui...

— Si tu le connais, c'est que tu saurais le retrouver?

— Tu crois?

— Je te le demande.

— Je ne sais pas. Je te l'ai dit. Agaguk a quitté son village. Il a cessé d'être Agaguk. Il n'est plus le fils de la tribu, il n'est plus le fils de Ramook. Il n'existe plus.

Quelque chose disait à Scott, malgré le doute qui s'implantait en lui, que le mutilé était bien l'homme recherché. Mais si la mutilation de l'Esquimau était le fait d'un récent accident, comme il avait raison de le supposer, l'identification devenait difficile. Personne au village ne l'avait mis en garde.

Comment croire que l'identification serait possible? C'était sans doute là la raison pourquoi la femme avait parlé avec autant d'assurance.

La palabre aurait pu durer des heures. Le ton qu'employait la femme et l'air buté sur le visage de Ramook et de ses compagnons ne mentaient pas. Scott, qui avait l'habitude de cette tournure dans les discussions, savait maintenant que toute conversation était inutile. Chacun des participants ayant choisi la réponse qui lui paraissait la bonne, on n'en démordrait plus.

Le voyage était raté.

Le fusil dont avait parlé Ramook était introuvable, et personne ne pouvait ou ne voulait identifier l'Esquimau au visage mutilé. Il n'y avait plus rien à faire en cet endroit.

Momentanément vaincu, Scott fit un geste du bras.

— Allons, dit-il, retournons là-bas.

Quelques minutes plus tard, l'avion décollait, ramenant les policiers et les Esquimaux vers le village des huttes.

Seuls restaient sur la toundra, comme c'était leur destin, Agaguk et Iriook debout l'un à côté de l'autre, la femme soudain plus grande que l'homme, semblait-il, plus forte, pleine d'un silencieux triomphe.

A'ngnamarik

LA FEMME

Plus tard, elle termina l'apprêt du repas et appela Agaguk, mais il ne répondit pas. Elle le trouva assis près de la rivière, le regard sombre.

— Tu ne viens pas manger?

Il ne répondit rien, son regard toujours fixe, perdu là-bas, à l'horizon du sud.

— Ils sont partis, dit-elle. Ils ne reviendront pas.

Silence.

Elle devinait la pensée de son homme.

— J'ai parlé, dit-elle doucement, plus haut qu'il ne fallait, et trop souvent peut-être. C'était nécessaire.

C'était en son orgueil d'homme qu'il souffrait, elle le sentait bien. Mais n'avait-elle pas sauté dans la brèche par simple souci de le sauver? C'était sa vie à lui qu'elle protégeait, et en même temps la sienne, ce qu'elle possédait ici qui lui était précieux.

— Il est dit, par les Inuit, continua-t-elle, qu'une femme n'a ni le droit de penser, ni le droit de parler. Il est possible que je ne sois pas comme les autres. J'ai des choses à dire, et si je pense, c'est que je ne puis m'en empêcher.

Et elle ajouta, sourdement:

— Je n'ai pas menti.

Il tourna la tête vers elle. Le regard impassible.

— Je n'ai pas menti, répéta Iriook. J'ai bien aimé Agaguk, lorsqu'il vivait dans son village. Il en est parti, m'emmenant avec lui. Depuis ce temps, il a changé. Il a fait Tayaout... Mais ce n'est pas seulement ça. Il a changé. Je ne peux dire comment, ni de quelle façon... Vois-tu, autrefois Agaguk n'aurait pas permis que je lui parle comme je te parle aujourd'hui. Il m'aurait battue, je crois...

Elle s'était accroupie près de son homme. Elle traçait du bout du doigt des signes sans but dans la mousse sèche.

— Ces gens-là sont venus ici. Ils cherchaient Agaguk. Ils cherchaient l'autre, celui qui vivait dans le village... Il n'existe plus, l'autre Agaguk... Toi, tu portes son nom, mais tu pourrais en porter un autre et ce serait juste, car tu n'es plus le même...

Agaguk la fixait, une inquiétude dans les yeux.

— Celui que j'aime, dit Iriook soudain, c'est l'Agaguk d'aujourd'hui, celui qui pourrait s'appeler autrement... Ils t'auraient mis en prison, et ensuite ils t'auraient pendu... Je ne voulais pas qu'ils t'emmènent, même si tu as tué les deux Blancs.

— Je n'ai pas tué Henderson, le policier.

— Mais tu as tué l'autre... Celui qui se nommait Brown?

Agaguk baissa la tête.

— Tu as tué Brown? insista-t-elle.

Agaguk mit un long moment avant d'avouer. Elle attendait, patiente, inquiète aussi.

— Oui, dit-il.

Ils regardèrent l'eau de la rivière. C'était un geste d'évasion, une entreprise qui leur apparaissait soudain nécessaire. Il fallait le silence, le temps de peser et de réfléchir. Agaguk avait confessé son crime. Plus encore, il acceptait l'idée que l'acte pût être un crime. Il s'en étonnait lui-même. Il s'étonnait aussi d'en ressentir une sorte de remords, un sentiment qu'il n'avait pas éprouvé auparavant. Mais il ne trouvait aucune parole pour communiquer à Iriook ce qui le bouleversait. De son côté, la femme devinait qu'il valait mieux attendre sans rien ajouter.

— D'où vient cette rivière? dit-elle soudain. Et où va-t-elle?

Il montra vers l'est, traça le parcours, jusqu'à l'horizon d'ouest et en passant à leurs pieds.

— D'où vient le soleil, répondit-il. Et jusque-là, où il disparaît...

— Qui te l'a dit?

— J'ai suivi le cours assez loin pour savoir d'où vient l'eau, où elle se jette.

C'était peut-être plus un ruisseau qu'une rivière, et c'était aussi parfois un torrent, lorsque les pierres du fond en obstruaient le cours.

Ce n'était pas seulement dans le lit du cours d'eau que se trouvaient des pierres. Sa berge aussi en était faite, et l'on en trouvait encastrées dans la mousse, cent pas de large, tout au long de la rivière, de la source à l'embouchure. C'était une pierre étrangement verte et striée. Des vieux racontaient, dans la tribu d'Agaguk et ailleurs, qu'avec elle se pouvaient guérir bien des maux. Autrefois, les sorciers sculptaient cette pierre, en faisaient de bizarres amulettes aux pouvoirs maléfiques.

Quand, d'une tribu à l'autre, les sorciers se firent de plus en plus rares, on vit des jeunes s'occuper durant les jours oisifs de l'hiver à tailler à leur tour dans la pierre de curieuses figures, ou encore des objets d'utilité, mais gravés et finement ouvrés : pointes de harpon, récipients, lampes d'igloo, outils, sculptures rapidement devenues aussi courantes que celles d'ivoire, d'os ou de corne, tant la variété était grande.

Plus tard, encore, certains Inuit plus audacieux, au talent plus sûr, sculptèrent des formes qui, elles, n'avaient aucune utilité dans la vie de l'igloo, mais qui en décrivaient le déroulement, qui décrivaient aussi la vie de l'Inuk, ses attitudes, ses chasses. Agaguk avait vu de ces figures, faites de la même pierre verte du ruisseau, patiemment taillée, puis polie et repolie. Des Blancs, à la ville, s'arrachaient les statuettes et payaient poids d'or pour les avoir. On riait, dans les tribus, que des gens veuillent tant posséder de ces objets sans utilité; on disait de chacun de leurs sculpteurs qu'il ne pouvait plus rien contre ses pensées: *Insumane ayorlugo.*

Assis avec Iriook ce jour-là, tentant de chasser de son âme le drame qui venait de se dérouler, Agaguk songeait qu'un jour il pourrait lui aussi porter des pierres dans l'igloo et, durant les grands blizzards, s'occuper à les ouvrer. Il aimait tout à coup ce rêve qui l'occupait, le distrayait des remords et de ce qui s'était passé depuis quelques heures. Il pouvait s'évader en ce projet, le bien réfléchir et le mûrir. Ne choisissait-il pas de l'œil justement le roc qu'il porterait au-dedans et dans lequel il taillerait?

Il ferait Tayaout dans cette pierre. Il sculpterait son visage, son corps. Il le ferait nu, les muscles durs, le torse projeté en avant, les mains tentant de saisir... Déjà, dans sa tête, l'œuvre s'élaborait. Plus tard, quand Tayaout serait homme, une image resterait de l'enfant qu'il avait été.

Ainsi il s'évadait, perdant conscience qu'Iriook était à ses côtés, ignorant même qu'elle aussi avait cherché l'évasion, laissant son esprit errer, fixant le décor mouvant de la vague, les remous formant une sorte de dentelle éternellement changeante aux pierres qui émergeaient en obstacles.

Ils restèrent immobiles et silencieux durant une heure. Tayaout jouait sur la toundra, courant sus à des insectes plus agiles que lui.

C'était, dans leur vie, un instant de paix profonde, atteignant presque à la sérénité. Agaguk formulant toujours de plus en plus clairement ce rêve de créer un jour l'image de Tayaout, impérissable, transmettant aux décennies futures l'émoi qu'ils avaient, lui et Iriook, de posséder cet enfant. Iriook, de façon moins précise peut-être, mais tout aussi puissante en elle, pouvait rêver d'avenir. Rien ne serait plus semblable, elle le savait. Rien des autrefois ne subsistait. Dans leur solitude, séparés des vies tribales, ils devenaient capables d'oublier les atavismes, de les combattre parfois. Une logique en Iriook, une raison que peu de femmes de sa race possédaient, faisait désormais espérer beaucoup des années à venir. Elle avait observé Agaguk, elle l'avait vu se délivrer imperceptiblement des influences de la tribu. Ayant fui, il ne s'était pas contenté de l'éloignement, encore avait-il graduellement rejeté l'emprise des siens. Il vivait seul ici et s'en trouvait heureux, Iriook le savait.

Elle savait aussi — et c'était sans doute cela la chose la plus importante — que si Agaguk avait un jour tué un homme, il n'en serait probablement plus capable désormais. Esquimau, donc possesseur d'une morale bien à lui, à l'opposé extrême des principes jugés normaux par les Blancs, tuer — pour ce qui était de lui — pouvait n'être qu'un acte de toute logique, un geste d'une conséquence attendue. Personne, dans les igloos, comme dans les tribus, ne lui en voudrait. Et pourtant, Iriook répugnait à cette acceptation du meurtre comme un geste normal. Elle ne l'avait jamais approuvé. Était-elle, ces instants-là, différente de ses congénères? Une évolution humaine s'était-elle manifestée en elle? Elle n'aurait pu le dire, elle n'en cherchait même pas l'explication. Sa répugnance était chose vivante, qu'elle approuvait, mais il ne lui venait pas à l'esprit de s'étonner de la ressentir.

Elle avait deviné chez Agaguk une hésitation, une gêne à avouer son crime. En éprouvait-il lui aussi maintenant du remords?

Voilà le rêve qu'elle faisait, assise à ses côtés, fixant l'onde de la rivière. Le rêve d'une vie neuve, leurs jours solitaires, leurs entreprises bien personnelles et jamais partagées. C'était beaucoup. Mais il pouvait y avoir plus encore. Il pouvait y avoir la confirmation précise qu'Agaguk ne tuerait plus jamais, que jamais il ne serait emmené par les Blancs. La vie sauve une fois, et la paix de toutes les années à venir.

Sa voix fit sursauter Agaguk.

— Je veux savoir..., dit-elle.

Il la regardait, l'œil serein, un demi-sourire sur le visage. Il sortait d'un beau rêve, il n'en voulait pas se séparer encore. Déjà il tenait entre ses mains patientes, semblait-il, cette image qu'il saurait créer de Tayaout et qui serait, autant que le premier œuvre, sa conception de l'enfant au ventre de la femme, sa tâche à lui, sa création.

— Je veux savoir, répéta Iriook. Tu as tué Brown... S'il était encore devant toi aujourd'hui... ou s'il s'en trouvait un autre semblable à lui qui voudrait te tromper, que ferais-tu?

Agaguk haussa une épaule. La question d'Iriook lui était bien difficile. Vivre, chasser, combattre chaque jour la toundra, voilà des sciences à portée de son entendement. Mais raisonner ainsi? Prévoir non seulement des événements, mais décider une vie d'avance ce que l'on ferait, c'était beaucoup lui demander.

Il aurait sincèrement voulu lui répondre. Il se sentait le besoin de la rassurer, surtout. Certes, comment lui dire qu'il ne tuerait point, alors que, revivant la scène avec Brown et sa rage par conséquent, sa soif puissante de vengeance, il n'était même pas sûr qu'il pourrait retenir son geste?...

Iriook avait posé la main sur le bras de son homme. Elle insistait du regard, impatiente, angoissée.

— Le ferais-tu? C'est ce que je veux savoir, surtout. Je crois bien que rien d'autre ne me contentera que de te l'entendre dire.

Soudain Agaguk sut qu'il pourrait répondre. Il y avait la paix de la toundra les entourant. Il y avait le ciel sans nuages, le flot de la rivière à leurs pieds. Et Tayaout jouant là-bas, presque nu dans le chaud du jour, se roulant dans la mousse, poussant parfois — seule voix dans l'immensité — quelque cri de mystérieuse joie.

Agaguk comprit que c'était ainsi, sa vie, et que de la détourner de la paix et de la sérénité constituerait un désastre. Pas avec autant de mots, mais la conscience précise des décisions à prendre. Il ressentit la paix, il en évalua d'un coup le plein prix. Il pouvait tout perdre, pourquoi risquer?

— Je ne tuerais pas de nouveau, dit-il fermement.

Sagement, Iriook décida de n'en point demander davantage. Elle décida aussi que tout geste tendre serait superflu, toute joie inconcevable à Agaguk.

Elle se leva.

— Viens, dit-elle, viens manger. J'ai faim, et toi aussi tu as faim.

Sa.lauyok

DÉJOUÉ

En chemin de retour, dans l'avion qui le ramenait vers le village, Ramook avait réfléchi. Il avait espéré pouvoir rester près de Ghorok et, à l'écart, discuter avec lui de ce qui arrivait. Apprendre du sorcier, par-dessus tout, pourquoi le fusil ne s'était pas trouvé à l'endroit convenu et au bon moment. Mais Scott avait installé le chef du village à ses côtés, et le sorcier Ghorok à l'arrière de l'avion, avec les autres policiers.

Ce qui inquiétait surtout le père d'Agaguk, c'était la vengeance que pouvait concevoir son fils après cette visite. Scott, le policier, n'avait été que trop clair. Il avait déclaré à Agaguk que la dénonciation provenait de Ramook. L'épisode du fusil n'avait pas échappé non plus à Agaguk. Ceci et cela n'inciteraient-ils pas celui-ci à quelque vengeance, soit contre le village, soit contre son père?

S'il fallait maintenant envisager une vindicte possible, n'était-il pas préférable d'en finir, de persuader Scott que le mutilé était bel et bien Agaguk? Car Ramook n'en doutait pas. Il n'en avait d'ailleurs jamais douté. S'il avait hésité, s'il n'avait pas osé identifier positivement Agaguk, c'est qu'il connaissait la loi des Blancs. Il savait que, dans leurs villes, lorsque Agaguk et ses accusateurs y seraient menés devant les Grands Chefs, l'on exigerait la parfaite identification, mais il savait aussi que celle-ci serait formellement impossible, vu la mutilation récente. Tout ceci s'était pressé dans la tête de Ramook. Les exigences qu'auraient les Blancs, mais plus encore, la colère d'Agaguk qui se verrait traîné jusqu'aux villes du sud comme une bête captive. Il avait laissé tomber ce qui, à ce moment-là, valait mieux. D'autant qu'il avait vu là une façon de se tirer d'affaire sans mettre en jeu qui que ce fût, ni lui-même ni quelqu'un de la tribu, ni même son fils.

Mais tout cela n'empêcherait probablement pas Agaguk d'être en colère, et qui sait où de tels raisonnements pouvaient maintenant le mener. Il y a un instant, sa décision lui avait paru la plus logique, mais il en était maintenant moins sûr. Il obliqua soudain, résolument, et tandis que l'avion était en plein ciel, il déclara tout à coup à Scott:

— Maintenant je suis sûr. Je me souviens de la parka, de ses mukluks. Le couteau à la jambe du pantalon, c'est un cadeau que je lui avais fait...

— De quoi parles-tu?

— D'Agaguk, là-bas. C'était lui, maintenant j'en suis sûr.

— Mais là-bas, tu ne l'étais pas.

— Non, je sais. La surprise, je crois.

— Tu m'avais dit qu'il était beau...

— Les blessures sur son visage sont récentes.

— Mais tu ne sais pas si c'est lui.

— C'est lui.

— Mais moi maintenant, dit le policier, je ne peux pas être sûr. Les gens de ton village, ton sorcier même, n'en pourraient jurer.

Scott n'osait avouer à Ramook que lui-même était presque certain d'avoir trouvé Agaguk. Mais il pressentait une sorte de machination, il devinait l'esprit rusé de Ramook, sa totale absence de morale. Un homme va-t-il ainsi dénoncer son fils sans être le pire rapace qui soit? C'était tout de même une déduction à laquelle il ne pouvait échapper.

Scott prévoyait aussi les difficultés d'identification positive. On assignerait un avocat à la défense d'Agaguk s'il était traduit en justice. Cet avocat aurait beau jeu de faire renvoyer l'accusation. L'arrestation d'Agaguk apparaissait donc inutile et possiblement injuste. Scott avait vite pris sa résolution, voyant le mutilé que personne n'osait plus reconnaître. Ou Ramook, ou Ghorok ou d'autres avaient trempé dans ces crimes. Il était même possible qu'Agaguk n'ait rien eu à y faire. Le plus simple était de poursuivre l'enquête au village. S'il était impossible d'en arriver à une conclusion satisfaisante, ce serait le retour à la ville, le classement de l'affaire, qui s'imposeraient.

Scott admettait bien que le sang d'Henderson pût crier vengeance, et il était mauvais que des Esquimaux restassent impunis pour ce crime. Mauvais, à tout le moins, pour la bonne administration future des Territoires. Encore fallait-il pouvoir échafauder une preuve formelle. Cela n'était ni facile, ni même probable. En outre, Agaguk — ou qui que ce soit reconnu suspect — serait jugé devant la loi anglaise…

Par ruse peut-être arriverait-on à quelque chose. Scott n'y comptait pas trop.

— Si tu avais vraiment reconnu Agaguk lorsque nous étions là-bas, j'aurais peut-être été porté à te croire, dit-il à Ramook. Mais ton identification arrive trop tard. D'ailleurs, ton histoire, je n'y crois plus tellement.

Le cœur de Ramook se serra. L'affaire prenait une tournure qu'il n'avait pas prévue. Il ne serait pas aussi facile de ruser qu'il l'avait cru. Il tenta de se rallier avec désespoir à des détails possibles, comptant tout à coup sur Ghorok.

— Au village, dit-il, mon sorcier Ghorok fera des cérémonies. Les Esprits eux-mêmes te donneront la preuve qu'Agaguk est le coupable et que c'est lui, le blessé que tu as vu...

La voix de Scott resta froide, impersonnelle.

— Mes sorciers à moi sont plus forts que ton Ghorok. C'est à eux que je m'adresserai pour savoir la vérité.

L'avion décrivait un long cercle, perdant de l'altitude pour l'atterrissage. Le village était là, calme en apparence, un cercle de huttes autour d'une place. On distinguait les chiens affolés par l'appareil, par le vrombissement des moteurs, courant partout sur la toundra. Puis le pilote coupa les gaz et l'avion glissa rapidement vers le sol.

Les sorciers du Blanc, songeait Ramook, plus forts que quiconque il le savait, doués d'une puissance à nulle autre semblable!... Non que Ramook possédât une foi vive en la sorcellerie, car il avait depuis lontemps deviné les artifices de Ghorok. Mais il admettait que les artifices des Blancs dépassaient de beaucoup ceux des Inuit, et que souvent ils semblaient surnaturels. Qu'ils étaient, en tout cas, fort dangereux.

Les gens du village ne se pressèrent pas à la rencontre de l'avion. Plutôt, ils demeurèrent près des huttes ou audedans de celles-ci, immobiles, sombres, angoissés. Aucun d'entre eux ne savait, cependant, que le plus dur de la partie n'était pas encore engagé et que c'était maintenant Ramook qui allait jouer sa tête. Seul Scott aurait pu le dire.

Ramook, et peut-être Ghorok?

Scott ne perdit pas un instant. Il restait quelques heures de clarté avant la nuit, alors il convoqua une palabre.

272

— Je veux que toute la tribu soit rassemblée ici, devant moi.

En quelques instants, les huttes étaient vides, et le village entier était groupé devant le policier et ses hommes.

— Je ne suis pas venu jusqu'ici pour rien, dit Scott. Et je n'ai pas l'intention de passer six mois en ce village. Vous m'avez mené sur une fausse piste, celle d'Agaguk.

Une voix s'éleva, protestant, mais Scott fit mine de ne pas entendre. Il se tourna vers Ramook.

— J'ai donné dix chances à chacun de vous de m'amener le véritable coupable. C'était pour que l'on vous en tienne compte. Crime avoué est souvent moins puni. Mais vous me gardez ici, vous me lancez sur de fausses pistes, vous faites en sorte qu'il doive en coûter très cher aux Grands Chefs blancs pour apprendre qui a tué Brown et Henderson. J'aurais préféré un aveu, mais puisque vous persistez à me mentir...

— Personne ici ne te ment! s'écria Ramook.

— Et personne ici ne me dit la vérité, rétorqua calmement Scott. Cela me place dans une situation déplaisante. Tant pis. Puisque vous le voulez ainsi, mes sorciers savent ce qu'ils ont à faire.

Il se tut, mais personne n'éleva la voix. Un grand silence immobilisait les Esquimaux. Ramook, la mort dans l'âme, se demandait à quoi en viendrait Scott.

— Je veux toutefois vous donner une dernière chance.

Il prit Ramook par le bras, l'approcha de lui.

— Je veux entendre ce que tu peux me dire au sujet de la mort de Brown et d'Henderson, dit-il. Je veux que tu le dises devant tes gens.

Cinquante visages sombres, aux yeux impassibles, les traits mongols plus que jamais accentués sous le soleil, la sueur du jour, une couche grasse sur la peau presque

273

brune... Une femme, une vieillarde horriblement laide, aux dents usées, cracha par terre en direction de Ramook. Quand Ramook lui jeta un cri menaçant, elle se mit à geindre de peur et s'enfuit vers sa hutte.

Un jeune chasseur ricana, mais sa voix fut seule un moment, suspendue au-dessus de tous. Personne ne rit avec lui, alors il retraita à son tour et alla se poster derrière la foule.

Seul Ramook montrait une assurance que Scott savait feinte, car il tenait encore l'Esquimau par le bras et il le sentait trembler.

— Raconte, dit-il, nous t'écoutons.

Le chef eut un cri soudain:

— C'est un piège, dit-il. Vous ne voyez pas que c'est un piège?

Mais comme nulle voix ne s'élevait en sa faveur, il se renfrogna les épaules et d'un mouvement brusque il se dégagea de la poigne de Scott.

— Raconte!

— C'est Agaguk! s'écria Ramook. C'est lui. Il est venu ici et il a tué Brown. Ensuite, il a tué Henderson. N'importe qui dans le village dira la même chose.

— Qui l'a vu? Toi? Les autres?

Ramook cherchait des appuis, allant d'un regard à l'autre. Rien. On le laisserait se débattre tout seul?...

— Je ne l'ai pas vu, mais je sais.

— Où est le corps de Brown?

— Il a brûlé dans la hutte, comme je te l'ai dit. Comme le Montagnais t'a dit aussi.

— Il n'en reste rien?

— Rien.

— Et le corps d'Henderson?

— Je ne sais pas.

La foule bougea. Une femme gémit loin, et Scott vira sur les talons, mais il ne put découvrir d'où venait le son.

— Je ne sais pas, dit Ramook. Comment le savoir? Je n'étais pas là. Personne de nous n'y était.

— Tu as dit qu'il était enterré sur la toundra…

— Je le dis sans le savoir. Je crois que c'est ainsi. Seul Agaguk pourrait le dire.

— Toujours Agaguk… Et pourtant tu n'as même pas pu me livrer Agaguk!

— C'est l'Inuk là-bas, au visage mangé! C'est lui! Je te le dis et tu ne veux pas me croire. Il a la parka d'Agaguk, il a ses mukluks, je les reconnais… Il a le couteau d'Agalguk. Que veux-tu de plus?

— Des preuves, c'est tout. Surtout le corps d'Henderson… Je sais qu'en le trouvant, je saurai tout le reste… et alors, je le trouverai.

Il vit l'effet de la phrase. Quoi, il trouverait le corps? La pensée de Ramook était facile à suivre. N'avait-il pas, lui le policier, parlé de sorciers à qui il demanderait le nom du coupable? Ces hommes vêtus autrement, et les boîtes qui se trouvaient dans le Grand Oiseau, les mystérieux objets que ces hommes avaient apportés avec eux… La magie puissante des Blancs contre laquelle ni Ghorok, ni Ramook ne pouvaient grand-chose!

Et cette tribu de lâches, ce groupe de silencieux, d'où pas une voix d'appui ne sortait ! Que ne se rangeaient-ils du côté de leur chef? Oubliaient-ils donc qu'ils y étaient obligés?

— Écoutez-moi! s'écria Ramook à ses gens. Je dirai à Ghorok qu'il lance sur vous ses pires magies! Qui est votre chef?

L'on hésitait ici et là, c'était évident. Il y eut des remous, quelques-uns des hommes palabraient à voix basse;

une femme prit le parti de s'éloigner, mais Scott la rappela péremptoirement:

— Toi, là-bas, reviens ici!

La femme obéit, piteusement.

Ramook ne se tenait plus de rage. Il ne demandait plus qu'une chose: que la tribu se tînt en un tout solide, un tout le comprenant, lui. Il se forçait à croire, il se persuadait que, s'il avait tué Henderson, c'était pour les protéger tous, car Henderson avait menacé de revenir avec d'autres policiers. À ce moment-là ce n'est pas seulement à la mort de Brown qu'il avait songé, mais à tous les autres crimes restés impunis: meurtres, rapines, simples vols... dont toute la tribu entière s'était rendue coupable! Il fallait la mort d'Henderson! C'était pour tous ces gens devant lui que Ramook avait tué le constable! Et pas un seul maintenant ne venait à sa défense, par un seul pour trouver quelque chose à dire, un mot, une phrase, une fausse piste sur laquelle lancer de nouveau Scott et ses hommes. Car maintenant, il fallait répondre, en plus de la mort d'Henderson, de celle d'Ayallik...

La situation empirait et Ramook le sentait bien. La façon dont Scott parlait, le ton de sa voix, son regard, terrorisaient le vieux chef. C'était à lui que le policier en voulait. C'était lui qu'il voulait pendre au bout d'une corde. Et aucun Inuk n'élevait la voix pour venir à son aide?...

Si Scott le voulait, si ses sorciers se mettaient en frais, qu'arriverait-il? Désespéré, Ramook lança à la tribu:

— Mais dites quelque chose! Vous voyez bien que vous devez me sauver!

Lentement Scott se tourna vers lui. Il souriait.

Le ton de Ramook avait été éloquent, son cri une sorte de révélation. L'homme se sentait traqué. Scott jubilait en son for intérieur. Une fois de plus, en usant de psychologie élémentaire, il allait réussir, semer la panique chez le vieux chef, l'acculer au pied du mur. Déjà l'homme se désintégrait à vue d'œil.

— Je crois, dit Scott d'un ton devenu railleur, que nous perdons tous notre temps. Je ne voulais pas retarder mon départ. Or, comme personne n'avoue, je resterai ici. Mes sorciers vont se mettre à l'œuvre. Ils sauront bien trouver ce qui reste du corps de Brown.

— Il n'en reste rien, dit Ramook amèrement. Agaguk a bien su le faire brûler. Il n'en reste rien.

— Il reste toujours quelque chose du cadavre, dit Scott calmement. Même ce qui vous est invisible, mes sorciers le verront, eux. Les constables vont fouiller toutes les huttes, ils vont fouiller tout le village, la mousse en cet endroit-ci, et aux autres endroits où était le village auparavant. Ils fouilleront tout. Ce qu'ils trouveront, ils l'apporteront à mes sorciers... Ensuite, ce sera facile...

Ramook tremblait, mais il combattait cette peur, il se tenait les mains collées contre le corps, il serrait les dents. Il connaissait la science des Blancs, il en savait l'efficacité. Que disait là Scott? Qu'il ferait accomplir des fouilles par ses constables? Ici et aux endroits précédents du village? Soit, les restes du corps de Brown seraient trouvés, mais cela n'inquiétait pas Ramook. En fait, là-dessus il avait la conscience tranquille. Mais le corps d'Ayallik? Il n'avait pas été enterré bien loin celui-là. Quant aux restes d'Henderson, ils donneraient plus de mal car on les avait portés à une bonne distance du village, et loin au fond des mousses, deux heures de besogne qu'il avait fallu le jour du crime pour creuser une fosse que ne pourraient atteindre ni les loups ni les hommes... À mesure qu'il y songeait, Ramook se sentait rassuré quant à Henderson. Ni Scott, ni les sorciers avec lui ne le trouveraient jamais. Allait-on fouiller l'immensité de la toundra? Et puis, un hiver avait passé. Cela durcit la mousse, la pressure. D'une fosse creusée l'année auparavant, quelle trace resterait? Ghorok lui-même ou Ramook ne pourraient probablement pas retrouver l'endroit. Comment feraient donc les policiers?

Tout d'abord, ils fouillèrent les huttes, comme l'avait dit Scott. Une fouille patiente et méthodique. Toute trouvaille suspecte fut portée à Scott et, parfois, à ses hommes. L'importance possible de l'objet par rapport à l'enquête fut supputée. Finalement, on l'écartait. Il en fut ainsi pour des cruches vides ayant contenu de l'eau-de-vie. D'autres objets, de surplus semblait-il, couteaux et outils, mukluks... L'Esquimau vit en somme frugalement, à tout le moins quant aux possessions matérielles. Que l'on trouve dans sa hutte plus de couteaux qu'il n'en faut, plus de mukluks, plus d'outils, et l'on peut raisonnablement supposer qu'ils ont été volés quelque part. Mais s'ils appartenaient à quelque victime? Cela ne constitue pas une preuve, à moins que chaque objet puisse être identifié catégoriquement, sa propriété rapportée à un mort. C'est un cas trop rare pour vraiment compter dans une enquête. Ramook le savait, même lorsqu'il avait tenté de prouver l'indentité d'Agaguk par ces moyens, et il ne pouvait maintenant s'empêcher d'être angoissé par la recherche méthodique qui s'accomplissait d'une hutte à l'autre.

Les fusils, toutefois, furent tous confisqués, chacun nanti d'une étiquette où fut inscrit le nom du propriétaire. Une centaine d'armes furent ainsi portées à l'avion, aux sorciers qui les entassèrent là. Ramook savait que cet examen possible des armes pouvait être le plus dangereux. Mais pour mettre la main sur l'arme qui avait tué Henderson, il fallait aussi trouver le corps. De ce côté-là, Ramook était tranquille, jamais on ne trouverait le corps d'Henderson. Quant au fusil, c'était Agaguk qui l'avait maintenant. Soit, il n'avait pas été trouvé là-bas, mais Ramook n'avait aucune raison de douter de Ghorok et il était bien possible qu'Agaguk, méfiant, l'eût fait disparaître. C'est ainsi qu'il aurait sans doute fait lui-même. Les policiers ne pourraient donc rien déduire de l'examen des armes qui avaient été portées dans le Grand Oiseau. À la ville, Ramook avait appris que les sorciers blancs pouvaient, à l'aide de leurs mystérieux appareils, prouver par quel fusil une belle avait été tirée. De là à identifier le coupable, il n'y avait qu'un pas. Il fallait aussi un cadavre, seule possibilité pour Scott d'être le plus fort, et là-dessus Ramook n'avait pas à s'en faire. Ah ! il était plus rusé que les policiers, il s'en rendait bien compte et il n'avait plus à trembler!

Un grand sourire reparut sur son visage et il se mit les mains aux poches, un regard de défi lancé vers Scott.

Mais à cet instant même, Ramook vit sortir un policier de sa hutte, et ce qu'il tenait entre ses mains, Ramook ne l'identifia que trop bien! C'était justement le fusil qui avait tiré Henderson. C'était justement l'arme qu'il avait envoyé porter chez Agaguk par Ghorok.

La panique le prit et il fonça, courant et criant, vers le policier.

— Qu'est-ce que c'est que ce fusil? Ce n'est pas à moi!

Il eût mieux valu se taire. Sa crise ne pouvait apporter qu'un résultat: éveiller l'attention de Scott, ce qui ne manqua pas.

— Donne ce fusil, dit Scott à son subordonné. Où l'as-tu trouvé?

— Dans la hutte du chef, caché dans la mousse.

— Caché?

— Oui. Il y en avait deux autres, mais celui-là était caché et non les autres.

Scott, qui commençait à désespérer, eut soudain un air de grand soulagement.

La fouille des autres huttes n'avait pas donné grand-chose. Scott ne savait pas trop à quoi s'attendre, mais il avait eu un vague espoir de deviner des pistes, de toucher à un indice précieux. Et voilà qu'au tout dernier moment, alors que les hommes fouillaient la hutte de Ramook, la seule qui restait à inspecter, ce fusil apparaissait: une trouvaille qui semblait mettre Ramook dans tous ses états.

Ce fut à cet instant même que Scott décida de jouer le tout pour le tout.

— Je crois, dit-il, que nous n'allons pas retourner bredouilles.

Il vira sur les talons, se rendit à l'avion et Ramook vit qu'il en faisait sortir les sorciers blancs. Là, il tint un long conciliabule avec eux, hors de portée de la tribu. Mais tous ponctuaient la palabre de grands gestes affirmatifs, semblant non seulement confiants, mais fort amusés.

Ramook observait la scène sans bouger. Il sentait un nœud se reformer en lui, lui tordre le cœur, l'estomac. Ces Blancs étaient des diables. D'où venait le fusil? Comment pouvait-il être là? N'était-ce pas quelque ruse de Scott? Et aucune erreur possible, Ramook reconnaissait fort bien l'arme. C'était celle qui avait tué Henderson, celle refilée à Agaguk... Il chercha Ghorok du regard, mais, peine perdue, Scott revenait et s'adressait à la tribu:

— Mes sorciers se mettent à l'œuvre, dit-il d'une voix ferme. Ils vont monter dans l'avion et survoler toute la toundra, jusqu'à deux heures de marche d'ici et plus s'il le faut. Puis ils recommenceront demain et les jours ensuite.

Ils vont faire parler leurs boîtes magiques. S'il y a un cadavre d'enterré, les boîtes le diront!...

Ramook essaya de ricaner, mais le son était triste à entendre, à peine un rire grinçant.

— Ne ris pas, lui dit Scott. Tu connais la puissance de nos magies. Tu es venu à la ville. Tu as vu les chariots qui se déplacent tout seuls, sans chiens pour les tirer... Tu as vu les Grands Oiseaux... Des centaines de Grands Oiseaux qui volent dans les airs. Et tant d'autres choses... Nous sommes de bien puissants magiciens... Il est facile pour nous de savoir si un homme a été enterré dans la toundra...

Ghorok ricana à son tour, mais sans plus d'enthousiasme que n'en avait Ramook.

— Toi, Ghorok, cria Ramook, confonds les Blancs! Prouve-leur que tu es un plus grand magicien encore!

L'objurgation était bien inutile. Comment Ghorok aurait-il pu confondre les Blancs, lui qui présentement achevait de mourir de peur?

À Scott, Ramook, cria, le défiant:

— Tu viens ici et tu mens! Tu prétends voler dans les airs et savoir par tes sorciers qu'il y a un cadavre sous la mousse? Et tu penses que nous allons te croire?

Mise en confiance par la voix soudain ferme de Ramook, toute la tribu riait. L'on se poussait du coude, l'on trouvait bien drôle cette précaution du Blanc. Mais Scott leva la main, imposa silence.

— Je ne puis vous révéler tous les secrets, mais je puis vous dire ceci. Vous avez vu un cadavre déjà. Vous avez vu ses yeux? Ses yeux ne meurent pas sitôt la mort du corps. Ils meurent bien longtemps après. Ainsi un cadavre vous regarde, des mois durant, des années. Les boîtes magiques savent percevoir les regards, même si la mousse les recouvre. Le Grand Oiseau volera très bas au-dessus de la toundra et, tout à coup, quand l'une des boîtes percevra le regard d'Henderson, nous saurons aussitôt où est le cadavre!

Encouragé par les rires de la tribu qui tintaient encore à ses oreilles, Ramook brava:

— Tu ne trouveras jamais le corps d'Henderson de cette façon! Tes boîtes seront impuissantes! Henderson a été enterré face contre terre!

Derrière Ramook, Ghorok poussa un cri de rage. Pas de mots, seulement cette sorte de rugissement.

Maintenant tout était perdu, et la tribu le comprenait. Le sourire s'épanouit sur le visage de Scott, le geste qu'eurent les policiers en convergeant vers Ramook était assez éloquent. L'on tenait le coupable, il ne serait pas facilement relâché.

Une femme — celle de Tugugak — eut à son tour un cri. Elle était plus jeune que les autres, elle était, comme Iriook, plus évoluée, plus tendre aussi, et la vie des siens parfois la dégoûtait.

— C'est lui, s'exclama-t-elle. C'est lui qui a tué Henderson. Il a tué Ayallik aussi. Nous avons peur de lui!

Scott sursauta. Ayallik? On lui fourrait maintenant un troisième cadavre dans les pattes?

C'était surprenant que quelqu'un, une femme surtout, élevât ainsi la voix parmi la tribu. Mais Scott y avait compté. Il savait que s'il pouvait entamer le moindrement l'emprise de Ramook, ses ennemis dans la tribu ne tarderaient pas à le confondre. Tout ce qu'il s'agissait d'abord de faire, c'était de le rendre suspect et le reste viendrait tout seul. Cela n'avait pas manqué et la voix de la femme fut aussitôt secondée. Cette fois par Oonak, l'un des vieux. Il s'avança vers Scott.

— Nous voulons vivre en paix avec les Blancs, dit-il. Nous voulons respecter leurs lois. Ramook et le sorcier

Ghorok nous en empêchent. Je ne sais qui a tué Brown. Certains disent que c'est Agaguk. C'est possible. Mais Ramook a bien pu tuer Brown et accuser Agaguk. Il a tué Henderson, c'est certain. Nous l'avons tous vu. Et je l'ai vu de mes yeux tuer Ayallik.

— Et Henderson, tu n'as pas cherché à empêcher qu'il meure?

Oonak haussa les épaules.

— Ramook était le chef et Ghorok le sorcier. Contre eux, que faire?

Maintenant la tribu s'écartait de Ramook. Il ne restait que Ghorok à ses côtés.

— Y en aura-t-il parmi vous qui viendront avec nous à la ville, pour faire juger Ramook?

— Et Ghorok, corrigea Oonak, c'est le complice de Ramook. Ils ont tout fait ensemble.

— Et Ghorok, concéda Scott. Les faire juger, les faire punir. Qui viendra?

Dix mains se levèrent.

— Il n'y a de place que pour cinq dans l'avion, dit Scott. Toi, comment t'appelles-tu?

— Oonak.

— Alors choisis quatre hommes et venez. Vous ne serez à la ville que peu de jours.

— Reviendrons-nous avant le froid?

— Oui.

Oonak tria quatre Esquimaux qu'il mena vers Scott.

— Bon, dit le policier. Maintenant, partons.

Visiblement soulagés, les policiers s'apprêtaient déjà au départ.

— Tu vois, dit Scott à Ramook, mais si fort que la tribu put entendre, la magie de mes sorciers est grande. Ils ont pu faire découvrir le coupable, même sans bouger, sans

utiliser leurs boîtes merveilleuses... Tes sorciers préten-
dront-ils pouvoir en faire autant?

Mais Ramook n'entendait plus rien. Il avait été déjoué.
La ruse de Scott avait été plus grande que la sienne. À la
face de la tribu, il avait été humilié, accusé. Et même les
siens le reniaient. La partie était perdue et il était là, af-
faissé, insensible à tout. Que dire, maintenant, et pourquoi
parler? On le jugerait, il serait pendu, sa vie était finie. Il
n'offrit donc aucune résistance quand l'un des policiers le
mena vers l'avion. Non plus d'ailleurs qu'en offrit Ghorok.

Dans l'histoire de la tribu, pour peu qu'on la consignât
dans les chants de veillée, Ramook avait cessé d'être, et le
sorcier de même.

L'avion qui décollait à la nuit tombée, qui disparaissait dans le ciel, emmenait Ramook à jamais...

In.ak

LE PRÉCIPICE

La vie recommença.

Agaguk n'aurait su dire si Ramook était encore au village ou si les policiers l'avaient emmené quelque part.

L'été déjà s'achevait, il fallait chasser, dépecer la viande, la fumer. La besogne attendait, constante, fardeau de chaque jour.

Et puis il y avait Tayaout.

Mais plus encore depuis quelque temps, il y avait Iriook. Il semblait à Agaguk que les relations entre eux n'étaient plus les mêmes. Quelque chose de nouveau s'était introduit dans leur vie de chaque jour. Était-ce un respect de la femme qu'il n'avait jamais cru posséder auparavant?

Depuis la venue des policiers, il ne s'était pas emparé d'elle. Ce n'était ni par haine, ni par indifférence. Plutôt, il lui semblait difficile de se tenir près d'elle, une timidité gagnait ses gestes, il se sentait tout à coup dérouté...

Et pourtant, la nature en lui se rebellait. Il sentait brûler sa chair, il aurait voulu mordre, crier parfois. Et dès qu'aux côtés d'Iriook le mal le reprenait, dès qu'il tendait une main vers elle, de nouveau cette même réticence le retenait. Il revoyait l'image d'Iriook, plus forte que tout

285

homme, tenant tête aux policiers, parlant haut comme nulle femme ne doit le faire, mais sachant trouver les mots d'à-propos, à la seconde même qu'ils étaient nécessaires.

Lui sauvant la vie, en somme, à lui, Agaguk, qui maintenant ne pouvait plus l'oublier.

Finalement, ce fut Iriook qui prit les devants. Mais pas comme Agaguk l'aurait cru. Avec des mots nouveaux, des exigences étonnantes.

— Un jour, dit-elle, j'aurai un autre enfant.

Elle avait parlé hors de tout propos, alors que depuis une heure ils mâchaient lentement leur repas du soir.

— Tu te coucheras sur moi et tu me feras un autre enfant.

Agaguk ne répondait pas. Seulement, il avait levé le regard vers elle et il avait cessé de mâcher.

— Ce sera une fille, dit-elle, je le sais.

Agaguk se souvenait de ce qu'elle avait dit déjà. Il pressentit qu'elle allait en parler une autre fois. Sans dire un mot, il se leva, sortit, descendit vers la rivière. Mais Iriook l'avait devancé. Elle lui barrait le chemin, frémissante.

— Si c'est une fille, dit-elle soudain, je la garderai.

Agaguk souffrait. Pourquoi parlait-elle de ces choses? Est-il permis à une femme de discuter un tel sujet? N'est-ce pas une prérogative et le devoir de tout Inuk de décider du sort des nouveau-nés, sans qu'intervienne la femme?

— Dis que je la garderai!... gémit Iriook.

Agaguk ne pouvait répondre. Trop de pensées contradictoires se pressaient en lui. Il lui passait par la tête qu'il devait la vie à Iriook et de plusieurs façons. Blessé par le loup, qui l'avait soigné? Qui l'avait guéri, sinon elle? Et elle avait chassé des bêtes, les avait dépecées. Elle avait ainsi pourvu aux besoins de cet hiver-là, pourvu à tout en l'igloo. Elle avait guidé ses pas chancelants, elle avait tout fait, tout donné pour qu'il survive…

Et quand les policiers étaient venus? Sans elle, on l'eût amené aux prisons des villes, on l'eût pendu probablement…

Mais la fille?…

Cette fille qu'ils auraient peut-être un jour et qu'Iriook voulait garder?

Ils n'habitaient pas un village. Ils ne pouvaient compter que d'autres les nourriraient s'ils manquaient de pemmican ou de poisson.

Ils étaient seuls ici, livrés à leurs propres ressources. Ermites, et tous les dangers de la toundra autour d'eux! Un fils chasse jeune. Il apporte au foyer sa propre nourriture…

Une fille?

Encore s'il y avait eu quatre hommes à vêtir, une fille eût pu être nécessaire pour aider la mère. Mais ils n'étaient que deux, et c'était justement la besogne d'une femme seule.

Une bouche de plus à nourrir?

Mais la survie?

Pourtant, s'il était là, lui, à qui le devait-il, sinon à Iriook?

Le cri de la femme fut passionné, presque strident. Ses yeux étaient hagards.

— Je veux garder la fille! cria-t-elle.

Agaguk tenta une dernière évasion.

— Sais-tu seulement ce qui viendra? Si c'est un garçon, tu auras crié pour rien.

Mais Iriook secouait la tête, elle pleurait.

— Ce sera une fille, je le sais. Je le sais!

Agaguk se dandina sur une jambe, puis sur l'autre. Il rageait en lui-même. Ramook avait presque raison: pourquoi laisser une femme parler si haut?

— Tais-toi! cria-t-il.

Mais Iriook implorait.

— Je veux garder la fille! Je l'ai gagnée...

Le mot était brutal comme une gifle. Ainsi, elle discutait dorénavant sur ce ton? Ce qu'elle faisait, c'était pour garder la fille qu'elle souhaitait d'avoir? Et il faudra lui en garder une éternelle reconnaissance?

Il avança, vint tout près d'elle. Soudain sa rage fut plus forte que toute raison.

— Tu parles trop haut! cria-t-il.

Son poing partit, s'abattit sur la joue d'Iriook. Puis Agaguk fut sur elle, la frappant à coups de pied, à grands *jabs* du poing fermé. Le sang giclait sur le visage de la femme et toujours elle criait:

— Je veux garder la fille! Je veux garder la fille!

Quand Agaguk n'eut plus la force de frapper, il se laissa tomber sur Iriook et il la prit.

Elle mit du temps à l'accueillir. Mais bientôt l'appel fut plus fort que son ressentiment et elle se mit à geindre, mais autrement que tantôt. Agaguk reconnut la joie qu'il plongeait en elle à coups brusques et puissants. Et quand vint l'immobilité, il entendit la voix d'Iriook, rauque, pressante, altérée par la jouissance, qui lui murmurait à l'oreille:

— Dis que je garderai la fille...

Atsupluayok

LA ROUE

Quand Oonak revint de la ville où avaient été pendus Ramook et Ghorok, il prit une importance soudaine dans le village. Il avait peut-être été plus autoritaire que d'autres, il avait su parler à l'instant propice. Comment expliquer ces choses? On avait formé cercle autour de lui. D'instinct et sans qu'il y eût vraiment de geste concerté.

— Oonak, dit un Ancien, maintenant que Ramook n'est plus...

Il n'en dit pas davantage. Des voix le couvrirent, phénomène de discussions mal terminées, de restes d'idées à exprimer. Jusqu'à ce que tout à coup les voix s'éteignissent, silence amené petit à petit, réalisation graduelle des paroles de l'Ancien.

— Oonak..., dit un jeune en hésitant.

Il regardait les autres et les autres hochaient la tête, poussaient dans le ventre d'Oonak avec leur doigt, riaient, se bourraient les côtes de coups de coude.

Oonak?

L'un des jeunes, plus sobrement que les autres, résuma la pensée émise.

— Tu pourrais être notre chef.

Comment y arrivait-on? Excellence de l'homme, mais en des arts propres à la tribu. Barèmes parfois étonnants. Oonak était bon chasseur. Il savait bien apprêter les peaux. Il n'avait pas de femme et disait n'en point vouloir. Il construisait l'igloo le plus solide et le plus rond, il pêchait le phoque comme un homme des pays d'eau. Il savait parler et ne craignait plus personne maintenant. Point n'était-il besoin, avec lui, d'appréhender les défections. Et puisqu'il était aimé de tous!

Ainsi s'écrit l'histoire.

Qu'il s'agisse d'une tribu ou d'un empire, sommes-nous délivrés des recommencements? Un César, et pour une tribu des pays de glace, Oonak.

Tu pourrais être notre chef.

Oscille de-ci, puis de-là, réfléchis... Qu'en reste-t-il? Oonak songe qu'il ferait bon sortir de son igloo le matin et lancer des ordres.

Qui trancherait, déciderait, promulguerait?

Mais cela qui s'entassait du côté pile ne rendait pas le côté face si plaisant qu'en dût perdre la tête le rusé Oonak.

Aux chefs qui errent en leurs jugements, aux manquements d'un jour, quelle punition est infligée?

Les récits colportés de village en village et de tribu en tribu le disaient bien assez. Celui dont on trancha l'oreille, l'autre qui fut émasculé, un autre encore, exilé, devenu apatride parmi les siens et dans la plus immense patrie du monde? Cet autre encore à qui l'on a craché au visage, celui à qui les femmes furent enlevées? Cela se racontait avec force jouissance du geste, plaisir de l'aventure. La torture n'est pas éteinte chez l'Esquimau. Il y prend encore de grandes joies, selon l'occasion.

Le seul cas Ramook, par exemple?

Tant de chefs racontés aux veillées d'hiver, héros par l'absurde, figures et légendes dont les fleurons de couronne sont les cris de souffrance et les effroyables mutilations.

La moyenne aidant, certes Oonak pouvait espérer survivre. D'autres étaient morts, les mains derrière la nuque et sans un soupir, perclus d'âge et volontairement retirés dans le dernier igloo.

Il était seulement dommage qu'il n'en fût point ainsi pour tous.

Voilà ce à quoi songeait Oonak.

Mais plus encore. À la joie d'être chef s'opposait le fardeau de cette tâche. Fardeau moins cruel que les tortures possibles, soit, mais besognes de tous les jours. Une tribu dépendrait de lui. Il en serait le maître, encore fallait-il que cette autorité s'exerçât sans cesse.

Oonak aimait bien sa liberté. Il était célibataire. Nulle femme, pas d'enfants, rien ni personne, aucune obligation. C'était ainsi qu'il choisissait son sort.

Il en concluait donc au maintien de cet état.

Chef, serait-il libre? Pourrait-il dormir à son choix, chasser à son gré, voyager si le cœur lui en disait?

Que dirait-on d'un chef entreprenant une expédition vers les Sommets? Ou vers la Grande Eau? À son gré s'entend, pour le temps qu'il lui plairait d'être parti? Il y aurait du maugrément dans la tribu, l'on passerait de l'enthousiasme du début au mécontentement progressif...

Non, Oonak ne voulait point être chef.

Il se dégagea des mains pressantes, des effusions que déjà chacun lui prodiguait.

— Non, dit-il, non, je ne veux pas être chef. Il y en a d'autres...

Mais qui? L'Ancien insistait.

— Nomme-le, dit-il. Montre du doigt, l'autre. Quel autre?

Oonak souffrait. Il aurait voulu fuir, se retrouver bien loin de là. Sa souffrance était surtout faite d'impatience. Il avait refusé, il eût entendu que ce soit là un point final: le terme à des discussions qu'il ne voulait point entendre.

L'Ancien ouvrait une bouche édentée, crachait des mots.

— Je te le dis, tu es le chef. Il n'y en a pas d'autres.

Or, il y a des actes qu'un chef ne doit pas commettre, des attitudes qu'il ne saurait prendre, des solutions d'urgence qui lui sont interdites. La tradition exige que le chef règne seul, que toute concession démocratique soit un signe de faiblesse. Il restait à Oonak de faire un pas en avant qui lui en permît deux de recul.

— J'y mets une condition, dit-il.

Il regarda le soleil du jour, la nudité de la plaine, et en vint à s'examiner les mains. Il fallait que chacun entendît bien ce qu'il avait à dire. Étape par étape, sans confusion possible.

— Ma condition, dit-il après un temps, c'est que je ne sois pas seul. Je serai chef, il y aura un conseil des Anciens, un conseil des hommes, et le conseil des femmes.

— Des femmes?

Un cri, presque d'horreur.

— Des femmes?

Oonak, plus audacieux, plus évolué, avait habité les pays des Blancs. Il s'était même rendu jusqu'aux grandes villes dont les récits parlent. Il avait voyagé dans les Oiseaux de métal et, là-bas, disait-il, il était monté à bord de véhicules tous plus fantastiques les uns que les autres, se mouvant seuls, allant de-ça et de-là. Le voyage récent qu'il avait fait en compagnie de Ramook, de Ghorok et des policiers de la Gendarmerie n'avait pas été, en soi, une aventure. On se méfiait de tout ce qu'il avait appris dans ces voyages. Rien de virulent, ni même de précis. Un malaise, un vague ressentiment, manifesté surtout à son retour, quelques années auparavant. Que les prédictions du temps, l'avertissement qu'avaient fait certains des Anciens, la crainte que l'on avait dans le village de devoir subir les idées nouvelles d'Oonak; que tout ceci ne se soit jamais produit, jamais réalisé, et que l'on n'ait en somme rien à reprocher à Oonak finalement, avait rassuré bien des esprits. Il en restait toutefois quelque chose. C'était inévitable.

Une méfiance qui laissait à la tribu une somme suffisante d'enthousiasme pour qu'elle désirât faire d'Oonak un chef, mais qui la mettait sur ses gardes dès qu'il tentait d'exprimer une idée trop évidemment apparentée à son excursion chez les Blancs.

— Un conseil des femmes?

C'en était trop.

L'on crachait par terre, l'on riait, mais d'un ton inquiet, et l'on maugréait aussi, chez les virils, ceux qui avaient des femmes dans leur igloo.

— C'est une façon des Blancs, dit un Ancien.

Il avait un tel ton de mépris dans la voix qu'Oonak éclata de rire.

— C'est juste, dit-il. Une façon de Blanc. Je l'ai apprise là-bas. Que tous aient quelque chose à dire dans la tribu. Les femmes autant que les hommes.

Théorie inacceptable. Allait-on maintenant accorder une voix aux femmes ? On secouait la tête. Un Ancien vint près d'Oonak, le regarda sous le nez, partit ensuite, à grands pas, l'air dégoûté.

Oonak ne se tenait pas de joie. Il pouvait rester libre, personne maintenant ne voulait plus de lui comme chef.

La tribu s'égailla, chacun allant à des affaires soudainement pressantes. Oonak rentra dans l'obscurité qui lui convenait, redevint un membre de la tribu, seul et heureux, parce que c'était bien ainsi qu'il entendait demeurer.

Libre surtout de partir à volonté, de vivre sa vie, sans fardeau sur les épaules, sans exigences auxquelles se soumettre.

Oonak rentra dans l'obscurité, et dans la chronique de la tribu, il cessa en principe d'exister, redevint un seul membre d'une collectivité anonyme.

Il fallait pourtant trouver un chef.

L'on pressentit Tugugak qui refusa, mais pour d'autres raisons que celles d'Oonak. Des raisons secrètes qu'il n'osa pas avouer. Depuis un temps déjà il rêvait de partir vers le Sommet de la Terre. Il y avait là de bonnes chasses au phoque. Une vie tout autre, la permanence du seul igloo dans l'éternel hiver. Mais il entendait partir seul et abandonner sa femme et ses petits. Des hommes rôdaient souvent autour de sa hutte. Sa femme serait vite adoptée par l'un d'eux. Mais ce n'était pas un projet à dire d'avance. Rien ne devait le retenir, et sa liberté était au prix de la discrétion.

Chef de tribu, il eût été lié par la responsabilité. L'honneur lui aurait plu, mais qu'il vînt à contrecarrer ses projets le rendait inacceptable. Il opposa un froid refus, sans discussion.

L'on insista. Douze hommes s'étaient massés devant son habitation, tentant une discussion. Le temps pressait. Une tribu sans chef est une tribu en décadence. Il fallait quelqu'un. Personne ne s'offrait, Oonak projetait des formes impensables de ce gouvernement primitif, Tugugak refusait même la discussion. L'on mit une heure à accepter ce deuxième refus. Puis l'on s'en fut à la hutte d'un Ancien, une hutte basse et longue où s'asseoir en rond et peser les pour et les contre de la situation. Cela devenait grave.

— Personne ne consent? demanda l'Ancien.

Ils avaient tous des raisons. Ils eussent voulu, l'un comme l'autre, proposer une candidature, ou encore s'offrir, mais alors que devenaient tel projet, tel rêve, telle évasion projetée, tel voyage, telle chasse?

Un chef est lié à la tribu. Il va où va la tribu, il ne part pas seul. C'est un lien bien lourd, un emprisonnement presque. Aux yeux de ceux-là qu'on avait pressentis, il fallait être gourd, ou infirme, ou seulement sédentaire à l'excès pour accepter un tel poste.

Ou alors, comme Ramook naguère, être ambitieux et malhonnête et saisir en cet honneur une occasion de tyrannie et d'enrichissement personnel.

Ramook n'avait-il pas cessé de chasser du jour où quelqu'un l'avait proposé comme chef? Il exigeait de tous un tribut qui gardait bien fournies ses réserves de provisions. Il ne pardonnait pas à ceux qui lésinaient, ou même à ceux, peu veinards, qui ne pouvaient fournir la part requise de leurs chasses.

Ramook, fait prisonnier par les constables, était parti un homme riche, selon les normes de la tribu. L'on avait vite fait de renvoyer la Montagnaise à ses pays à elle, et de piller les réserves de sa hutte. À l'étonnement de chacun, les seul ballots de peaux valaient leur pesant d'or...

Présent parmi eux, Ramook avait été respecté. Du moins, il avait été obéi. Ce qui revient souvent au même. Une autorité lui avait été conférée que l'on se serait bien gardé de détruire, tant est forte la tradition qui régit l'élection des chefs esquimaux. Maintenant qu'il était parti, personne n'eût consenti à élire un remplaçant aussi cupide et malhonnête. Cela ne changeait rien à la manière de voir de chacun, Inuk peu respectueux des lois et de la morale, mais le bien de la collectivité procédait selon des lois bien différentes. C'était en vertu de ces lois que l'on allait choisir un chef.

Il s'agissait surtout de ne pas répéter l'aventure de Ramook.

Décapiter une tribu de son chef déréglait les façons de vivre, ennuyait tous les hommes en leur imposant de longues palabres, en provoquant chez eux des inquiétudes, des ennuis dont ils se seraient dispensés. Ainsi, ils n'étaient pas allés en chasse depuis plusieurs jours. C'était compromettre peut-être la vie des mois à venir, puisque les réserves entamées n'étaient pas remplacées comme elles auraient dû l'être.

Mais Oonak ne voulait pas et Tugugak refusait: vers qui se tourner?

Dans la hutte puante, terriblement chaude et enfumée, les hommes semblaient découragés. Depuis un moment, personne ne parlait plus. Que dire? Qui nommer puisque personne ne voulait de ce poste?

— Je sais, dit l'Ancien. Je sais qui!

Dix têtes tournées vers lui brusquement, un sursis à l'angoisse, la curiosité de ce qu'ils allaient entendre.

— Il est, dit l'homme sentencieusement, un fils de la tribu. Il serait un bon chef.

Silence.

— Qui? hasarda finalement l'un des hommes.

L'Ancien hocha la tête.

— Savoir, dit-il, s'il acceptera. Je songeais à Agaguk.

— Fils de Ramook, fit l'un des hommes, sa voix à peine un murmure.

— Fils de Ramook, acquiesça l'Ancien. Cela ne signifie rien, vraiment. Il n'est pas comme lui, et vous le savez.

Il possédait un dernier argument, le plus important.

— Il a peut-être tué Brown, dit-il. Il ne s'est pas fait prendre. Cela nous a débarrassés de Ramook.

Assassin vengeur, Agaguk ne s'était pas fait prendre! C'était un exploit à redire aux veillées d'hiver. Une qualité de chef. Ruse, intelligence, autorité, habileté, jeunesse, puissance!

On approuvait maintenant. Il régnait même au sein de l'assemblée un commencement d'enthousiasme.

— Qui se rendra jusque chez lui? demanda l'Ancien. Moi je ne peux pas.

Trois hommes se levèrent, Alignak, Hayuluk et Nattit.

— Nous irons, dit Nattit. Nous partirons demain.

Il ne restait plus qu'à attendre.

Sivudlipa

LE HÉROS

Nattit battait la marche. Alignak et Hayuluk suivaient.

L'été s'achevait et pourtant la chaleur pressurait la toundra. Nul refuge, nul répit, une masse humide et chaude s'appuyant sur la plaine infinie.

Cheminer y était épuisant, marcher comme marchaient les Inuit à pas fermes et rapides pouvait abattre l'homme en peu d'heures, même l'Inuk à l'endurance pourtant extraordinaire. De mémoire d'homme, on n'avait pas connu de temps aussi lourd et chaud. Ils suaient du visage quand ils atteignirent la hutte d'Agaguk. Les parkas dégrafées à l'encolure montraient leur torse nu, ruisselant lui aussi.

Agaguk ne mit que peu de formes à les recevoir. Un vague malaise lui venait de ces contacts avec les siens. Par préférence, la solitude lui agréait plus. Hormis les besoins urgents, autant rester loin de cet endroit dont il ne tirait aucun bon souvenir, et pour lequel il ne ressentait pas de nostalgie.

Mais puisque trois de la tribu venaient, Agaguk n'allait pas les chasser. Il les écouterait. C'était déjà plus encore qu'il ne se serait proposé de faire, l'eût-on averti de cette visite. Puis, à la volée, quasi acculé, il choisit de n'être ni hostile ni cordial.

Aucune invitation ne fut exprimée, aucune offre, aucune bienvenue. Ils n'entrèrent pas dans la hutte, le pemmican resta bien pendu et Agaguk se contenta d'un bref hochement de tête à leur adresse.

Ils étaient tout pleins de leur mission, anxieux de la faire connaître et ne semblaient pas se rendre compte de la froideur d'Agaguk. Ni de sa laideur, car ils en étaient prévenus.

— Nous venons au nom de la tribu, dit Nattit.

Agaguk inclina un peu la tête. Alignak se laissa tomber par terre, les jambes repliées.

— Le chemin est long, dit-il.

Il s'arracha la parka de sur les épaules, offrit le torse au peu de brise qui courait au ras des mousses. Hayuluk fit de même. Seul Nattit resta debout, comme l'était Agaguk.

— Ramook a été mené à la ville, poursuivit Nattit. Oonak est revenu et nous a dit que les Blancs l'avaient pendu, ainsi que Ghorok.

— Oonak l'a dit? insista Agaguk.

— Oui.

En ces choses, il valait mieux que l'on tînt la nouvelle d'un Esquimau plutôt que d'un Blanc. Celui-là racontera la vérité sans l'altérer, ne trouvant rien de plus à dire quand il s'agit de l'oppression des Blancs qui leur paraît en elle-même suffisamment sordide.

Un Blanc, lui, moralise. Il effraie. Il évoque les Mauvais Esprits. Il raconte ce qui n'est parfois pas la vérité. Kakkrik, un Inuk d'une tribu de la Terre de Baffin, avait été mené à la ville pour avoir tué ses deux frères. Un Blanc colporta la nouvelle dans le village de Kakkrik, disant que l'Inuk avait été mis à mort par les Blancs. Dix ans plus tard, Kakkrik était revenu. Mal à propos, puisque, en son absence, sa femme avait pris trois maris. Le premier étant mort, elle vivait avec les deux autres. Elle avait eu dix enfants dont six restaient. Plus les six de Kakkrik, cela créait une impasse. Kakkrik tua l'un des deux maris et trois des enfants. Il arrêta son massacre seulement quand on lui apprit le mensonge du Blanc. Sa femme se croyant libre, il était naturel qu'elle prît d'autres hommes. On fit état auprès de Kakkrik du fait qu'elle avait dû prendre trois hommes pour le remplacer, preuve à tout le moins de sa grande virilité. Cela flatta Kakkrik qui vécut ensuite avec le dernier mari vivant et la femme. Le dernier mari dut chasser doublement, soumis à Kakkrik, et ne recevoir la visite de sa femme qu'une fois chaque semaine, bien surveillé par Kakkrik au moment du jeu d'ailleurs, à seule fin que l'homme ne se montrât pas trop enthousiaste.

Ainsi qu'il est dit aux veillées d'hiver, tout ceci eût été évité à Kakkrik et il n'aurait eu qu'un seul remplaçant à tuer au retour, si le Blanc n'avait pas menti!

La nouvelle concernant Ramook était venue d'un Inuk. C'était un gage de vérité; l'expérience passée le prouvait.

— On l'a mis à mort? demanda Agaguk, mais sans curiosité.

— Oui.

Il chercha en lui-même, ne trouva aucune émotion. Ramook était mort, c'était fini, lui Agaguk ne ressentait rien. Il en éprouvait même, et sans se le cacher, un certain soulagement.

— C'est ainsi que je l'avais deviné, dit-il.

Alignak balançait la tête de droite à gauche, geignant doucement.

— Aïe, aïe...

Agaguk lui jeta un regard curieux.

— La tribu est désolée, dit Alignak. Notre chef est mort.

301

La voix était hypocrite, Agaguk ne crut rien aux sentiments exprimés. Désolée, la tribu, que Ramook fût mort? Inquiète, peut-être, désemparée, c'était possible; mais désolée? Les mots disent ce qu'ils veulent dire. On les emploie par besoin, sans plus. Ou alors on les emploie pour fausser l'idée. Comme les mots d'Alignak. Où voulait-il en venir?

— La tribu, dit Hayuluk, a besoin d'un chef.

Muet, Agaguk attendit. Nattit toucha à son bras.

— La tribu a palabré, dit-il. De longues heures, de longs jours.

— Ce n'était pas facile, geignit Alignak.

Dans la hutte, Iriook écoutait, le cœur battant. Elle savait bien qu'il se discutait de graves sujets, mais qu'y pouvait-elle, puisque, en ces choses du moins, et pour cette fois, Agaguk devait se sentir le maître? Il y avait bien assez de ce qu'elle imposait à l'homme par ailleurs, sans intervenir aujourd'hui en ce débat.

Tayaout jouait avec un couteau d'ivoire, accroupi aux pieds de sa mère. Dehors, les hommes étaient redevenus silencieux. Lentement, une gêne les gagnait. Ils avaient cru trouver Agaguk plus cordial. Ils avaient espéré n'avoir que peu à dire pour qu'il comprît le but de leur visite. Et, comme ils craignaient tous trois un refus, ils n'osaient s'aventurer plus loin, ne fût-ce que par simple orgueil.

— Nous en sommes venus… dit de nouveau Nattit.

Il cherchait des mots pour les abouter à cette phrase.

Hayuluk se releva, vint devant Agaguk. Plus déterminé que les autres, il allait frapper le grand coup.

— Nous avons pensé que tu nous serais un bon chef, si tu veux revenir au village.

Le mot était lâché.

Agaguk, qui s'y attendait maintenant, ne manifesta aucune émotion. Il les regarda tour à tour. Nattit, le gras, le balourd, le rusé. Alignak le geignard, qui ne trouvait jamais le temps à son goût, la chasse à sa façon, la vie accordée à ses désirs. Petit lui aussi, maigre par contraste avec les autres, mauvais chasseur, peu utile aux femmes qu'il fouaillait sans les satisfaire, inhabile qu'il était en tout. Et Hayuluk, retors, musclé, prolixe, bruyant, vantard.

Pourquoi venaient-ils tous jusqu'ici se chercher un chef? Que se passait-il à la tribu? Et quelle raison profonde leur faisait choisir Agaguk?

L'Inuk réfléchissait, prenant sa décision. L'on n'est pas chef si jeune, dans les tribus. L'honneur était alléchant. Mais il signifiait le retour à la vie de village. Agaguk ne voulait point perdre ce qu'il possédait. La paix surtout, l'isolement, la liberté qu'il avait de décider ses moindres mouvements.

Il y avait aussi Iriook.

Elle était dodue, alléchante. On cernerait la hutte. Agaguk parti à une portée de fusil du village, des gens comme Hayuluk, comme Nattit, comme bien d'autres, harcèleraient la femme. Il y a des lois tribales de bon partage. L'on est parfois tenu d'offrir sa femme en consolation à quelque solitaire, à un veuf récent ou à celui, enfin, qui est infortuné sans qu'il y ait de sa faute.

Agaguk, bizarrement, ne se sentait pas le goût d'accorder ses générosités aux besoins de la tribu. Il n'avait jamais envisagé de céder Iriook, fût-ce pour une heure. Sans qu'il lui fût possible d'exprimer par quelle transmutation il en arrivait à cette jalousie d'instinct, il ressentait le mal, il ne voulait pas l'entretenir en lui.

Iriook était son bien. C'était elle surtout qu'il voulait protéger du village, de la tribu, des exigences que provoque la cohabitation.

Et qu'irait-il faire en un groupe alors qu'il abhorrait la vie grégaire? Il était heureux ici.

D'autre part, l'honneur l'attirait. Il pouvait devenir l'un des jeunes chefs parmi les Inuit. Ce n'était pas un mince honneur. Chanté aux veillées comme grand chasseur, comme chef plus jeune que le plus jeune des tribus lointaines...

— Nous pouvons t'aider, dit Nattit. Démonter ta hutte, transporter tes biens jusqu'au village. À quatre, et Iriook en plus, pas besoin d'attendre l'hiver et l'aide des chiens.

Agaguk secoua la tête.

— Non, dit-il.

Trois visages d'étonnement.

— Non?

Nattit fit la grimace. Alignak possédait un nouveau prétexte pour geindre. Hayukuk s'avança presque menaçant.

— Nous t'offrons d'être chef, tu refuses? Tu as des conditions?

— Non.

— Alors, pourquoi refuses-tu?

Agaguk ne répondit pas.

— Nous chasserons pour toi, dit Nattit. Toutes provisions assurées.

Agaguk montra Hayuluk du doigt.

— Lui, pourquoi n'est-il pas le chef?

— Je ne veux pas, dit Hayuluk.

— Et moi non plus, rétorqua Agaguk.

— Pourquoi? insista Nattit.

— Je ne veux pas.

Il avait fait son choix. Sa voix ne révélait qu'une froide détermination. La discussion devenait impossible.

— Écoute, dit Nattit, si tu acceptes, nous...

Mais Agaguk l'interrompit, d'un mot.

— Non, dit-il.

Nattit fit un geste de la main.

— Non, répéta froidement Agaguk.

Plus tard, ils repartirent vers le village. Ils allaient marcher de nuit, le temps étant plus frais et le chemin plus aisé.

Resté seul avec Iriook, l'Inuk se sentit satisfait, heureux. Il se serait laissé attirer par l'offre alléchante qu'ensuite il l'eût regretté. Il le savait maintenant.

La paix de la toundra l'entourait, le ciel immobile, la beauté du soir. Toute cette pénombre familière dont il connaissait les moindres recoins, dont il possédait l'entière maîtrise. Sorte de roi, plus grand qu'un chef, dominant un pays plutôt que des hommes, cette plaine nourricière plutôt que vingt huttes et leurs habitants.

Il ne partageait avec personne cette contrée qu'il habitait, avec personne, sauf sa femme qu'il avait choisie et à qui il était attaché.

Roi d'un royaume, monarque absolu, il n'avait aucun compte à rendre. Les trois émissaires étaient partis et il les avait regardés s'éloigner sur la toundra. Puis il s'était assis par terre, comme il le faisait souvent avant d'entrer dans la hutte pour dormir. Il avait contemplé son ciel et ses étoiles. Il se savait en pleine paix, libre et content de vivre. Il sentit un pas, une présence, Iriook vint s'asseoir près de lui.

— J'ai entendu, dit-elle au bout d'un temps.

— Oui.

Elle lui toucha le bras.

— J'avais peur que tu acceptes.

Il secoua la tête.

— Je n'ai pas accepté.

— Tu as bien fait.

Plus tard, elle révéla sa pensée.

— Avec le temps, tu aurais parlé peut-être. À la veillée, tu aurais pu te vanter d'avoir tué Brown.

— Ils savent tous que je l'ai tué.

— Mais comme tu ne l'as jamais dit, ils te dénonceraient en vain. Ils n'ont pas de preuves. Un jaloux irait dire aux constables que tu te vantes du crime, il n'en faudrait pas plus.

Agaguk admira le raisonnement. Il n'avait pas songé à cette possibilité. Plus encore, rien de semblable ne lui avait effleuré l'idée.

— Pourquoi, dit-il, sont-ils venus me demander? Il y en avait d'autres, Komayak, par exemple... Seulement lui, et c'était à ne rien vouloir de plus. Il a l'âge d'un chef, il est grand chasseur, il est puissant.

— Est-ce qu'il a tué?

La question étonna Agaguk. Il n'avait jamais été habile à cette vie de la tribu. Il n'avait jamais su se préoccuper des subtilités de la vie collective, des courants d'opinion, des zones de force.

Il n'avait pas compris pourquoi l'on venait lui offrir d'être chef de la tribu. Il n'avait même pas tenté de comprendre. Il avouait sa complète ignorance. Et voilà qu'Iriook apportait une idée.

— Est-ce qu'il a tué un homme, Komayak?

Agaguk se souvint que cela était d'une certaine importance. Ramook, son père, n'avait pas accepté l'honneur, dans le temps, comme un prix de vertu.

— Tu as tué Brown, et la police ne peut rien prouver. Ils croient, là-bas au village, que c'est une grande chose. Ils raisonnent ainsi. Comme tu raisonnais, toi, il n'y a pas si longtemps.

— Et c'est pour avoir tué qu'ils me feraient chef?

— Peut-être...

Et elle ajouta:

— Pas seulement d'avoir tué, mais d'avoir tué et de ne pas avoir été puni par les Blancs.

Agaguk hocha la tête.

— Tu n'en sais rien, de ce que tu dis. Tu n'étais pas là quand ils ont palabré.

— Mais je sais que c'est ainsi qu'ils ont décidé de venir. Komayak n'a jamais tué personne, sauf ses filles à la naissance, et la mère de sa mère, quand elle fut trop vieille pour mâcher les peaux. Il n'a pas tué de Blanc, surtout.

— Non, c'est vrai.

— Tu es leur héros.

Il pesa le mot. C'était un grand mot. C'était une joie, quelque chose d'agréable. Un héros, il n'en vient pas à la dizaine et tous les jours. D'être chanté et raconté, cela plaît à un homme.

Iriook cracha sur la mousse.

— Un héros qui a tué, est-ce un héros?

Agaguk ne savait pas. Il hésita soudain.

— Dis-le! insista Iriook.

Le silence retomba entre eux. La paix de la toundra les envahit. Agaguk songea au reste, ce que signifiait le départ vers le village. Iriook avait raison.

Quoi de meilleur que cette vie choisie? Tout le reste importait-il? Il se leva.

— Viens, dit-il. Demain, il faut que je chasse.

Atsak

L'OURS

Tayaout avait cinq ans quand un ours des forêts du sud, un ours noir, monta jusque sur la toundra où habitait Agaguk. L'animal avait été blessé. Affolé, il s'était enfui sans juger de son parcours. Cela l'avait mené plus haut qu'à l'accoutumée, et maintenant il était égaré.

La blessure ne saignait plus et il se sentait faible, alors il se tapit sous des buissons près de la rivière et il attendit.

Agaguk, qui chassait plus haut ces jours-là, Tayaout à ses côtés, ne vit pas l'ours, n'en perçut pas l'odeur non plus, la bête étant cachée de l'autre côté de la rivière.

Le soir, l'animal se gardait bien de bouger, de peur d'attirer les loups. Il ne se sentait pas la force de les affronter. Il mit ainsi quatre jours à récupérer ses forces. Au bout de ce temps, il sortit et alla chasser. Il trouva peu de gibier sur la toundra, moins encore que dans ses forêts natales. Toutefois, il tua une belette d'un coup de patte. Plus haut sur la rivière, il vit des poissons nageant entre deux eaux. Il entra dans le courant, s'en saisit d'une dizaine, qu'il mangea. Au bord opposé de la rivière, il trouva des baies qu'il dévora. Puis il traversa le cours d'eau et retrouva sa cachette. Il était repu. De plus, personne n'avait deviné sa présence. Un moment, Iriook avait cru apercevoir quelque chose qui bougeait, loin en amont de la rivière. Mais elle avait des besognes au-dedans de la hutte, elle ne resta pas à surveiller dehors.

Par une sorte de miracle, l'ours put rester trois jours encore dans son bosquet avant d'être découvert. Ce n'est pas Agaguk qui l'aperçut, mais Tayaout. Il y avait des pierres dans un rétréci du cours d'eau et l'on pouvait traverser facilement à gué. Agaguk n'était pas allé en chasse ce jour-là et l'enfant jouait seul devant la hutte. Il prit caprice de traverser la rivière et s'en fut sur l'autre rive. Dans un bosquet, il aperçut une masse noire qui l'intrigua sans qu'il puisse l'identifier. Il s'approcha, tendit la main et toucha le dos de l'ours. Tayaout, nu-pieds, venant à contre-vent, n'avait pas éveillé l'attention de la bête qui somnolait. Au contact des doigts, l'animal tressaillit légèrement. Son instinct n'était pas complètement alerté. Puis, Tayaout toucha plus creux au poil, d'un geste d'enfant, brusque et sans mesure. Alors l'ours bondit, il roula, battit l'air d'une patte, se retrouva sur le ventre, se releva à hauteur de Tayaout aussitôt, s'accula au bosquet et rugit.

Une séquence de mouvements si rapides qu'ils en semblaient, confondus dans le temps, un seul et unique.

Tayaout cria. Un cri long, désespéré, qui se mêle au grondement de l'animal.

Toutefois, l'animal n'éprouvait aucune rage, mais plutôt une peur incontrôlable, complet dérangement de tous ses sens et ses instincts. Il ne reconnaissait pas cet ennemi. Tayaout n'avait pas l'odeur de l'homme. L'enfant ne bougeait point mais il criait, et l'ours grondait, l'un comme l'autre en proie à une peur mortelle.

De la hutte, Iriook entendit le cri de Tayaout, le grondement de l'ours. Elle cria à son tour. Agaguk, qui posait des pièges en aval de la rivière, entendit, lui, le grondement de l'ours et le cri d'Iriook, mais il ne perçut pas le cri de Tayaout.

Les jeux se faisaient, en mesure de temps comptée par fractions infinitésimales de seconde. Battement de paupières, l'instant d'une demi-respiration, un tressaillement; il ne fallait pour détendre l'ours, le faire bondir sur Tayaout, qu'un déclic infime, le raidissement d'un nerf, l'impulsion lancée vers un muscle.

Agaguk courait déjà, prêt à tuer.

De la hutte, Iriook émergeait fusil à la main, puis elle épaula, la mire encadra l'ours.

Mais avant la pression du doigt sur la gâchette, avant l'aboutissement de la course folle d'Agaguk, la scène changea comme si quelqu'un avait soudain créé la vie là où il n'y avait que des statues immobiles.

Tayaout qui criait rugit soudain, si tel se peut nommer le son qui émana de cette gorge menue. Il roula par terre, se retrouva aussitôt sur ses pieds, mais une pierre à la main. L'ours se ruait sur lui. Il lança la pierre, atteignit l'animal en pleine truffe, l'ours tituba, brisa son élan et courut en direction opposée, fuyant soudain son assaillant.

Au même instant, Iriook tira. Elle avait suivi l'ours dans la mire, même lorsqu'il fuyait. La balle fracassa la tête de l'animal qui s'affaissa.

L'ours était mort. Iriook tremblante, courait sur les pierres du gué, entourait Tayaout de ses bras. Agaguk, lui, arrivait sur les lieux.

Une fois sur place, l'Inuk criait et pleurait presque, dansant en rond, battant des mains.

— As-tu vu? cria-t-il. As-vu vu Tayaout? Il a mis l'ours en fuite. Il l'a assommé de sa pierre!

Il portait le petit haut dans les airs. Il le lançait et le rattrapait, et Tayaout riait à pleine joie, criait aussi. Iriook,

Saglovok

LE MENTEUR

Iriook mit bien des jours à exprimer ce qu'elle avait en elle, qu'elle n'avait point dit auparavant et qui la troublait.

Un matin qu'Agaguk n'était pas allé à la chasse elle le fit asseoir avec elle devant la hutte. Près de la rivière, Tayaout jouait. Il était nu et il entrait parfois dans l'eau, s'amusait à prendre des écrevisses qu'il jetait ensuite à portée des poissons.

— Agaguk, dit la femme.

— Qu'est-ce qu'il y a?

— Quelque chose à te dire, qui importe...

— Je t'entends.

— Le trafiquant Brown, c'est toi qui l'as tué?

— Tu le sais. Tu l'as déjà demandé, je te l'ai dit.

— Oui, je le sais.

— Et alors?

— Ramook aura été pendu, disons, pour avoir tué Henderson, pour avoir tué Ayallik... Mais toi?

— Moi?

— Es-tu comme eux, du village? Ou as-tu fui pour vivre autrement?

Agaguk ne répondit pas. Il regardait attentivement sa femme. Maintenant qu'il avait ce visage mutilé, elle ne savait la pensée de son homme qu'en observant son regard. Et le regard, à cet instant, restait fermé, voilé. Elle n'en pouvait rien deviner.

— Si tu n'es pas comme eux, poursuivit-elle, d'avoir tué un homme devrait te troubler...

— Pourquoi? Il a voulu me voler mes peaux.

— Tu aurais pu te contenter de les reprendre, sans le tuer...

— Que veux-tu?

— Rien. Savoir...

— Savoir quoi?

— Tu regrettes de l'avoir tué?

Agaguk resta longtemps sans répondre, puis il se décida.

— Pourquoi me reparler encore de toutes ces choses? Es-tu une femme comme les autres?

— Oui.

— On ne le dirait pas.

— Je le suis pourtant.

— Dans nos tribus, dans nos villages, les femmes parlent moins haut, et elles ne se soucient pas des actes de leurs hommes.

Il tentait une défense, allant pour une fois au-delà de ses nouvelles façons de voir.

— Alors, je ne suis pas comme les autres.

— Je le vois bien.

— Je suis Iriook, cela devrait te suffire. Et qu'est-ce que nous sommes ici, seuls dans notre pays à nous?

L'homme courba les épaules.

— Nous sommes ce que nous sommes.

— C'est autrement des autres.

— Peut-être...

— Tu regrettes d'avoir tué le Blanc?

— Je ne sais pas.

— Tu étais plus jeune, tu n'avais pas vécu ici long-temps. Tu ne me connaissais pas beaucoup.

— Je sais.

— Et tu n'avais pas Tayaout.

L'homme serra les poings.

— Tayaout, poursuivit Iriook, c'est ce qui compte. Si quelqu'un le faisait brûler, la nuit?...

— Brown n'était pas Tayaout. Brown était un Blanc qui voulait voler.

— Mais il avait peut-être des gens qui l'attendaient dans son pays... Si tu partais, toi; si quelqu'un te tuait, moi j'attendrais. Et, ne te voyant jamais revenir, je pleure-rais...

Derechef, Agaguk retomba dans le silence. Un temps, puis...

— Et si je regrettais d'avoir tué Brown?

— Pour une vie enlevée, il faut en donner une...

— Je ne comprends pas, dit Agaguk.

— Je ne parle pas d'aujourd'hui... Mais s'il venait un temps où tu doives choisir? Donner une vie pour celle que tu as enlevée?

— Je ne sais pas ce que je ferais.

— Tu la donnerais, cette vie?

Hésitation.

— Oui, peut-être.

Tayaout, à la rivière, poussa un cri.

— Aya...!

Il était debout dans l'eau, il tenait au-dessus de la tête un fort poisson qui se débattait. Agaguk se leva.

— Vois, dit-il, il faut que j'aille à la rivière.

Il fuyait, c'était évident, mais il en avait assez dit pour qu'Iriook fût satisfaite. Émue, elle les regardait tous deux, ses hommes, ses enfants, ce Tayaout déjà si sûr de lui-même et l'autre, cet Agaguk qui allait regretter un crime...

Un sentiment qu'aucun Esquimau ne s'avouerait jamais.

Un sentiment de femme...

Et provenant de ce mâle puissant, de ce maître devant lequel elle se fût mise à genoux...

Puissant, ce mâle Agaguk?

Mais où se situe la puissance? Dans les muscles? Au détour de chaque geste? Dans l'effort pour soulever de terre une carcasse de caribou?

Dans l'étreinte?

Ou alors, au gré de la vie, dans la calme défaite des ennemis, dans la marche sûre, abattant les obstacles hors de tout élan, puissance lente, inexorable...

Puissance.

Il n'est pas possible à Agaguk d'analyser sa force. Il s'éveillait au matin, habitant exilé d'un pays d'inconscience dont il n'avait point compris les géographies. Il entrait dans un autre pays, celui-là familier, habituel à ses jours, rassurant aussi.

Pour chaque ennemi une arme. Pour chaque menace une défense. Debout, pleinement conscient, habile aux jeux de vie, Agaguk ne sentait pas la peur. Il savait la recette de victoire contre chaque bête dangereuse. Contre le froid, contre les grands vents de la toundra, contre les éclairs dans le ciel d'été, il connaissait l'abri le plus sûr. Il savait se terrer s'il le fallait, courir quand le temps en était venu, défier s'il y avait lieu.

Mais la nuit?

Mais le sommeil?

S'il était donc une brèche dans la muraille, une faiblesse dans la force, c'était durant les rêves de la nuit.

Il ne le disait point. Il n'aurait pas su le dire.

S'il était troublé au réveil, comment expliquer à Iriook que, pendant le sommeil, des bêtes sauvages, énormes, sans nom, et contre lesquelles il n'avait pas de défense, s'abattaient sur lui et le dévoraient?

La blessure au visage, chaque nuit douloureuse, chaque nuit était rouverte par les bêtes de rêve; l'homme chaque nuit se roulait par terre, impuissant, criant à l'aide, implorant, gémissant.

Il ne se doutait pas, quand il se tordait dans le cauchemar, quand les sueurs l'inondaient, qu'Iriook, soucieuse, appuyée sur un coude et bien éveillée, l'observait.

Parfois elle le secouait, pour chasser le mauvais rêve. Mais elle avait appris, bien jeune, qu'il ne fallait pas combattre les rêves, qu'ils sont des habitants des pays du sommeil, qu'ils y vivent, libres et puissants, et que de les chasser une nuit les ramène, mille fois plus menaçants, la nuit suivante.

Elle ne pouvait donc rien.

Il en fut ainsi durant des mois.

Chaque jour, restait pour elle le labeur à accomplir. Sa tâche éternelle qui ne se terminerait qu'à la mort. Et pour Tayaout, la croissance rapide, la prise de conscience du monde ambiant, l'équilibre tous les mois plus complet, les muscles de plus en plus dociles.

Et la merveille de la toundra...

Bientôt, la misère de la plaine de neige...

Car l'hiver revenait. On en sortait à peine que déjà le vent sifflait chaque nuit, froid et pressant. Au matin, la mousse était raidie par le gel, et il n'y avait de répit qu'au sommet du jour, quand la tiédeur du soleil mettait à raison le vent du nord et qu'il faisait presque doux.

Il n'y avait plus de vert. La toundra redevenait sombre. Là où l'eau issant des mousses s'étalait en flaque, la glace se formait chaque matin et mettait tous les jours un peu plus de temps à céder au soleil.

Les oiseaux d'été s'envolaient vers le sud. Des outardes qu'Agaguk épiait, qu'il abattait aussi, les bons mets du temps doux, reprenaient le chemin des pays de soleil. Bientôt la toundra serait ferme et dure, le *permafrost* remonterait à la surface, et les premiers flocons de neige, fins comme du sel, courraient sur la mousse.

Soudain, ce serait l'hiver.

Et qu'en serait-il, de ce temps dangereux? La chasse avait été bonne et les provisions ne manquaient point. Les pelleteries formaient déjà un ballot imposant à échanger au poste de traite le printemps revenu. Les peaux de nécessité: celle de caribou, de loup et quelques peaux de renard; les peaux de phoque qui restaient formaient elles aussi une réserve précieuse.

La boîte contenait des balles pour toute la saison et plus encore. L'on ne manquerait ni de sucre, ni de sel, et il y avait même un large sac de thé, luxe dont Agaguk était fier. De la graisse, du suif, et même de l'huile, produit de patiente distillation, assuraient les indispensables réserves de gras.

L'hiver pourrait venir, on ne manquerait de rien.

S'il y avait un trouble dans l'âme de l'Inuk, ce n'était point la misère possible — maintenant reculée d'un autre hiver — qui le causait. Il y avait plus encore qu'il s'expliquait mal. L'épisode concernant Ramook peut-être, les visites de la police, l'accident?

Il n'aurait pu dire.

Plus encore que tout le reste, cette incertitude de vie qu'il avait tôt appris à braver, les ruses de combat contre la police, les perturbations de village qui faisaient partie de la vie et de ce que la vie pouvait apporter; plus encore que tout ceci, une inquiétude rongeait Agaguk.

Il découvrait chaque jour un peu plus Iriook. Une lente révélation qui semblait ne jamais devoir cesser. Et ce qu'il découvrait le laissait songeur.

Il avait bien aimé aux premiers temps le visage lisse et beau de sa femme, son corps aux muscles solides, trapu, qu'il étreignait plaisamment. Il avait désiré Iriook dans son corps. Puis, au passage des mois, il avait apprécié son habileté à accomplir les besognes, sa force, sa résistance.

Puis l'enfant était venu. Un fils, et la reconnaissance profonde d'Agaguk. Il avait découvert, par cette naissance, l'attachement d'homme qu'il avait pour Iriook.

Il avait découvert que tout ce qui faisait mal à sa femme lui faisait mal en retour et qu'il sentait alors le besoin d'étrangler, de frapper, ou même de tuer. Une émotion en lui qui le rendait fou, mais quel sens donner à ce désir animal de tuer lorsque Iriook souffrait?

Après l'accident, la femme s'était de nouveau révélée à lui. Auparavant, elle avait été la femelle précieuse, dépendant de lui, mais à laquelle il tenait autant qu'il pouvait tenir à son fusil, à ses pièges, aux balles, au poêle de métal, à la lampe pendue dans l'igloo.

Quand l'accident se produisit, qu'Iriook prit de lui un soin patient, quand elle chassa pour lui, écorcha et dépeça, quand il la vit angoissée, dévouée, attentive à ses moindres gémissements, elle devint pour lui plus qu'une femelle. Il en ressentit un embarras inexplicable.

Il n'était pas de sa race et de sa tradition de laisser une femme dépasser le rôle de femelle que les millénaires lui imposaient. Pourtant, devant les policiers, la ruse immobile, calme, déroutante qu'avait montrée Iriook... Elle l'avait

319

sauvé, c'était certain. Et Agaguk avait trouvé le mot juste, accusant Iriook de savoir parler haut, trop haut, plus haut que les femmes de tribu ne doivent le faire...

Devenue plus qu'une femelle, donc une femme?

Mais qu'est-ce que cela signifiait?

Et qu'avait-elle dit au juste?... Payer tribut pour la mort de Brown? Aujourd'hui, brûlerait-il Brown avec le même tranquille sang-froid? Y songerait-il deux fois avant de le faire?

Iriook avait dit: «Tu étais plus jeune...» Mais c'était peu, en termes d'années, de mois... Que voulait-elle dire? Vieillir, c'est le passage du temps. Il ne voyait point d'autre vieillissement que celui-là.

Maintenant, si une fille naissait de sa grossesse, elle exigerait de la garder!

C'était cela surtout, après tout le reste, sorte d'atout qui lui faisait peur, l'emprise d'Iriook, sa puissance, c'était cela qui le troublait. La puissance d'Iriook.

Le mot le fouetta. Il ne put supporter cette pensée. Une femelle, plus puissante que le mâle? Il eût dû pouvoir flageller cette femme à coups de lanières de cuir! La mater. Même en l'aimant bien, il devait demeurer maître en sa hutte, maître en son igloo...

Il errait sur la toundra, l'œil aux aguets, cherchant la proie à abattre et, dans sa tête, le tourbillon qui lui faisait mal, qui l'oppressait. Qu'était devenue Iriook? Plus forte que lui?

Il fallait conserver une vie pour racheter la mort de Brown? C'était une morale toute neuve qu'il ne connaissait pas.

Il faudrait laisser vivre la fille? Soit, les provisions ne manqueraient pas cet hiver; mais l'hiver d'ensuite? Le petit, lui, grandissait rapidement. En peu de temps il apporterait sa part de provisions, mais la fille? Qu'il y ait seulement un mauvais hiver, la bouche de plus à nourrir serait une charge énorme...

Il fallait se résoudre à combattre. S'il la laissait faire, Iriook pouvait empiéter. Il lui permettrait d'être patiente. Il lui permettrait d'être angoissée de lui. Il l'aiderait en bien des besognes, s'il le fallait, et il la laisserait dire...

Mais il tuerait la fille à la naissance!

Dût-il le faire en cachette, quitte à avertir Iriook une fois l'acte accompli.

Il revint ce soir-là bien décidé, les yeux durs, et dans son âme la réponse à toutes ses inquiétudes. Iriook pouvait être une femme autre que les autres femmes des tribus, elle se plierait à une tradition, à un besoin, voire à une nécessité. La fille ne survivrait pas, il ne fallait pas qu'elle survive. Ne serait-ce que pour enseigner à la femme la place précise qu'elle devait occuper dans la vie de son homme.

Femelle, femelle au grand cœur, bonne et laborieuse, rusée aussi et habile à chasser autant que l'Inuk, mais pas plus qu'une femelle.

Le maître, c'était lui.

Quand il entra dans la hutte, le soir était tombé, et le poêle grésillait, chaud comme jamais.

Nue, Iriook attendait son homme. Elle était assise, les cuisses écartées, les seins érigés. Elle souriait. Le sexe velu était sombre, mystérieusement invitant. Tout s'écroula en Agaguk, toutes ses résolutions, le sursaut de puissance. Il s'avança silencieusement vers elle.

Le petit, indifférent, jouait sur le bac de mousse avec des lanières de babiche.

Il faisait une pénombre mouvante dans la hutte. Une bonne odeur de sueur, de graisse chaude et de viande faisandée régnait, qui enivrait Agaguk. Il eut soudain une sorte de rugissement rauque et tomba sur elle, les mains nerveuses, chercheuses, presque brutales...

Agaguk, le puissant...

Niviaksiak

LA FILLE

Au village, la vie avait depuis longtemps repris son rythme et l'on ne parlait même plus de Ramook et de ses crimes. La femme de Ghorok avait accueilli un autre homme dans son igloo, un solitaire qui n'avait personne pour mâcher le cuir et garder le feu vivant dans la lampe...

Oonak voyagea jusqu'à la Grande Eau pour tuer des phoques. Il était accompagné de deux jeunes gens de la tribu avec lesquels il partagea une habitation. L'un de ces derniers fut assommé durant son sommeil et les phoques volés. Ce fut Kuriaak, mère de la victime, une autre femme qui parlait trop haut, qui dénonça le coupable. Mais il ne fut rien fait à Oonak, car il consentit à rendre deux phoques et paya l'autre de cent balles de fusil.

Une femme perdit tout son sang une nuit. Elle se tenait jambes ouvertes sur le banc de glace, et le sang formait une flaque grandissante par terre. On manda le nouveau sorcier, qui appliqua des sachets humides pleins d'amulettes sacrées sur la vulve. Rien n'y fit et la femme mourut au petit matin, tout comme si elle s'endormait. On la croyait sauvée, le sang ne coulait plus, mais elle était morte...

L'un des vieux, Hala, s'en fut hors du village, se construisit un dernier igloo, et s'enferma sans feu et sans provisions. Il mourut quelques jours plus tard. Il ne chassait plus depuis deux ans. Il était au bout de sa route.

Un enfant mourut d'une douleur au ventre que le sorcier ne guérit pas...

La femme d'Onaituk quitta son mari pour aller vivre avec un autre homme, qui avait déjà une femme mais qui en voulait deux, entendant doubler son plaisir. La femme d'Onaituk s'accommodait bien de ces choses elle aussi, et elle fit prestement un enfant à son nouveau mâle...

Ainsi se déroula cette chronique d'une vie paisible, les jours à signaler n'étant qu'une fraction minime du temps global. L'on pouvait compter à la forte douzaine les jours où rien ne se passait. Chasse, repos, sommeil, le repas, la besogne des femmes, les coïts quotidiens, l'ennui du temps qui se déroule sans heurts.

Ce rythme de vie, sorte de cycle quotidiennement renouvelé, n'était pas tellement différent de celui vécu par Agaguk et Iriook. Qu'il ne se passât rien de tragique chez le jeune couple n'infirmait en rien la sourde angoisse régnant dans l'igloo. Il couvait sous cette paix apparente, à la mesure des longues journées et au hasard des chasses occasionnelles, et malgré les actes et les efforts routiniers, une tension montante qui s'emparait d'Agaguk.

Le deuxième enfant allait naître.

Il n'y avait plus que cela de vraiment important. Iriook portait bas, pesamment, et elle avait le souffle court. D'un jour à l'autre maintenant, elle allait se coucher et l'enfant sortirait de son ventre. Que serait-il?

— Une fille, dit-elle une fois, comme si elle continuait haut sa pensée. Ce sera une fille.

Agaguk, étendu sur le banc de glace, les mains sous la nuque, ne bougea ni ne répondit. Mais il sentit que son cœur battait plus fort.

— Ce sera facile, cette fois, dit Iriook au bout d'un temps. C'est toujours ainsi pour le deuxième...

Elle comptait sur ses doigts.

— Une femme du village, elle en a eu quatorze... Comme je te montre sur les doigts. Elle eut du mal seulement au premier.

Cette fois, Iriook n'avait pas attendu, immobile et stoïque, que l'enfant croisse en elle. Aucun jour ne s'était passé qu'elle n'ait abattu sa besogne, à force de muscles. Toute la tâche de la femme esquimaude accomplie sans gémir.

L'enfant viendrait facilement, car si elle se touchait au ventre, les muscles en étaient cordés, durs, et elle avait les jambes solides. Et que naîtrait-il de ce ventre? Le mâle que voulait Agaguk? Ou la fille qu'elle désirait?

— Ce sera une fille, répéta-t-elle.

Agaguk rongeait le mal en lui. Des jours de puissance, des jours de faiblesse. Une heure durant, la certitude qu'il tuerait l'enfant si c'était une fille. Et l'autre jour, indulgent devant le désir d'Iriook, se jurant à lui-même qu'il laisserait vivre sa fille, tel qu'il l'avait promis.

Torture aussi. Tourment. Un état nouveau pour lui, qui n'avait jamais bien connu la souffrance morale. Il y avait assez des angoisses des jours, la peur de la faim, la peur de périr, les dangers — mille et une menaces constantes l'épiant sur la plaine de neige — sa vie enfin, et le souci de survivre de jour en jour. Il y avait assez de ces inquiétudes sans encore devoir en éprouver d'autres.

Mais les autres venaient sans qu'il les cherchât.

Il ne savait pas qu'il fût possible de souffrir par la seule angoisse, par un seul dilemme. Et c'était bien ténu, il avait peine à réfléchir à ce problème. Il n'arrivait que difficilement à le comprendre.

Un instinct demeurant, qui dictait le mal, le dirigeait, le modulait. Il ne fallait pas qu'Iriook pleurât. Et même alors qu'il se sentait tout-puissant et maître, quelque chose de sourd en lui, une voix qu'il percevait sans presque l'entendre lui rappelait que, s'il étranglait la fille à sa naissance, Iriook pleurerait.

Et cela, il ne le voulait pas.

Chaque jour, Iriook grossissait davantage. Maintenant, elle était énorme, le ventre ballant, les seins comme des outres et le visage brun marqué de taches blanchâtres.

L'hiver était déjà fort avancé quand un signal lui vint. Presque rien, une douleur qui lui élança dans le ventre, de gauche à droite, puis disparut.

Un blizzard secouait la plaine, immense, destructeur, ensevelisseur. Il n'y avait plus de vie, seulement le rugissement du vent, la poussée monstrueuse de la neige.

Pendant des jours, le visage d'Agaguk avait reflété le mauvais temps proche. La cicatrice, rosée, un peu sanguine même, était devenue livide. Il y naissait parfois une sourde douleur. À la lueur de la lampe exagérant les creux et les sombres, il était plus que jamais horrible à voir. Tant qu'ils avaient vécu mi-partie dans la hutte et mi-partie au-dehors, elle n'avait pas eu à combattre la hideur de son mâle. Dans l'igloo, la face ravagée devint une effrayante présence.

Vint ce blizzard qui dura trois jour, puis quatre, qui entrait dans sa cinquième journée, et alors Iriook commença à ressentir une étrange panique en elle. Était-ce son état, l'exaltation nerveuse de la grossesse? Elle n'aurait su le dire.

Agaguk était devant elle comme un cauchemar; ce visage où elle ne pouvait plus lire une expression, qui n'était plus humain, qui atteignait au monstrueux. Ce visage avec lequel maintenant elle devrait vivre une vie.

Était-ce là un sort à subir? Et pour combien d'années? Cela se mesurait-il en lunes, en saisons, ou en révolte?

— L'enfant sera beau! s'écria-t-elle. Ce sera une fille plus belle que la Grande Neige, plus belle que les fleurs de la toundra!

La douleur venait de la quitter et elle n'avait eu pour refuge et assurance que ce cri, témoin de la douleur aux entrailles, le mal combiné du terme proche; et l'autre, si subtil que, pas plus qu'Agaguk, la femme n'en pouvait vraiment saisir le sens, celui de la peur de vivre.

Vivre, surtout, devant cet homme…

Chacun, l'Inuk et sa femme, retenu loin de l'autre par une pensée sourde et secrète, et trop ténue pour qu'ils puissent, l'un comme l'autre, l'exprimer, l'un avec l'autre la vaincre.

«Serait-ce une fille?» se demandait Agaguk.

«Ce sera une fille, et elle ne pourra pas plus vivre avec ce visage d'homme que je ne puis…», se disait Iriook.

Elle transposait l'horreur. Ce ne serait pas elle, Iriook, qui ne pourrait plus vivre ainsi, mais la fille à naître, douce et jolie, qui reculerait d'épouvante devant Agaguk son père.

Les jours devinrent des heures et chaque heure la longueur d'un jour. Les minutes se comptèrent au rythme des battements de cœur. Un rythme lourd, lancinant, qui refoulait le sang aux tempes. Chez Iriook, selon la marche de la nature se multipliant en elle. Chez Agaguk, somme de silence accumulé qu'il n'avait pas su rompre: une angoisse, une peur, et avec le passage des heures la résolution grandissante qu'il lui faudrait, malgré tout, obéir à la tradition.

Il eût fait soleil sur la toundra et son fusil eût abattu des bêtes qu'il aurait peut-être vaincu l'instinct. Il aurait suffi de ces signes de joie au-dehors, pour le rassurer sur les avenirs où une fille pourrait survivre. Signe du ciel, une échappée de soleil, trois bêtes à bout de mire...

Mais le blizzard?

Cela aussi était un signe du ciel. Si le vent durait encore au moment de la naissance, ne serait-ce pas là la voix des Mauvais Esprits? *Agiortok!* Ils ont parlé: la fille mourra!

Battement du cœur, un coup sourd, la fille mourra! Recommencement, hantise, la fille mourra! Chaque battement une affirmation.

Dehors, le vent hurlait.

Agaguk repassait des choses connues en sa tête. L'expérience des âges. Un mauvais été, l'absence cyclique des bêtes — nommée dans les chants, cette absence —, l'habitation de la plaine par *Agiortok,* le Mauvais Esprit, et rien à manger la mi-hiver venue... Ce pourrait être la famine dans l'igloo. En ces temps-là, une fille, un vieillard, un enfant infirme, sont toutes choses de misère, fardeaux à détruire...

Battement du cœur, la fille mourra, étranglée, jetée dehors aux chiens et aux loups dès la naissance.

Et Iriook?

Iriook? Elle pleurerait. Pourtant il ne fallait pas qu'elle pleure. Il n'eût pu le supporter.

Dehors, le vent s'acharnait, c'était un enfer...

Or, il est venu des blizzards, les vieux le disent, pour durer des semaines sans jamais faillir. Et ces blizzards, les vieux l'affirment aussi, viennent toujours alors que dans les igloos les provisions diminuent!

Un Blanc avait dit un jour: «Vous mangez trop, les Inuit, surtout en saison d'inaction. Vous êtes des goinfres. Il faut la viande de dix caribous pour nourrir quatre Esquimaux pendant un seul hiver.»

Les Blancs savent toujours dire de grands mots et donner des conseils... Les Esquimaux, eux, savent vivre. À chacun son savoir. Et s'il est un savoir que l'Esquimau possède, n'est-ce pas, raisonnait Agaguk, d'éviter les bouches inutiles?

C'est ainsi qu'il devrait parler à Iriook, après la mort de la fille. Il lui faudrait convaincre la femme que ce n'était pas seulement une habitude à perpétuer, mais la nécessité de survie. L'enfant mourrait parce que même si présentement rien ne manquait, il fallait songer à l'hiver suivant. Et aux autres hivers jusqu'à ce que la fille puisse mâcher le cuir, coudre et gagner ainsi sa pitance.

Agaguk prenait des résolutions.

Le temps vint et les prit tous deux par surprise. Les vieilles avaient raison. Pour un deuxième enfant, et parce que la femme n'avait pas failli à la besogne même jusqu'au dernier jour, l'accouchement serait à peine douloureux.

Le temps vint sans travail.

Un moment, Iriook ressentit un déchirement qui la traversa de part en part. Alors elle se laissa tomber sur le dos. Déjà l'enfant allait naître.

N'akoksanik

LE BONHEUR

Au cri d'Iriook, une plainte sauvage, angoissée, Agaguk avait bondi.

Se souvenant de la naissance de Tayaout, il arracha prestement les vêtements couvrant la femme. Elle était étendue, nue, sur une peau de caribou, le visage contracté, le ventre ballonné, une masse monstrueuse au-dessus d'elle.

Éveillé par le cri, Tayaout pleurait de frayeur.

Agaguk, accroupi aux pieds de la femme, observait impassiblement l'ouverture béante où se voyait déjà la tête de l'enfant à naître.

— Ce ne sera pas long, fit-il d'une voix calme.

Ce furent ses seules paroles.

Une autre douleur déchirait Iriook, et déjà l'enfant émergeait. La tête glissait hors du ventre, aisément, comme si quelque main intérieure pressait un sac pour en exprimer le contenu. Iriook ne criait plus. Une plainte seulement montait d'elle, cent fois moins horrible qu'en cette première nuit, où Tayaout était né.

Les mains tendues, Agaguk attendait de saisir.

Quand, soudain, en un dernier effort, l'être neuf glissa et tomba dans les mains d'Agaguk, celui-ci d'un geste sûr

trancha le cordon à l'aide d'un couteau d'ivoire. Là-haut...
bien loin d'Agaguk, semblait-il, Iriook geignait. Si loin,
que l'homme n'entendait plus rien. Un grand bourdonnement naissait en lui, il restait accroupi, tenant l'enfant. Il
n'avait eu de regard que pour le sexe.

Une fille!

C'était tout de suite ou jamais. Il fallait profiter de la
demi-conscience d'Iriook, et de la seconde d'immobilité de
la petite.

Agaguk rampa comme un animal, tenant d'une main
le petit corps gluant. Sans bruit il se dirigea vers le tunnel. Il savait quoi faire. À peine dehors, d'un geste décisif
il étranglerait la fille, lui cassant le cou du même effet.
Puis il jetterait le corps dans la neige. Les loups et les
chiens auraient vite fait de se repaître et, au matin, il ne
resterait rien.

Il rampait, le mouvement de son corps seul bruit perceptible, un frottement. Mais si ténu qu'il fallait une ouïe
de grande finesse pour l'entendre.

Tayaout s'était endormi.

Agaguk allait atteindre le tunnel quand soudain la voix
d'Iriook s'éleva, calme, implacable.

— Agaguk!

Il s'immobilisa. L'enfant contre lui ne bougeait toujours pas. Il tourna la tête. La femme était assise. Carabine
à la main, elle le tenait en joue.

— Maintenant, dit-elle, fais-la respirer.

Il hésita un moment. Puis il se redressa, silencieux,
mais tendu comme une corde de harpon. D'un doigt nerveux il vida la bouche de la fille des muqueuses qui s'y accumulaient. Il la pendit par les pieds à sa main calleuse, de
l'autre main il la frappa au dos.

L'enfant fit comme autrefois Tayaout. Elle se recroquevilla soudain. Un long pleur jaillit qui résonna contre les parois glacées de l'igloo.

— Donne-la, dit Iriook.

Elle tendit la main et le bras et Agaguk vint y poser l'enfant.

Iriook examina longuement le corps rondouillet. Elle tâta les membres potelés, toucha au duvet noir sur la tête. Lentement, d'un geste presque câlin, un geste de caresse quasi sensuelle, sa main glissa sur le ventre de la petite, vint frôler la vulve bombée. Songeusement, Iriook contempla le sexe de la petite, puis son torse, et la tête encore. Puis elle sourit. Ce serait une belle fille. Contente, elle posa l'enfant sur la peau de caribou à côté du fusil.

Agaguk n'avait pas bougé. S'il ressentait quelque rage, il n'en laissait rien voir.

Iriook, son regard impassible, mi-assise, appuyée contre la paroi, montra du doigt l'enfant, du doigt aussi le fusil.

— Ce n'est pas ainsi que cela doit se faire, dit-elle.

Agaguk ne bougeait toujours pas.

— Écoute-moi, dit Iriook. Il faut que ce soit toi qui décides. Je ne veux pas te forcer.

Agaguk se carra les talons. Ainsi, il faudrait en venir à pareille chose? Gagner par la logique? Les habitudes transmises, les craintes millénaires ne s'exprimaient pas facilement. Il cherchait des mots. Iriook le devança.

— Tu allais tuer ma fille?

Il ne répondit pas tout de suite.

— Parle! insista Iriook.

— Oui.

— Sans me le dire?

Il haussa les épaules.

— Sans me le dire? répéta Iriook.

— Oui.

Elle avait un cerne autour des yeux. Son ventre encore bien gros semblait lui faire mal. Parfois, des contractions de douleur la secouaient.

— Je ne peux la garder, dit Agaguk.

C'était son premier argument, le seul qu'il eût à offrir. Il ne fallait pas. C'était contre toute logique. Plus tard, peut-être, quand Tayaout serait grand...

— Tayaout chassera, un jour, dit-il. À ce moment-là, nous garderons une fille, deux peut-être...

Iriook secouait la tête.

— Non, dit-elle, je ne t'entends pas.

— C'est tout ce que j'ai à dire, fit Agaguk, sourdement.

Iriook eut un geste las. Elle montra le banc de glace.

— Assieds-toi, dit-elle, écoute ce que je vais te dire. Écoute bien.

Il était évident qu'elle souffrait encore. Les sommets de douleur ravageaient son visage. Ses yeux alors se voilaient, un rictus naissait à la bouche, la bave apparaissait à la commissure des lèvres. Et pourtant une force nouvelle émanait de la femme, qui retenait Agaguk, qui le clouait là. Il obéit, s'assit devant elle.

— C'est notre vie que nous jouons, dit-elle avec difficulté.

Elle parlait d'une voix sourde, que la douleur altérait soudain.

— Le comprends-tu, Agaguk?

Elle insistait. Il ne disait rien.

— Si la fille périt, que restera-t-il? Si tu m'enlèves ma fille, qu'est-ce que je ferai?

Il la défiait du regard.

— Tu n'es pas une Esquimaude, dit-il, se rabattant sur les dernières défenses. Tu parles trop haut, je pourrais te faire taire.

— Je partirai. J'emmènerai avec moi Tayaout! Je prendrai des peaux, mon fusil, des balles. Un matin, tu t'éveilleras et je ne serai plus là.

— Où seras-tu?

— Je ne sais pas. Je serai partie.

— Je te suivrai. Je te tuerai et je reprendrai Tayaout.

— Non, tu ne sauras pas en quelle direction nous sommes allés.

— Je te retrouverai. Tu ne peux m'enlever Tayaout!

— Et tu veux m'enlever ma fille?

Elle se renvoya en arrière soudain. Son ventre eut une contraction, et elle gémit comme une bête apeurée...

Agaguk la regardait, inquiet. Il savait que si elle se mettait à pleurer, il ne pourrait refuser la vie à la petite... Mais Iriook se redressa, les yeux secs, et son regard fixa celui d'Agaguk sans fléchir.

— C'est fini, dit-elle. Une douleur seulement.

Elle résistait au mal, un combat décrit par ses gestes, la panique dans son regard et, plus encore, par les gouttes de sueur sur son front.

— Que feras-tu, Agaguk? demanda-t-elle au bout d'un temps.

L'Inuk se leva. Lentement, les bras ballants, le regard fixe. Il n'osait faire un geste. Il ne se sentait pas prêt à le faire. Il se tenait là, le cou renfrogné dans la parka.

— Parle, fit Iriook, dis-le. Que feras-tu?

La petite vagissait; Agaguk coula son regard vers elle.

— Il faudrait qu'elle soit lavée, dit Iriook.

Il sursauta. Il lui semblait sortir d'un rêve. Que se passait-il? Qui allait mener en cet igloo? Une femme? La femelle venant d'accoucher?

Il cria soudain:

— C'est moi le maître! La petite va mourir. Et tu ne partiras pas. Et si jamais tu tentes de m'enlever Tayaout, je te tuerai comme une chienne.

L'atavisme millénaire reprenait le dessus. Il se forçait à croire que la femme devant lui pouvait pleurer, pouvait implorer et qu'il n'avait pas à lui obéir. Il n'avait même pas à se soucier d'elle.

Il bondit soudain, une détente des muscles qui le porta vers la fille vagissant sur la peau de caribou. Avant qu'Iriook ait pu esquisser un geste, il s'était emparé de l'enfant et courait vers le tunnel.

Mais de nouveau la voix d'Iriook l'arrêta. Cette fois c'était un hurlement sauvage, un cri originel, comme jamais encore Agaguk n'en avait entendu.

La femme était debout. Elle n'avait pas de fusil, elle tendait des mains vides. Et son corps au ventre encore ballonnant était grotesque à voir.

— Non, Agaguk, ne va pas la tuer! Écoute-moi!

Elle implorait.

— Une vie pour celle de Brown! cria-t-elle de nouveau. Agaguk, écoute-moi. Voilà ce que tu peux faire. La vie de cette fille contre la vie de Brown. Et tu auras la paix jusqu'à la mort! Je te le promets!

Elle pleurait, de grands sanglots qui hachaient les mots et qui secouaient son corps.

— Agaguk, par pitié, laisse-moi ma fille. Ne la tue pas.

L'homme ne bougeait plus.

Encore une fois il était sidéré par la femme et ses larmes qu'il haïssait tant, contre lesquelles il devenait tellement impuissant.

— Laisse-moi ma fille.

Cloué au sol, Agaguk était incapable de faire le moindre geste. Quelque chose l'immobilisait; une puissance si entière que rien en lui ne voulait s'y opposer.

Iriook ramenait maintenant contre elle ses bras qu'elle avait tendus, implorant qu'y fût déposée l'enfant. Sur son visage, la haine se substituait à toute imploration et à toute douleur. Mais une haine comme jamais Agaguk n'en avait conçu. Dans le regard, dans le pli des lèvres, dans tout le visage; ardente et indescriptible.

En l'homme brusquement surgit un besoin nouveau: détruire cette haine, car tout à coup l'avenir lui apparaissait, un jour suivant l'autre, vécu en silence. Ne plus jamais connaître les anciennes tendresses... Seulement le ressentiment, seulement cette haine avec lesquels il devrait apprendre à vivre...

Et de cela il se savait incapable. Mais pourquoi ne comprend-elle donc pas?

— Il faut que tu comprennes, dit-il.

Mais en prononçant les mots, il en saisit l'inutilité. S'il tuait sa fille, c'était du même coup Iriook qu'il tuait. Ou du moins il tuait tout ce qui chez sa femme avait été de la joie, du plaisir. Autant l'image des années à venir lui apparaissait soudainement intolérable, autant le souvenir des autrefois revivait en lui.

Le sourire d'Iriook, tel geste tendre, telle plainte sensuelle lancée dans la nuit. Ce qu'elle avait été, chaque pas qu'elle avait fait à côté de lui, le sentiment de paix et de sécurité qu'il avait en la sentant tout près... Tout cela, leur vie entière maintenant revenait, bousculait la laide image de l'avenir et n'arrivait pas à s'accorder à ce nouveau regard d'Iriook, ce regard implacabe, insensible.

— Vas tuer la fille, dit-elle d'une voix froide. Vas-y. Fais à ta guise. Tu as raison, c'est toi le maître.

Elle se retourna, se laissa tomber sur le banc de glace, cria:

— Mais vas-y. Puisque tu le veux, vas-y! Je ne t'en empêche pas. Je partirai. Je n'ai besoin ni de toi, ni de Tayaout, ni de la fille.

C'était vrai qu'elle pouvait partir. Une nuit, en tapinois. Et même s'il la rejoignait le lendemain, ne devrait-il pas la tuer? Mais alors?... Morte ou vivante... mais, vivante, elle serait ainsi, comme il la voyait?

Agaguk s'avança lentement vers la femme. D'un geste hésitant, il lui tendit l'enfant.

— Tiens, dit-il.

Ils restèrent longtemps ainsi, l'un devant l'autre, incapables de parler, de bouger. Iriook pressait la fille contre elle, la cachait entre ses seins. Et lentement, aussi graduellement qu'elle était venue, la haine disparut de son visage. Ce fut un regard d'une muette tendresse qu'elle leva vers Agaguk. Elle comprenait, Esquimaude et femme, par quel combat l'homme venait de passer, quelle victoire elle avait remportée. Et l'homme lui apparut si grand qu'elle gémit doucement. Plus rien de ce visage mutilé ne lui faisait peur, ne la repoussait.

Et que donner à Agaguk, en retour?...

Ce qu'elle connaissait de bonheur neuf, de joie soudaine et grandiose, elle n'aurait pu le dire. Aux instants sombres de sa grossesse, alors que dans l'étroite enceinte de l'igloo elle n'arrivait que difficilement à vivre devant la face mutilée de son homme, elle n'aurait pas cru possible que cette hideur pût un jour lui paraître belle. Et c'était pourtant le miracle qui se produisait.

Agaguk devant elle, presque beau?

Si doux en tout cas, et bon, et généreux... Elle avança une main hésitante, effleura le visage mutilé.

338

— Merci, dit-elle. Merci.

Elle chancela sur ses jambes. Le ventre encore lourd était une masse laide, ramassée sur le sexe.

— Recouche-toi, dit Agaguk. Tiens, recouche-toi.

Il l'aida à s'étendre, la fille à ses côtés. En lui montait une tiédeur, une plaisance toute chaude qu'il n'avait jamais encore éprouvée. Il était heureux. Il ne voulait plus combattre. Il ne voulait plus obéir aux traditions. La fille vivrait, parce qu'Iriook le voulait ainsi. Il touchait à sa femme, ses mains comme une caresse. Et elle touchait à la fille.

— Elle sera belle, dit-il. Aussi belle que Tayaout.

À qui appartenait le monde?...

— Elle sera belle, répéta-t-il. Belle et forte.

Soudain Iriook poussa un grand cri.

— Tu as mal? demanda Agaguk.

Elle faisait oui de la tête, désespérément.

— Dans ton ventre?

— Oui.

— Mais qu'est-ce que c'est? s'exclama-t-il.

Il voyait le corps d'Iriook se contracter sous la douleur, se tordre.

— Iriook, dis-moi pourquoi? Qu'est-ce qui se passe?

Au lieu de répondre, elle cria de nouveau, hurla comme une bête, un son vibrant, terrible, qui se fondit lentement en une longue plainte douce.

— Agaguk, gémit-elle à l'accalmie, regarde!

Elle ouvrait grand les cuisses.

Stupéfait, Agaguk vit qu'une autre tête émergeait du vagin, qu'un autre enfant s'apprêtait à naître à la suite de la fille.

Comme tantôt, il tendit les mains.

Cette fois, c'était un garçon.

Table des matières

Ce livre est imprimé sur
du papier contenant plus
de 50% de papier recyclé
dont 10% de fibres recyclées.

Achevé   Imprimerie
d'imprimer Gagné Ltée
au Canada Louiseville